Silent Witch VI

沉默魔女的祕密

Secrets of the Silent Witch

依空まつり
Illustration
藤実なんな

Kadokawa Fantastic Novels

彩頁、內文插畫／藤実なんな

Contents

Secrets of the Silent Witch

序章　冬至前，華麗的反派家族劇場

位於利迪爾王國東部地區的柯貝可伯爵領地，有來自沃崗山脈雪融水流進領地內的大河，水資源不虞匱乏，土地自然富饒。作物年年豐收，林業興盛。

整備完善的街道與專營旅店的小鎮，是國內外貿易的重要據點，即使是冬至假期將近的現在，往來的人潮依然絡繹不絕。

柯貝可伯爵領地的土壤肥沃程度，在東部地區算是首屈一指。正因如此，無論是面對外國的侵略或龍害，都不得不時時刻刻繃緊神經。

長年治理這片土地的諾頓家，擁有在利迪爾王國中名列前茅的頑強軍隊，外交能力亦居高不下，周邊諸侯也好，中央貴族也好，都對諾頓家另眼看待。

尤其是當代柯貝可伯爵亞茲爾·諾頓，主流意見對他的評價都是萬民仰慕的高風亮節領主。

就在此等英明伯爵所治理的土地上，可以看到一個男人正走在遠離街道的小徑。

這個男人，是某位千金大小姐僱用的偵探。年齡約三十有五。外表樸素，不易給人留下印象，再搭配一身隨處可見的旅裝。

眺望著遠方可見的沃崗山脈，偵探向附近正在處理農務的農夫開口。

「嗨～這麼冷的天，你可真賣力啊～」

「對呀。誰叫咱們這兒龍害嚴重咧～趁龍安分的冬天下田，才比較有進展啊。」

「那邊那座山，就是傳聞中有黑龍出沒的沃崗山脈嗎？」
「對對對，那時候翼龍整群整群湧出來，對面天空一片烏漆抹黑的，嚇死人啦。」
農夫手舞足蹈地描述。這時，其他渴求閒話家常的農夫們也陸續跑來加入了談話。
「喔，旅人先生。你也是來撿鱗片的嗎？」
有「沃崗的黑龍」之稱的巨龍，春末夏初時，曾經於柯貝可出沒。
沃崗的黑龍雖然已經遭到七賢人之一〈沉默魔女〉擊退，但想要蒐集掉落在山間的黑龍鱗片，而在騷動結束後造訪沃崗山脈的旅客，似乎依然前仆後繼。
龍的鱗片可以用來製作護身符或魔導具，向來被視為貴重素材，依品質而定，有的甚至可以賣到不下寶石的價格。
此行的目的雖然不是龍鱗，但為了不使農夫們起疑，偵探決定語帶曖昧地肯定。
「嗯，還好，差不多就那種感覺。」
「可是啊，我覺得現在八成已經沒剩什麼像樣的鱗片了喔？那些比較上等的，都被獵人趁夏天時搜刮一空了。」
「對對對，這種時期勸你別上山了。比起龍，雪崩跟山豬更可怕啊。」
「是這樣嗎？唔嗯——好可惜啊～啊，對了。請問這一帶有什麼好的旅店嗎？今晚要上哪兒過夜，我還沒有個底呢。」
聽到偵探這麼問，農夫們個個露出笑容，開始推薦旅店。
「想找地方過夜的話，就去『金公雞亭』吧。那兒的醃鹹肉跟豆子湯美味極啦。」
「旅人先生要是懂唱歌跳舞，到領主大人家去，應該也不錯吧？領主大人最喜歡那類表演了，搞不好會讓你借宿一晚喔？」

從農夫口中套出自己想要的答案，偵探深感進展順利地暗自竊喜，臉上則擺出應酬式的笑容。

「是這樣嗎？我對唱歌是稍微有點自信……不如就去試試看好了。請問這邊的領主大人，是怎麼樣的人呢？」

「伯爵大人他脾氣很好喔。」

「對對對。參加祭典的時候，他比誰都更熱情呢。」

「真的是個無時無刻不為領民著想的好領主啊。」

談論領主的領民們不但滿臉開朗，而且都顯得無比驕傲。

看來一如事前所調查的，這片土地的領主——柯貝可伯爵亞茲爾．諾頓深受領民愛戴。

不過，其中一位農夫突然左右張望一番，表情凝重地壓沉了語調。

「對了，你啊，如果打算到領主大人那兒去，可千萬不能靠近馬廄喔？」

「馬廄那兒有什麼東西嗎？」

偵探一臉不明所以地問道，農夫們卻一起陷入沉默。

一會兒之後，最年長的男人才語帶含糊地咕噥起來。

「好幾年前，前任領主夫人她啊，從修道院領養了一位姑娘。夫人在世期間還算是滿疼她的，可自從夫人往生，真的就只有慘字可言……尤其是伊莎貝爾大小姐，對她欺負得可凶啦，不但把她當成打雜的使喚，沒有工作的時候，還只准她在馬廄裡過活。」

就是這個——偵探在內心低語。看來，自己受託調查的少女，連在領民間都有謠言傳開。

（果然，那個少女並不是虛構的人物……保險起見，還是去親眼確認看看吧。）

思索著該如何接近目標的同時，偵探在臉上堆起了同情的表情。

「這樣嗎……那位小姑娘，也真是可憐啊。」

「領主大人雖然是個好人，偏偏就唯獨對那姑娘很冷淡啊～……總之呢，你如果想到領主大人家去，最好是別提起那個姑娘。」

「知道了，我會銘記在心。」

之後，偵探與農夫們稍作交談，並鄭重道謝，動身前往領主的宅邸。

「……走掉了吧。」

「嗯，已經走了。」

偽裝成旅客的男人離去後，農夫們低聲確認道，各自展開了動作。

「好——弟兄們，作戰開始。我騎馬趕去領主大人那兒，你們去通知『金公雞亭』的老爺子，讓他拖住旅人先生。」

「明白，那個老爺子話特別多，最適合拖人時間啦。」

「對對對，那咱們出動吧。」

＊　＊　＊

待偵探抵達柯貝可伯爵宅邸，已經是正午過後好一段時間。

原本預定要更早一點到的，偏偏路上被一個老長舌公纏住，又收下路過老太太送的烘焙點心，結果意外消耗了不少時間。

柯貝可伯爵的宅邸雖然又大又氣派，卻沒有太多西部地區宅邸常見的鮮豔華麗裝飾。

在東部，尤其是龍害頻繁的地區，建築物普遍著重於堅固耐用。這點，在柯貝可似乎也不例外。

（那麼，要像個賣藝的旅客，大大方方從正門拜訪是也無妨……不過在那之前，還是先去親眼確認一下那個姑娘的狀況吧。她平時好像都待在馬廄裡……）

男人閃避守門人的視線，繞到了宅邸後方。畢竟馬廄這種東西，大多都是蓋在屋子的後頭。

碰巧，途中有處木柵壞了，偵探於是從那兒潛入宅邸區域內，沿著暗處朝馬廄移動。

沒多久，便聽見一陣摻雜在馬叫聲中的年輕女孩嗓音。

「喔——呵呵呵！」

內心疑惑著出了什麼事，偵探悄悄從馬廄的小窗口探頭窺向內部。

只見馬廄裡一位淺褐色頭髮的少女，正癱坐在地輕聲啜泣。

另一位身旁跟著侍女的橙色長捲髮千金，則正低頭俯視著這樣的少女。

（那個是，柯貝可伯爵的女兒伊莎貝爾．諾頓……換句話說，地上那個就是……）

癱坐在伊莎貝爾面前，輕聲啜泣不停的，是一位骨瘦如柴的淺褐髮少女。

低頭啜泣的姿勢令五官不易辨認，但身上穿的衣物既寒酸，又四處破破爛爛。

淺褐髮少女擠著啜泣的嗓音，有氣無力地向伊莎貝爾懇求。

「啊啊，伊莎貝爾大人，求求妳了……求求妳……賞我點東西吃吧……」

「就連這座馬廄裡的馬都比妳派得上用場，妳這個家畜不如的東西還敢討飯吃？不知天高地厚也該有個限度吧？唉～實在搞不懂，祖母大人為什麼會收留這種丫頭呀！」

「求求妳……求求妳……」

見淺褐髮少女不停哀求，伊莎貝爾瞇細了雙眼，露出一臉明顯不懷好意的笑容。

「行啊。賞妳一些水還不成問題……艾卡莎。」

說著說著，伊莎貝爾向站在身旁的侍女使了記眼色。

被喚作艾卡莎的侍女，拿起馬匹飲用水的水桶，一把潑在悽慘少女面前的地板上。

寒冬的冰水濡濕少女的衣襬，在裙子上滲起水痕。原本就衣著寒酸的少女，面對自己泡了水的裙襬，顯得更加茫然無助。

緊接著，伊莎貝爾露出邪惡的笑容，向茫然的少女開口。

「來，儘管趴下去喝個痛快啊。愛怎麼喝就怎麼喝。」

「……嗚，噫噫，唔、嗚嗚……」

就在淺褐髮少女渾身顫抖，低頭貼向眼前的水灘時，一個男人闖進了馬廄。

那是身上披著挺拔毛織斗篷，嘴邊蓄鬍的男人。一眼就看得出來，這個男人正是宅邸的主人——柯貝可伯爵。

「喔喔，伊莎貝爾。我可愛的女兒啊，妳跑到這種地方來做什麼？」

待柯貝可伯爵撥弄著嘴邊的鬍鬚問起，伊莎貝爾立刻裝出悲傷的表情，泛著淚光抱向父親。

「父親大人，你快聽我說。那個女人，竟然打算向我潑水！」

聞言，淺褐髮少女驚訝地抬頭，聲若蚊蠅地辯解：「不、不是的……」

然而，悽慘少女的辯解，柯貝可伯爵根本就無意理睬。

「無恥的丫頭！連我們收留妳的恩情都忘了嗎！」

低沉又渾厚的怒吼響起，悽慘少女當場趴了下去，顧不得衣服沾染得愈來愈髒，顫抖著跪拜起來。

（原來如此，莫妮卡・諾頓是這個家裡的過街老鼠——這則傳聞看來果真不假。）

暗中觀察馬廄內一行人互動的偵探，注意到有位好似馬伕的少年自宅邸的方向走來，隨即迅速離開馬廄，自原先的路徑折返。

確認到這種地步，相信很足夠了。已經沒必要冒著被懷疑的風險，扮成旅客入住宅邸，萬一事情穿幫了才真划不來。

不如就趕緊回去找雇主報告調查結果，報酬領領過個優雅的好年吧。

＊＊＊

在這座邪惡伯爵父女嘲弄悽慘少女的馬廄內，走進了一位少年馬伕。

馬伕向伯爵行了記禮，俐落地報告起來。

「侵入者似乎已經離開宅邸區域了。」

聽到這番報告，伯爵「唔嗯」一聲點頭，向癱坐在地的少女開口。

「辛苦妳了，珊蒂。」

在邪惡伯爵父女的俯視之下，少女「呼哈——」喘了一口大氣，緩緩抬頭。

樸素的五官帶著微笑，以一副與方才截然不同，藏不住鄉下口音的腔調發問。

「被欺負的少女，我演低，還可以嗎？」

Silent Witch

「唔嗯，妳的演技出色極了。真不愧是從嚴格選秀會裡脫穎而出的佼佼者！」

「就是說呀，父親大人。無論腔調、姿勢、表情，還是舉止，一切的一切都醞釀出內向軟弱的氣息，太精彩了……珊蒂，妳有當演員的天分呀！」

「欸嘿嘿……總覺低，有點難為情哩～」

這位害羞搔著臉的少女，是蘿蔔農家的四女珊蒂（十二歲）。

在諾頓家舉辦的嚴格選秀會一路過關斬將，獲選在寒假期間扮演莫妮卡．諾頓的少女。

柯貝可伯爵父女為了協助〈沉默魔女〉莫妮卡．艾瓦雷特執行任務，負責演出收留莫妮卡．諾頓這個虛構少女的壞心眼父女。

然而就在幾天前收到消息，領地內好幾間修道院都出現可疑人物造訪。據說那個人物好像四處打聽「請問這間修道院有收留過名叫莫妮卡的少女嗎」。

莫妮卡．諾頓是柯貝可前伯爵夫人從修道院收養的少女——設定上是這樣。

恐怕，是某個對莫妮卡．諾頓存在與否起疑的人，跑到柯貝可伯爵身邊來打探了吧。

於是，柯貝可伯爵吩咐宅邸附近的領民們，一旦有可疑的旅客出現，就誘導對方前來這棟宅邸，並與伊莎貝爾、艾卡莎，以及替身演員珊蒂上演一齣戲。

目的正是讓對方相信，這棟宅邸內真的存在一位名為莫妮卡．諾頓的少女。

「老爺，請問，需要去追蹤那個男人嗎？」

聽見侍女艾卡莎的發言，柯貝可伯爵稍稍陷入沉思，隨後搖了搖頭。

「不，免了。可能的話，我確實也想知道這個奸細的主子是誰，但萬一我方主動追蹤的事情穿幫，方才的演技就全白費了。」

嘴。

現在的首要目標，是假裝對奸細潛入的事一無所知，製造莫妮卡．諾頓寒假期間的在場證明。

為此，現在包含自己在內的所有人，最需要的是什麼？柯貝可伯爵挺胸發出宣言。

「為了應付今後也可能來到的奸細，我們得把演技磨練得更加爐火純青！」

「是呀，父親大人！我也是，得好好研究怎樣的舉止才會更有反派本色呀。」

「這麼一提，老爺，請問那些鬍鬚……該不會是為此而蓄的吧？」

艾卡莎這番話，令柯貝可伯爵顯得好生雀躍，得意洋洋地用手指撥弄起鬍鬚來。

「唔姆，因為我就猜到可能會有這種事嘛。」

「真不愧是父親大人！說起邪惡伯爵，就是嘴邊的鬍鬚呢！」

嘴邊蓄鬍的伯爵要多少有多少吧——在場並沒有人，會吐這種不識相的槽。

就在反派父女針對反派應有的舉止，以及服裝方面的講究聊得火熱時，少年馬伕語帶保留地插了嘴。

「老爺，各位，在這裡聊天會著涼，還是請大家先回……」

「喔喔，說得也是。抱歉抱歉。」

放下正在撥弄鬍鬚的手，柯貝可伯爵重新轉身，面向獲選扮演被欺負的千金角色的少女珊蒂。

那副凝視領民的眼神既沉穩，又充滿萬民愛戴的領主應有的威嚴與溫柔。

「珊蒂啊，這次害妳連冬至假期都沒能好好待在家裡與家人過冬，真是非常抱歉。」

「哪裡，不敢當……」

賽蓮蒂亞學園放寒假的期間，珊蒂都必須留在諾頓家裡扮演莫妮卡．諾頓。

當然，這就代表冬至也好，新年也好，珊蒂都不能回到自己的家。這點令柯貝可伯爵相當於心不忍。

「為了補償妳，這段期間，我們諾頓家一定會誠心誠意好好款待妳的。」

柯貝可伯爵在遭遇龍害時，是個勇敢指揮作戰的無畏豪傑，在村子舉辦祭典時，是個會配合氣氛闖上舞台參加表演的耍寶大師，然後最重要的，無論何時，伯爵都是個為領民著想的領主。正因如此，才會受到領民由衷的愛戴。

一旦看到可疑的旅客，務必拖住對方行動，早一步前往領主宅邸報告——領民們之所以都願意協助這道吩咐，全是出自柯貝可伯爵的強大人望。

珊蒂帶著尊敬與感激的眼神，抬頭望向柯貝可伯爵，接著用力鞠躬，答道「非常非常謝謝您。」伊莎貝爾與艾卡莎，則露出可掬的笑容向這位少女接話。

「珊蒂，還請妳別拘束，儘管把這裡當作自己家喔。我們也準備了很多美食要招待妳呢。」

「首先，就去泡個澡放鬆一下吧。替換的衣物都已經備齊了。」

「哇～……我竟然，可以過這麼奢華低日子，簡直像在作夢……」

順帶一提，扮演被欺負的千金角色，待遇外加一日三餐附甜點，包含服裝借貸。

在扮演被欺負的千金角色以外的時間，可以穿上漂漂亮亮的禮服，享用美味餐點，在暖烘烘的床鋪就寢，而且薪水高，還有諾頓家廚師親手製的烘焙點心當土產，就是如此令人夢寐以求的職缺。

Not only being chant-free, but also accuracy of a hit

like going through the eye of a needle is terrifying.

無詠唱自是不在話下，更駭人的，是那足以精準穿過針孔的命中精度。

It's not a human act by any stretch of the imagination.

不管怎麼想，都不是人類辦得到的。

Silent Witch VI

沉默魔女的祕密

Secrets of the Silent Witch

第一章　七賢人年少三人眾，結成

於利迪爾王國王城舉行的新年魔術奉納，多虧了〈砲彈魔術師〉布拉福．泛世通的華麗火焰，以及〈沉默魔女〉莫妮卡．艾瓦雷特的冬精靈的冰鐘（奧爾提莉亞之鐘）那美妙的音色，場面氣氛炒得火熱至極，群眾對七賢人的讚揚聲不絕於耳。

結束魔術奉納的七賢人，在下一場儀式開始之前，都留在只有七賢人與國王得以出入的〈翡翠室〉待命。

在圓桌前就座的〈結界魔術師〉路易斯．米萊托著腮，用格外開朗的語調說道：

「哎呀～今年的魔術奉納可真夠厲害，史無前例啊～！」

然後，他以指尖扶起單邊眼鏡，皮笑肉不笑地接話。

「畢竟，今年可是有一位七賢人未出席，另一位站在原地不省人事嘛。」

那位站在原地不省人事的七賢人，亦即〈沉默魔女〉莫妮卡．艾瓦雷特，正雙手摀面，帶著嗚咽聲「對不起對不起對不起對不起」地道歉不停。

希望即使在面對外人的時候，也能表現得落落大方——胸膛懷著這般期許的誓言，莫妮卡在新年的魔術奉納，表演了冬精靈的冰鐘（奧爾提莉亞之鐘）。

……直到表演為止，其實都還算輕鬆的。

為了讓冬精靈的冰鐘（奧爾提莉亞之鐘）奏出動人的音色，施術時必須進行龐大的計算。正因如此，莫妮卡在施放魔術的期間，可以忘記群眾視線的存在，專注在計算上。

問題反而出在魔術奉納結束以後。

在冬精靈的冰鐘（奧爾提莉亞之鐘）解除的瞬間，莫妮卡立刻受到如雷貫耳的掌聲與歡呼圍繞，這才發現自己正成為眾所矚目的焦點，進而陷入恐慌，結果，就是維持站立的姿勢昏了過去。

按路易斯所言，莫妮卡先是發出一陣「啵咻～」怪聲，接著似乎就翻起了白眼。

注意到異狀的路易斯與布拉福，為了不讓周圍察覺有異，當機立斷左右包夾，就這麼硬是把莫妮卡夾著拖出了會場。

再加上，這時七賢人之一〈荊棘魔女〉正好遲到不在場，是靠著〈詠星魔女〉梅爾麗・哈維用幻術製造替身在撐場面。

到頭來，現場的七賢人就這麼陷入了七人中有一位是幻影、一位站著昏迷這種前所未有的窘境。

讚賞不已的群眾直稱七賢人的魔術堪比奇蹟，但就現場的七賢人來說，此等奇蠢無比的失態，竟然能在眾目睽睽之下瞞天過海，這才真是奇蹟。

現在，七賢人除了〈荊棘魔女〉以外的六位，都圍著〈翡翠室〉的圓桌就座。

座位的安排是從入口開始，按上任順序依順時針方向排列，首先是綁起一頭銀髮的年齡不詳美女〈詠星魔女〉，接著依序是下巴蓄鬍的黑髮壯漢〈砲彈魔術師〉、全身戴滿寶石飾品的老人〈寶玉魔術師〉、紫髮的陰沉青年〈深淵咒術師〉，然後跳過不在場的〈荊棘魔女〉，輪到把一頭栗子色長髮綁成三股辮的〈結界魔術師〉，最後是個頭嬌小的〈沉默魔女〉。

負責為七賢人仲裁的梅爾麗，望向她右手邊的莫妮卡與路易斯，露出一臉和煦的微笑。

「好啦好啦，別那麼大發雷霆嘛，路易斯？莫妮卡表演的冬精靈的冰鐘（奧爾提莉亞之鐘），真的非常迷人喔～」

聽到梅爾麗開口讚揚，〈寶玉魔術師〉伊曼紐．達爾文也流利地快嘴出聲附和。

「就是說呀，沒錯，能在轉眼間施展那種大規模魔術，不是任何人都辦得到的！真不愧是〈沉默魔女〉閣下！」

喋喋不休的語調中帶有幾分做作的伊曼紐，忽地靈機一動似地捶了捶掌心。

「對了對了，聽說〈沉默魔女〉閣下日前好像才與菲利克斯殿下一同擊敗咒龍。這是何等壯舉！同為七賢人，我實在深感驕傲。」

「呃——……那個……」

「繼沃崗的黑龍之後，這回把廉布魯格的咒龍都擊敗了！成功打退兩大邪龍的妳，真正是我國名副其實的英雄。」

這種捧莫妮卡捧上天的露骨態度，顯而易見就是打算拉攏莫妮卡。

〈寶玉魔術師〉伊曼紐．達爾文，是親克拉克福特公爵的第二王子派。

七賢人中已表明政治立場的，有第一王子派的路易斯，以及第二王子派的伊曼紐，此外的五人大致上算是中立。

也因為這樣，就算只多一個加入第二王子派的人，都足以令陣營間的角力均衡產生巨大變化。

伊曼紐的盤算，就是要把曾與第二王子聯手對抗咒龍的莫妮卡拉攏進自家陣營。

（像、像這種時候，該怎麼回絕比較好啊……）

莫妮卡還支支吾吾地不知如何反應，伊曼紐就放沉了語調，繼續向莫妮卡細語。

「其實啊，我正在進行對魔導具賦予反射結界的相關研究。怎麼樣？如果〈沉默魔女〉閣下感興趣，改天不如就一起用個餐，談得更深入點……」

「〈寶玉魔術師〉閣下。」

一道冰冷的嗓音打岔，是路易斯插了嘴。

路易斯正撥弄著長長的三股辮，只轉動眼珠瞥向伊曼紐。

「反射結界是魔力消耗量劇烈的魔術。想在魔導具上賦予這種魔術，想必會需要相當龐大的魔力量吧？」

「哎呀，你好像很在意？……也對，一旦這種魔導具完成，勢必就會危及你這位〈結界魔術師〉的立場了嘛。」

反射結界一如其名，是能反射敵方魔術的結界。效果的確非常強力，只是施展起來也有相應的難度，能自在發揮的人並不多。

反射結界能夠反射的威力端看等級而定，身為〈結界魔術師〉的路易斯，能夠施展高達二級的反射結界，莫妮卡先前是這麼聽說的。

二級反射結界，足以反射大部分的攻擊魔術。不過，假設有魔導具能發揮與此同等的效果——原來如此，主打結界當招牌的路易斯將因此式微，會有人這麼想也不奇怪吧。

可是，莫妮卡並不這麼認為。因為〈結界魔術師〉路易斯．米萊的過人之處，絕非只限於結界的強度。

想必路易斯也對此有自覺，只見他依舊掛著從容的笑臉，回應伊曼紐的諷刺。

「要是真能靠魔導具施展反射結界，我可就樂得輕鬆，開心得很呢。」

對伊曼紐的挑釁回以嗤嗤竊笑，路易斯故作誇張地聳肩。

「只是，想對魔導具賦予反射結界，需要的魔力量極度龐大不是嗎？萬一，魔力量短少的〈寶玉魔術師〉閣下太過逞強，一個不好染上魔力缺乏症翹辮……喔不，失禮了，一個不好搞壞了身體，恐怕就不得了嘍。」

七賢人中魔力量最為短缺的，就是伊曼紐。自己最在意的地方給人當痛腳踩，這位老人當場臉頰抽搐。

路易斯與伊曼紐一觸即發的火爆氣氛，令莫妮卡悄悄伸手按住胃部，這時，布拉福也撫著下巴的鬍鬚咕噥了起來。

「話說，荊棘的真的都不回來耶。本來還猜想至少典禮開始前會出現的。」

元旦當天，待王族結束遊行，城門口的魔術奉納完成後，就會在王座前舉行典禮。現在這段時間，是等待典禮開始的緩衝時間。

原以為遲到的〈荊棘魔女〉再怎樣也會趁這段緩衝時間歸隊，豈料卻絲毫沒有要現身的跡象。

梅爾麗伸手按上額頭，態度沉穩地回應。

「的確是有點擔心呢～……噯，莫妮卡。妳方便去散個步，順便找找那孩子上哪兒去了嗎？我想應該是在庭院的某處才對～」

說實話，現場這火爆的氣氛早就教莫妮卡難以承受了，所以二話不說便點了頭。

梅爾麗露出微笑，轉朝一直趴在桌上打瞌睡的〈深淵咒術師〉雷・歐布萊特開口。

「雷也拜託嘍。你去散個步曬曬太陽，轉換一下心情吧。」

只見雷溫吞抬頭，以空洞的眼神望向半空，嘴角陰森地上揚。

寶玉魔術師
伊曼紐・達爾文

「散步……兩人一起散步……和女孩子兩個人一起散步就稱作散步約會吧。真不錯，散步約會。非常之健全。健全愛我、愛我這個咒術師，這種感覺真好。非常好。」

他渴求愛情的怪癖，今天似乎也發揮絕佳。

雖然雷的笑容也並非讓人感受不到危險性，但兩人獨處交談的機會，莫妮卡正好也求之不得。因為可以趁機向雷請教，關於咒術師叛徒的調查有沒有什麼進展。

莫妮卡自座位起身，向雷彎腰一鞠躬。

「呃、呃——〈深淵咒術師〉大人……可、可以容我，邀你一並同行，嗎？」

雷也跟著起身，以閃爍著光芒的粉紅色雙眸凝視莫妮卡，然後邁出腳步。一步、再一步，以令人毛骨悚然的步伐，一步步縮短兩人間的距離。

「……妳愛我嗎？」

「我、我非常尊敬尼！」

「……敬愛嗎？」

「當然很敬愛！」

「……那～純愛呢？友愛呢？親愛呢？」

「咦唔？咦、咦？……呃、到底……愛到底是什麼……？」

大過年的，就必須煩惱何謂愛情的莫妮卡，受到了來自其他七賢人的憐憫視線。

這是沒怎麼一致團結過的七賢人年長組，少見地彼此共鳴的瞬間。主要共鳴點是對莫妮卡的同情。

＊　＊　＊

下了馬車的希利爾．艾仕利仰望聳立在眼前的利迪爾王國王城，抱著緊張與感動交織的心情走在石疊道上。

漫步在身旁的義父海恩侯爵，向這樣的希利爾瞥了一眼。

「會覺得緊張嗎？」

「……不會，我不要緊。」

「你右手右腳同時擺向前嘍。」

聽見義父這番指正，令希利爾表情當場陷入僵硬，身體也停下了動作。

這場新年的問候儀式，也是希利爾正式以海恩侯爵繼承人身分首度公開亮相。失敗是不被允許的——正因為如此過度警惕自己，才讓希利爾無論表情或身體都僵硬無比。

成為養子之後，雖然已多次出席社交界，但這還是生平第一次進入王城。

極盡奢華富貴的宅邸自己也看過不只一棟，然而王城不僅僅只是奢華，還散發一股洋溢歷史氣息的莊嚴感，令希利爾深感招架不住。

義父「唔嗯」一聲，露出沉思的表情。

是覺得難以置信嗎，又或是大失所望了嗎……滿腦子不安的希利爾，耳中所傳進的，卻是義父的一項提議。

「王城裡的庭園，你還沒有看過對吧。」

「咦？呃、是的……」

「這兒的庭園相當出色。去參觀參觀吧。我會在這兒等你。」

言下之意，是要自己去庭園走走，稍微緩解內心的緊張。
讓義父如此費心雖然深感過意不去，希利爾還是決定恭敬不如從命。
「……真是非常抱歉，義父大人。」
「你還年輕。都來到王城了，再稍微得意忘形點其實都無所謂。」
低沉又溫和的嗓音，靜靜地督促自己「放心去吧」。
希利爾低頭一鞠躬，開始朝庭院的方向走去。

踏入王城庭園的希利爾，轉頭環視過後，讚嘆聲不禁脫口而出。
時值冬季，氣溫明明冷到隨時飄雪都不奇怪，庭園內卻滿是五顏六色的花朵盛開。尤其是冬薔薇，那動人的程度，單用美麗兩字實在不足以詮釋。
在秋冬兩季開花的薔薇，花數絕對不多，正常狀況下，都只是在落葉後的枝幹上開出一兩朵，但這個庭園卻宛若盛夏，有好幾朵碩大的薔薇驕傲地綻放。
（何等令人陶醉的光景。簡直快忘了季節的存在。）
不單只是花壇，連種在王城城牆旁，長滿茂密深綠色葉片的樹上，也開著色澤鮮豔的花朵。
雖然是一株不怎麼高大的樹，但微微泛赤的粉紅花朵，受到黃色花蕊與深綠色葉片的對比襯托，於寒冬的淡藍色天空下更顯亮麗。
正為了生平首度目睹的花朵看得入神，耳裡就聽見不知何方傳出的嗓音。
「很漂亮吧。這是最近才剛從外國進口的花，叫作山茶花。」

感覺聲音是從後頭的樹上傳來的。回過身去仰望，便看到一個男人坐在大樹上。年齡約略與希利爾相去不遠。手上還抱著一隻奶油色的幼貓。

男人穿了像是農務服的素色襯衫搭配吊帶褲。頸子上圍著手巾，頭戴草帽。從這身穿著看來，應該是王城的園丁吧。

（為什麼，會在這種冬天戴草帽……）

內心還在不解，樹上的男人就爽朗地「欸～欸～」搭起話來。

「我想把這隻貓咪從樹上救下來，沒想到爬上來之後，自己也下不去了。能請你幫幫忙嗎？」

怎樣的園丁才會下不了樹啊。

暗自傻眼的同時，希利爾簡短詠唱過咒文，朝男人的位置用冰製造出一段由地面通往樹枝的斜坡。

樹上的男人讚嘆一聲「好厲害呀～」從斜坡上俐落地滑了下來。

「哎呀～得救了。我啊，就是拿高處沒轍。」

「你明明怕高，卻還爬到樹上去嗎？」

「只顧著要救這個小傢伙，沒想到那麼多了嘛。」

說著說著，男人摸了摸手上的幼貓。

近距離重新端詳過後，才發現男人長相英俊得驚人。

就希利爾所知，容貌最為出眾的男性，當然是敬愛的菲利克斯・亞克・利迪爾，不過眼前的男人就算和菲利克斯站在一起，也絲毫不顯遜色。尤其是那一頭色澤鮮豔，令人聯想到鮮紅薔薇的捲髮，以及深綠色的眼眸，簡直就如同薔薇的化身，搶眼無比。

可是，一反其俊美的五官，男人的體格非常壯碩。看在不管怎麼練都練不出肌肉的希利爾眼裡，真有點羨慕那肌肉結實的粗壯手臂。

希利爾望向男人戴的草帽發問。

「為什麼，要在這種冬天戴草帽？」

「你不覺得，戴草帽的人，感覺起來比較平易近人嗎？」

「不，在冬天戴草帽，看了只會覺得是個怪人。」

聽到希利爾的直率回應，男人有點惋惜地低語「是這樣嗎～」並伸手抓住草帽的帽簷。草帽下搶眼的鮮紅捲髮隨風搖曳個不停。

俊美的五官、渾身肌肉的體格，以及農務服。男人給人的印象實在不怎麼統一。

「你來參加新年問候儀式的嗎？是哪家的公子？」

實在不太像園丁會有的口氣。希利爾不禁微慍。

「……海恩侯爵韋聖特・艾仕利的兒子，希利爾・艾仕利。」

希利爾冷淡回應，男人卻喜出望外地喚了聲「海恩侯爵啊！」

「平時總是受海恩侯爵多方關照了。多謝侯爵大力出資呀～」

「義父大人他？」

「這個庭園的花，你應該看到了吧？我家代代都負責管理王城的庭園喔。」

男人露出有點得意的笑容，用綠色的雙眼環視庭園。

「明明不是溫室卻有那麼多種類的花盛開，你一定覺得很不可思議吧？其實啊，這一切的祕密就在肥料上。我們家用的肥料是有灌注魔力的。」

「……？對動植物賦予魔力，在王國應該是被禁止的吧？」

「正確說來，禁止的是透過固定賦予技術，對動植物賦予過量魔力，達到會對人體造成危害的程度。所以說，我們家在賦予魔力時，都會注意不要超過規定的量。」

人類天生就具備某種程度的魔力，動植物也一樣，本身就帶有微弱的魔力。

不讓那股微弱的魔力增加，只改變構成魔力的要素之間的比率，以令植物獲得強化，似乎就是男人研究的內容。

「假設人類具備的魔力是一百，這朵花大概就是一吧。我們家就是在不超過一這個數字的前提下，用肥料去調整魔力組成的均衡。如此一來，就能像這樣培養出耐寒的品種。現在成功的雖然還只有這個庭園裡的觀葉植物，但往後我希望陸續讓其他植物也能如法炮製呢。」

聽完男人說明，希利爾坦率地感到佩服。原來如此，這也難怪義父會願意出資。

如果透過這種品種改良，培育出在荒地也能種植的蔬菜或藥草，對於糧食問題與藥品不足方面想必會帶來巨大的貢獻。

「真是劃時代的研究啊。」

「唉，雖然實際上沒有嘴巴說的簡單啦。基本上是一連串的失敗喔。只要配方稍微弄錯一點小環節，內含魔力量就會暴增到枯萎，土壤也會連帶受到汙染。再者調整過魔力量的蔬菜，吃了到底會不會對人體產生影響，相關研究也遲遲沒有進展。利迪爾王國在這方面真的是比較落後。」

攝取超過一定量的魔力會危害人體，這個道理，身為過剩攝取魔力體質的希利爾早已切身體會。

倘若要培育能夠食用的植物，為了確保安全性，可想而知必須耗費莫大的時間與工程吧。

即使如此，希利爾還是打從心底想聲援這份研究。

「真是非常出色的研究。倘若哪天發生飢荒之類的糧食危機，這項研究肯定會拯救數以萬計的生命。」

「哎呀～能聽到未來的海恩侯爵這麼說，真讓人開心呢～！」

男人亮出雪白牙齒，快活地笑了起來，從斜靠在樹根的包包裡掏出一根蘿蔔，遞向希利爾。

「就當作友好的證明，送你在我家田裡種的蔬菜！啊，這個用的是普通的肥料，儘管放心吃沒問題喔。」

「……晚點要去參加新年問候，請容我推辭。」

「現在直接吃掉又沒關係。」

說著說著，男人把生蘿蔔像點心似地啃得喀哩喀哩作響。

「還有時間嗎？方便的話向你介紹這個庭園如何？」

「那，就有勞你了。」

稍作猶豫之末，希利爾決定接受男人的邀請。

一來男人所說的內容非常引人入勝，再者最重要的是，和這個爽朗的男人聊天，可以化解他內心的緊張。

男人向點頭同意的希利爾露出一抹微笑，將貓抱進懷裡，啃著蘿蔔邁出腳步開始帶路。

希利爾望了望男人懷裡的幼貓。

「話說回來，關於那隻貓。」

「嗯？」

「……我可以摸摸牠嗎？」

「來，請吧～」

奶油色毛皮蓬鬆的觸感，令希利爾臉頰自然地放鬆了下來。

希利爾遇到的這個園丁，好像很喜歡談天。

在花壇間帶路時，他也同樣用粗壯的手臂抱著幼貓，聊得樂此不疲。

「我的祖先可厲害的啦，據說是很可怕的人，連當時的國王在我祖先面前都抬不起頭呢。就連這個庭園，也是國王應我祖先的要求蓋的。」

堂堂國王要真在園丁面前抬不起頭，那可是一大問題吧。

再怎麼說應該也是誇大其辭了，內心雖然這麼想，希利爾還是默默傾聽男人的發言。

「你知道嗎？當時的貴族們啊，還沒有在廁所辦事的習慣，內急時都是在花壇後頭解決的。你看嘛，女人上廁所時不都會說『我去摘個花～』嗎？甚至有一種說法認為，會這麼講就是源自當時跑到花壇後面大小解的習慣。」

為什麼，話題會突然轉到廁所上。

太過不文雅的話題，令希利爾忍不住皺起眉頭，但園丁還是旁若無人地接話。

「結果呢，庭園就被排泄物汙染得髒兮兮！祖先看到自豪的庭院如此悽慘，大發雷霆，指揮王城蓋了一座超級氣派的廁所。然後又揚言會把弄髒庭園的傢伙粉碎，摻在肥料裡下土，大家才終於養成好好上廁所的習慣。」

「……」

「後來呢，貴族們開始流行把家裡的廁所也蓋得豪華氣派，貴族們不約而同地整頓自家宅邸的廁所。這個風潮再經由僕役流傳給平民，最後才形成一般家庭也蓋廁所的文化。」

差不多瀕臨忍耐極限的希利爾，狠狠朝園丁瞪了過去。

「……這些話題，是在介紹庭園時非說不可的嗎？」

「哎呀～你就先聽到最後嘛。在利迪爾王國的廁所文化形成後的大約數十年，世上開始流行一種傳染病。但奇妙的是，利迪爾王國幾乎沒有出現染病者。為什麼？因為廁所文化落實了排泄物的管理呀。就這樣，公共衛生的概念就以利迪爾王國為中心，逐漸推廣到了全世界，可喜可賀可喜可賀。」

原來如此，話題的結尾倒是出乎意料地正經。

可是，從花壇跳到廁所，明明在介紹庭園，話題為什麼可以如此飛躍。

希利爾露出一臉難以言喻表情，耳裡又傳進園丁驕傲的嗓音。

「換句話說，唯有〈廁所魔女〉這個稱號，才配得上我那為了保護花壇，掀起廁所文化的祖先，我是這麼想的。所以呢，你也儘管自在點，叫我第五代〈廁所魔女〉就行嘍！」

「第五代？魔女？」

「等你進了王城，記得要去看看在我祖先發案下蓋好的廁所喔。哎呀，那可真是有夠壯觀的～裡頭的隔間每間都跟我的研究室差不多大，豪華到超乎想像。當我第一次在城裡上廁所時，也是感動得不得了啊。」

就在園丁陶醉於闡述對廁所的熱情時，男人懷裡的幼貓好似發現了什麼，喵～嗚地叫了一聲。

園丁望向庭園前方，朝那兒出現的兩道人影大力揮手。

「啊，看那邊，我的同伴來了！喂——！喂——！」

＊＊＊

「陽光太耀眼，我要融化了……太陽不愛我……」

莫妮卡與雷離開〈翡翠室〉，到外頭來尋找〈荊棘魔女〉的下落，但才不過走了幾分鐘，雷就撐著法杖抱怨了起來。

雷平時就是個臉色蒼白的男人，現在更是嚴重到面如土色。感覺要是躺到路邊去，高機率會被人當成大體埋葬。

「那個，〈深淵咒術師〉大人，你身體不舒服，嗎？」

「睡眠不足……我昨天熬到很晚，一直在調查……這個……」

莫妮卡倒抽了一口氣。

雷從長袍口袋裡掏出的，是用金雕裝飾的漆黑寶石飾品——背叛歐布萊特家的咒術師，巴利．奧茲在臨死之際使用的咒具。

「這個咒具的性質，是能對目標植入詛咒，令其喪失平常心，進而讓咒術師恣意操縱受術者……」

「操縱，受術者？」

意想不到的詞彙令莫妮卡皺眉，雷這才咕噥了幾句補充說明。

「……的，失敗作。想要操縱受術者，詛咒的效力必須要強，可這個咒具卻因為詛咒的效力過強，反把受術者給害死……」

雷這番說明，完全出乎莫妮卡的意料。畢竟，透過咒術來操縱他人什麼的，這樣的思維根本就不存在腦海裡。這種事，是精神干涉魔術的領域。

只見雷似乎也持同樣意見，反常地露出坦率神情點頭。

「正常來說，一般人不會有用咒術操縱別人的念頭……若真有那個意思，確實是可以做到類似的事情，可那是邪道。至少，歐布萊特家不會這麼幹。做了這種事的人，就算一族都被放逐也無從抱怨，就是如此可恥的行為……」

將長袍的兜帽深蓋過眼，雷在兜帽下有如寶石般的粉紅色雙眼閃起亮光，語調低沉地細語。

「不過，最近倒是有個傢伙問我：『想以咒術恣意操控生物，是有可能的嗎？』」

「……咦？」

再度聽到出乎意料的說詞，不停眨眼的莫妮卡耳裡，傳進了雷的後續發言。

「第二王子菲利克斯・亞克・利迪爾。」

原本在莫妮卡心中零散的拼圖開始逐漸組成了雛型。而且那恐怕，還是最為惡劣的圖案。

「還有，從前歐布萊特家在調查巴利・奧茲的下落時……有段時期曾經遭到某個掌權人士介入，導致無法順利調查。」

「某個，掌權人士……」

莫妮卡的心臟響起刺耳的怦通聲。

環視周圍一番，確認沒有其他人影之後，雷說出了那個名字。

「第二王子的外祖父，克拉克福特公爵達瑞斯・奈特雷。」

與莫妮卡的父親——韋內迪克特・雷因之死有關的咒術師，背後有掌權人士在撐腰，莫妮卡的養母希爾達・艾瓦雷特是這麼說的。

（如果說，那個掌權人士就是克拉克福特公爵……就代表爸爸死亡的真相，也跟克拉克福特公爵有關？）

背叛的咒術師、克拉克福特公爵，還有菲利克斯。假設這三人彼此是有所關聯的，一則恐怖的想像便浮現腦海。

「難道說，廉布魯格的咒龍……」

正為了該不該說出口而猶豫不決，雷就低聲接了下去。

「可能根本就是克拉克福特公爵安排的一場鬧劇。」

叛徒咒術師在克拉克福特公爵的命令下詛咒綠龍，進而製造出咒龍。

原本的如意算盤，應該是任意控制咒龍，在適當的時機讓菲利克斯擊退吧。

可是，咒術失敗，咒龍失控了。

就結果而言，雖然是成功擊退了咒龍，菲利克斯也因此被視為守護王國免受咒龍侵害的英雄，但是咒龍的失控，對於咒術師而言乃是預料外的發展。

到了最後，咒術師遭到自己的咒術吞噬而死。

（克拉克福特公爵，是在幕後安排咒龍騷動的真凶？而且，還跟爸爸死亡的真相有關？……這件事實，殿下知情到什麼程度？）

如果說，菲利克斯是在清楚一切的前提下，還聽命於克拉克福特公爵——

如果在那俊美的笑容底下，隱瞞了陰暗的真相的話……那是何等恐怖，何等駭人。

有別於寒冬冷風的涼意，令莫妮卡忍不住寒毛直豎。

（……好可怕……）

莫妮卡隔著長袍摩擦自己的手臂取暖，雷則一臉苦澀地補充。

「如果說，這件事情真的與克拉克福特公爵有關，現在就不能輕舉妄動。」

「……是的。」

要一口咬定咒龍騷動的幕後真凶是克拉克福特公爵，現階段的證據還過於薄弱。關鍵的咒術師又已經身亡，恐怕就連想告發都很困難吧。

事件結束得疑點重重，再加上對菲利克斯的不信賴感，忍不住握緊拳頭的莫妮卡，忽地感到一陣疼痛竄上左手臂。

這是咒龍騷動的後遺症。咒痕本身雖已消失，痛楚卻持續殘留，單是稍稍彎起指頭就疼痛不已，握力也趨近於零。

（寒假結束後……我真的還有辦法，一如往常地擔任殿下的護衛嗎……）

王城庭園內明明開滿了美麗的花朵，現在的莫妮卡卻沒有享受這番美景的餘地。一想到菲利克斯，心情就沉重不已。

平時就不停散發陰鬱氣場的雷，以及消沉的莫妮卡。

將長袍兜帽深蓋過眼的兩人，同時散發陰鬱氣場步行的光景，看在旁人眼裡，活像是亡者的行進。在青空下的美麗庭園中，這畫面看起來實在格格不入到了極點。

這時，一陣「喂——！喂——！」的開朗喚聲自前方響起。那是莫妮卡與雷出外尋找的對象——〈荊棘魔女〉。

雷一臉不悅地咂了咂嘴。

「總算找到了。那傢伙，話又多，又三不五時就硬塞蔬菜過來，真討厭……長相英俊這點也讓人很不是滋味……啊啊～好嫉妒好嫉妒好嫉妒……」

不過，雷這番悻悻然的碎嘴，並沒有傳進莫妮卡的耳裡。

因為，莫妮卡的視線，已經完全被〈荊棘魔女〉身旁的那位青年給吸住了。

遠觀也不減動人程度的銀髮、身穿高雅衣物的纖瘦體型。根本沒有認錯的可能性。

（希、希希希！希利爾大人──？）

內心過於動搖，莫妮卡差點失手把法杖摔在地上。

＊＊＊

希利爾忍不住揉了揉自己的眼睛，重新確認眼前的光景。

被園丁喚作「我的同伴」並招手的對象，是一對身穿同款長袍，手持長杖的男女。雙方都把兜帽深蓋過眼，女方還用面紗圍住了嘴邊。

施有金銀絲線豪華刺繡的美麗長袍，以及長度甚至在身高之上的法杖。這些豈不就是，立於王國魔術師頂點的七賢人，才獲准使用的物品嗎？

正當希利爾佇立原地不知所措，園丁就抱著懷裡的貓跑向了身穿長袍的男女。

「嗨，你們會跑到庭園來可真稀奇啊！」

「是因為怎麼等都等不到你來〈翡翠室〉報到，我們才只好被逼著跑來找你吧……」

聽到長袍雙人組的其中一方──陰沉男子的發言，園丁伸手朝自己額頭大力一拍。

「糟糕，我全忘光了。這麼一提，剛才有聽到轟隆轟隆的爆炸聲跟鐘響……該不會是魔術奉納的聲音？所以已經結束了嗎？」

「當然早就結束了吧……！」

「這樣啊，抱歉啊！就當作我的賠禮，吃根蘿蔔吧？」

「才不要……」

園丁遺憾地「呿」了一聲，從斜背的包包裡掏出一根蘿蔔，喀哩喀哩地啃了起來。

（難道，說……）

目瞪口呆的希利爾，大腦緩緩地開始運作。

陰沉男子提到的〈翡翠室〉，是一間特殊的房間，只有七賢人與國王得以出入。

然後在七賢人中，有一位魔術名門羅斯堡家的第五代當家。

帶著顫抖的嗓音，希利爾道出了那個名號。

「第五代〈荊棘魔女〉閣下……？」

「啊咦？難不成你現在才發現？什麼啊，我還以為早就穿幫了說。」

〈荊棘魔女〉邊回應邊把蘿蔔啃得滿口，陰沉男子則是嘀咕著接話。

「……是你不穿長袍害的吧。」

「啊，對喔。穿長袍在庭園工作很礙事，所以就脫掉了嘛～先幫我顧一下這個小傢伙好嗎？」

把幼貓塞到陰沉男子手上後，他便跑向靠在庭園角落的載貨手拉車，抓起掛在農具上的布攤開。那條布，原來是施有金銀絲線刺繡的美麗長袍。

穿上長袍的他，伸手抓起與鋤頭、鏟子一起擺在手拉車上的法杖。法杖上美麗的飾品隨即發出輕快的撞擊聲響。

「我就是──第五代〈荊棘魔女〉勞爾・羅斯堡！請多指教！」

任誰都會看得入迷的俊美男子，披上氣派長袍又手握長杖，單是如此便已風雅到令人招架不住——偏偏頭上卻戴著草帽、頸子圍了手巾，長袍下穿的還是農務服。

即使不論穿著，試問有誰想像得到，一個爬到樹上下不來，送初次見面的人蘿蔔，還自稱廁所魔女的男人，竟然會是鼎鼎大名的七賢人。

〈荊棘魔女〉從同伴手上接下奶油色的幼貓，滿臉笑容地繼續說道：

「對了對了，向你介紹一下我的同伴吧！這邊紫紫的是〈深淵咒術師〉，小小隻的是〈沉默魔女〉！七賢人的年少三人眾，講的就是我們啦！」

紫紫的——這種敷衍的介紹，令〈深淵咒術師〉皺起了眉頭，〈沉默魔女〉則是一如稱號所示，低頭保持沉默。

（這幾位就是，七賢人……立於王國頂點的魔術師……！）

事到如今，希利爾才驚覺自己的言行舉止未免過於失禮，臉色當場泛青。對方可是兼任國王陛下顧問的魔法伯啊。

希利爾正慌忙準備低頭向三位七賢人賠罪，〈深淵魔術師〉卻更早一步湊到了面前。就連原本披在頭上的兜帽脫落，搶眼的紫髮外露都不顯在意，只是睜大雙眼，以銳利的眼神凝視希利爾不放。

該不會是要斥責自己的無禮——

希利爾臉色鐵青地想道。這時，隨著粉紅色眼珠閃起的燦爛亮光，〈深淵咒術師〉開了口。

「妳、妳愛我，嗎？」

「…………」

強忍內心的動搖，希利爾擠出平坦的嗓音回問。

「恕我失禮，請問，你是說？」

「我是說，妳愛我嗎？」

所以並不是自己聽錯了。這下怎麼辦。

面對不知所措的希利爾，〈深淵咒術師〉蒼白的臉頰染成薔薇色，以嚇人的速度繼續接話。

「會在薔薇盛開的花園與女性邂逅，已經只能說是命運了對吧？既然是命運，就代表我們命中注定要兩情相悅吧？男裝的麗人……不錯。真不錯。咕呼……咕呼呼……」

「男裝？你在說什……」

「不要緊，重要的並不是奶奶的大小，而是愛情的強弱，忘了這誰的名言了……拜託了。對我說妳愛我吧。愛我吧愛我吧愛我吧愛我吧……」

微妙陷入恍惚狀態的〈深淵咒術師〉求愛到一半，長袍突然被一隻小巧的手掌扯住。是〈沉默魔女〉的手。

個頭嬌小的魔女踮高了腳尖，湊到〈深淵咒術師〉耳邊講起悄悄話。

「……咦？……男的？他不是，女生？」

〈沉默魔女〉頻頻點頭，正在和貓玩的〈荊棘魔女〉也插了嘴。

「那傢伙是男的喔。他是海恩侯爵家的公子。」

〈深淵咒術師〉的粉紅色雙眼睜大到極限，目不轉睛地盯著希利爾的臉。

隨後，以低沉的嗓音道出：

「去被詛咒吧……」

語畢，〈深淵咒術師〉當場蹲在地上，念念有詞地嘀咕「我要吐了……」也太失禮了吧。

希利爾不禁一臉茫然。

這就是七賢人？王國魔術師的頂點，國王陛下的顧問？

〈深淵咒術師〉失禮得要命、〈荊棘魔女〉又穿一身農務服，〈沉默魔女〉就更別說了，根本像個小孩子不是嗎。

（……嗯？小孩子？）

宛若孩童的嬌小魔女身影，無意識地吸引著希利爾的目光。

只見〈沉默魔女〉好似沉不住氣一般，無意義地晃著手。沒戴手套的雙手被寒風凍得泛紅，肌膚還有些粗糙。

還在靜靜凝視那隻手，〈沉默魔女〉又低下頭去，忸忸怩怩地搓起指頭。

這種孩童特有的舉動，刺激著希利爾的記憶。

「失禮了，〈沉默魔女〉閣下。請問，我們以前是否在哪……」

就在〈沉默魔女〉肩頭為之一顫的同時，一陣宏亮的聲音響起，打斷了希利爾的發言。

「呶窩喔喔喔喔喔喔喔喔喔！不好意思，那邊幾位大德！請幫我抓住那隻貓啊啊啊！」

那是有如公牛咆哮一般的粗獷嗓音。

轉頭望向嗓音傳來的方向，便看到一隻白色幼貓正朝這兒跑來。追趕在貓咪後頭的，是有著一對水藍色雙眼的金髮壯碩巨漢。幼貓已經全身寒毛直豎，完全陷入了恐懼狀態。

幼貓正好跑到〈沉默魔女〉的腳邊，嬌小的魔女於是就地蹲下，輕輕抱起了貓咪。

「……唔！」

一聲微弱的叫聲從〈沉默魔女〉的面紗下傳出，那是在強忍疼痛的聲音。

仔細一看，〈沉默魔女〉的動作感覺像在護著左手。希利爾立刻從她手中把貓咪輕輕抱了起來。

「恕我失禮。妳左手受傷了嗎？」

「……………啊……」

〈沉默魔女〉才剛要抬頭，又迅速低了下去。從希利爾的角度，就只看得到披著兜帽的頭頂。

雖然打算與她交談，但懷裡的貓咪不停掙扎，只好先朝像是飼主的壯漢走去，遞出貓咪。

壯漢接下貓咪，露出坦率的表情低頭。

「喔喔，感激不盡！請接受我由衷的道謝！」

壯漢的大嗓門，令貓咪好似受到驚嚇般抬頭。

〈荊棘魔女〉語帶悠哉地調侃起來。

「我看就是因為殿下嗓門這麼大，才把牠們都給嚇跑了吧。」

「呶喔？是、是這樣嗎……抱歉害你受怕了，艾德里安！」

壯漢放低了音量向懷裡的貓咪賠罪，貓咪就像在回應似地喵了一聲。巨漢再從口袋裡掏出小魚乾，餵給懷裡的貓咪。

（等等，他叫他殿下？難道說，這位大人是……！）

被喚作殿下的金髮壯漢，望向〈荊棘魔女〉抱著的奶油色幼貓，嚴肅的五官頓時軟化。

「喔喔，羅登貝克也在這兒嗎。勞煩七賢人閣下特地出手相助，實在抱歉。」

「誰教殿下那兒的貓都是逃家慣犯呢～啊，有辦法一次抱兩隻嗎？」

壯漢「唔姆」一聲點頭，從〈荊棘魔女〉手中接過貓咪。壯漢的手臂粗壯得有如圓木，又滿是結實肌肉，即使抱著兩隻貓咪也顯得安穩無比。他就這麼重新抱穩貓咪，轉身面向希利爾。

「也得向這位客人賠聲不是啊。這些是母后疼愛的貓，有勞你幫忙抓住，實在幫了大忙。真的非常感謝。」

見壯漢鄭重致謝，希利爾慌忙低頭回應。

「哪、哪裡。非常不敢當，萊歐尼爾殿下！」

沒錯，這位金髮壯漢，正是第二王子菲利克斯．亞克．利迪爾同父異母的兄長——第一王子萊歐尼爾．布雷姆．艾圖亞特．利迪爾。

過於震撼的希利爾，感覺自己手套下的手掌開始冰冷了起來。

打從決定要入城的那刻起，希利爾就暗自期待是不是會與菲利克斯碰面，可實在想都沒想到，在菲利克斯之前，竟然就先撞見了第一王子。而且，還是在這種情形下。

希利爾本身是第二王子派，認定菲利克斯才是配得上王儲寶座的不二人選。話雖如此，當然也不可能就因此對第一王子表現得有失禮數。歸根究柢，支持菲利克斯也單純只是希利爾個人的立場，義父海恩侯爵是中立派的。

大腦正拚命全速運轉，回想自己到底有沒有做出任何無禮舉動時，萊歐尼爾爽朗地笑了起來。

「會有閣下這樣的年輕人來參加新年問候儀式可真少見。恕我失禮，可以請教一下怎麼稱呼嗎？」

「在下是海恩侯爵韋聖特．艾仕利之子，名叫希利爾．艾仕利。」

緊張不已的希利爾帶著僵硬的語調回應，萊歐尼爾則是「喔喔！」了一聲，雙眼變得閃閃發光。外表雖然嚴厲，這反應倒也有幾分可愛。

「原來是海恩侯爵家的公子嗎。總是受〈識者家系〉的幫忙與關照，今後也請務必用那份英知繼續助王家一臂之力。」

萊歐尼爾這番話，令希利爾頓時語塞。

〈識者家系〉是利迪爾王國的頭腦，有著移動圖書館這個別名，是具備龐大知識的一族。然而作為一名繼承人，希利爾還無法抬頭挺胸地斷言，自己的知識配得上如此偉大的家族。

真正學識淵博，夠格自稱〈識者家系〉後人的，是義妹克勞蒂亞。倘若克勞蒂亞生為男兒身，毫無疑問會成為繼承人。

希利爾暗自焦急了起來。第一王子可是開口表達了對自己的期許，這裡得趕快回應「榮獲殿下如此金玉良言，實在不勝感激」才行，偏偏舌頭卻不聽使喚，沒辦法正常出聲。

「礙於年歲尚輕，無法保證能滿足殿下的期待到何種程度……但在下必定全力以赴。」

現在的希利爾，單是要做出這樣的回應，就已經是極限了。

（啊啊～我到底在幹什麼。王族都已經表達期許，這裡就不應再找藉口，理當保證自己絕對不會辜負期待才是呀！）

相對於內心暗自冒冷汗的希利爾，萊歐尼爾快活地笑了出來。

「用不著給自己那麼大的壓力。我在許多方面也還有待精進啊。好比雖然擅長揮劍，但要我上外交桌去談判，就完全是個外行人。大家都在說，我那個弟弟菲利克斯，表現得比我好多了。」

「呃，這……」

「我自己也這麼覺得。如果要當國王，最合適的人選還是菲利克斯。不過，縱使當不上國王，我還是想全力守護這個國家。為了王國，希望閣下也可以不吝貢獻那份智慧與能力。」

正好就在這時候，遠方傳來了一聲：「殿下，請問您在哪兒呀！」

隨著衣襬飄逸，萊歐尼爾回過身去，朝嗓音傳來的方向邁出步伐。

「侍從在找我了，恕我先行告退。感謝諸位的協力，七賢人閣下！再會吧，未來的海恩侯爵！」
踩著光明磊落步伐離去的那道背影，顯得既壯碩又寬廣。
（那位大人……已經放眼在王國的未來了。）
從頭到尾，萊歐尼爾都沒有說出要希利爾助「自己」一臂之力，而是始終維持「請為了王國出力」這樣一貫的態度。
現在，王國內正分為第一王子派與第二王子派，雙方彼此鬥爭。這無異於留給他國有心人士趁虛而入的空間。
正因如此，國內貴族更必須團結一致，相信萊歐尼爾就是抱著這般想法，才會像這樣主動找希利爾開口。
好讓自己即使當不了國王，也能夠守護王國的未來。
「很讓人心曠神怡的王子殿下對吧。既爽朗又不會作威作福，況且還對自己做得了什麼、做不了什麼有著自知之明。」
〈荊棘魔女〉脫下長袍，拍著身上的貓毛說道。
希利爾慎重地提問。
「敢問你是支持第一王子的嗎？〈荊棘魔女〉閣下。」
「唔嗯——我不在意誰上任，只要好玩就行了。那邊的兩位又如何呢？」
說著說著，〈荊棘魔女〉轉頭望向了〈沉默魔女〉與〈深淵咒術師〉。
可是，兩人完全沒有做出任何政治性的回應。〈沉默魔女〉只是一副傷腦筋的模樣，低頭忸忸怩怩個不停，至於〈深淵咒術師〉——

「我覺得帥哥就該全部失勢，最好是愈帥的變得愈落魄……」

竟然是這樣的狂語。

〈荊棘魔女〉聞言，發出啊哈哈的開朗笑聲。

「也罷，這樣你懂了吧，不可以期待七賢人會給出什麼正經的意見！」

聽過立於王國頂點的頭腦派集團，同時兼任國王顧問的七賢人連番發言，希利爾感覺自己心中有許多東西開始應聲崩毀了。主要像是對於七賢人的尊敬之類的。

（我看，還是趕快回去找義父吧……）

距離謁見還有不少時間，但希利爾不想讓義父繼續多等下去，以免害他操心。

實在沒想到，原本是為了舒緩緊張才來散步，竟然會巧遇七賢人與第一王子……吞下差點脫口而出的疲勞嘆息，希利爾向三位七賢人低頭致意。

「我也就此告辭了。在此為了對魔法伯的諸多無禮鄭重致歉，望可海涵。」

「幹嘛那麼在意這種事嘛。下次要再來庭園玩喔！我會再當嚮導的！」

「……一定。恕我先走一步。」

就在轉身離去前，希利爾望了眼〈沉默魔女〉。只見她依然低頭不語，小巧手掌緊緊握著法杖。

總覺得這副身影似曾相識，希利爾胸中兀自湧現一股騷動。

＊　＊　＊

（總、總而言之，這裡算是安然過關了……）

莫妮卡正悄悄拭去額頭冒出的汗水，身旁就傳來一陣嘎啦嘎啦聲響。是勞爾把手拉車推了過來。

勞爾就這麼推著這台只在木板上加裝車輪與手把的精簡手拉車，來到雷的身旁，接著停下腳步，「嘿咻～」一聲把雷抬起。即使再怎麼細瘦，雷也是個成年男性，相信是平時在庭園工作所鍛鍊出來的臂力，才讓勞爾能夠抬得如此輕而易舉。

把雙手抱膝的雷擺在手拉車上頭，勞爾向莫妮卡笑道：

「那，我們也回去吧！啊，妳要不要也一起搭？」

「不、不用了，我自己……走路就好……」

聽到莫妮卡回覆，勞爾推著載了雷的手拉車開始移動。莫妮卡也快步跟到兩人的後頭。

走著走著，原本哼著歌在花壇間推車漫步的勞爾，忽然像是想起了什麼，朝莫妮卡回過身來。

「這麼一提，妳跟那個海恩侯爵家的公子，彼此認識嗎？」

「咦？不！不不不不不是，不是的、我們不認四！」

「嗯哼——這樣嗎～剛才，雷在追求他的時候，看妳那麼拚命上前緩頰，還想說你們是不是原本就認識呢。」

知道莫妮卡潛入賽蓮蒂亞學園執行任務的，即使在七賢人中也只有路易斯跟雷。不能隨隨便便就把事情透露給其他七賢人。

萬一被問起更深入的問題怎麼辦——莫妮卡內心七上八下的，幸好勞爾似乎已經對這個話題失去了興趣。

轉過花壇一角，勞爾停下腳步，從包包裡掏出一把小尺寸的園藝剪。

他從開滿淡紅色薔薇的花壇裡剪下一朵薔薇，啪嘰啪嘰地修掉尖刺，遞給了莫妮卡。

「來，送給妳。」

「非、非常，謝謝你……」

為什麼，要突然送莫妮卡薔薇？比起喜悅，莫妮卡內心更先湧上了困惑。這時，勞爾又露出了親切的笑容。

「其實啊，我聽得見植物的聲音喔。」

「……咦？」

「那朵薔薇是這麼說的：『〈沉默魔女〉跟〈深淵咒術師〉，兩個人瞞著大家在做一些好玩的事情喔。』」

勞爾瞇細了綠色的雙眼。僅僅只是這樣，就散發一股令人背脊打顫的威壓。

（剛才和〈深淵咒術師〉大人交談的內容，被聽見了……？）

從來沒聽說過，有這種傾聽植物聲音的能力存在。

但，如果是有初代〈荊棘魔女〉再世之稱的這個男人，或許真的……

「……剛才大意了啊。集音魔術是嗎。」

如此嘀咕的人，是在手拉車上縮成一團的雷。

雷溫吞地起身，從莫妮卡手中抽起薔薇，小聲地咕噥了些什麼，接著用力捏爛。就這麼幾個動作，薔薇就四處冒起黑斑，化作了塵土。

雷的全身上下都刻有咒印，能夠自由操作這些咒術。恐怕剛才是發動了「令植物枯萎的詛咒」吧。

雖然平時是個自卑自哀又自憐的求愛男子，但他終究也是名家之後，是個不遜於羅斯堡家的名門當家。

雷一把拋下枯萎的薔薇，狠狠瞪了勞爾一眼。

「這個庭園裡的植物，都吸飽了你的魔力……你是以這些帶有魔力的花當作中繼點，啟動了高精度的集音術式吧。」

所謂集音術式，是用來接收四周聲響的術式。在收集情報時非常好用，但使用上非常困難。

路易斯的契約精靈——琳也能發揮與這道魔術極為相似的能力，但那是因為琳是高位精靈，本來就長於操作魔力才辦得到。

勞爾將園藝剪收進口袋，露出惋惜的表情聳肩。

「穿幫了嗎～不過，『我聽得見植物的聲音』，不覺得這樣講比較酷嗎？」

「你在打什麼主意？根據你的回答，我再決定要不要對你下咒，讓你每天腳小趾撞到桌角一次。」

被雷舉起法杖指著，勞爾雙手一揮擺出投降的姿勢。

「先澄清一下，我本來也不是想偷聽你們講話喔。那時候是在找貓。殿下那邊的羅登貝克在樹上嘛，我就想，另一隻搞不好也逃家啦，所以才搜尋庭園裡的聲音。結果，就偶然聽見你們的對話了。」

「……你聽到了什麼？」

「咒龍騷動搞不好是克拉克福特公爵安排的一場鬧劇……然後就是，雷誇我長相英俊等等的。哎呀～真有點難為情！」

答覆時的勞爾掛著一臉毫不做作的笑容，雷見狀，露出發自內心厭惡的神情罵道：「……所以我才看這傢伙不順眼。」

莫妮卡忍不住靠在法杖上，渾身顫抖不已。

兩人在打探克拉克福特公爵相關消息的事情，被勞爾知道了。

勞爾既非第一王子派也非第二王子派，是所謂的中立人士，即使如此，恐怕也不會放過打算與克拉克福特公爵為敵的莫妮卡和雷吧。

「你、你要把我們的事，也告訴其他幾位，七賢人……嗎？」

聽到莫妮卡語帶顫抖地問，勞爾乾脆地搖了搖頭。

「不會喔。反倒想請你們讓我摻一腳呢，畢竟感覺很好玩。」

一派輕鬆的口吻，令莫妮卡感覺像是有點撲了空，但雷瞪向勞爾的目光依舊充滿了警戒的神色。

「我非常清楚……這種類型的就是會在心血來潮時對他人付出愛情，然後又因為心血來潮而背叛他人的愛情……」

「不，我也沒有愛你啊。」

「你就想這樣假裝自己愛我們，接近我們，再趁機背叛我們，把我們踢落絕望的深淵對吧，都被我說中了吧。生一副英俊臉蛋受人歡迎的，每個都是這樣啦。去、被、詛、咒、吧……」

雷的講法是有點誇大其詞，但莫妮卡也的確沒辦法湧現全面信任勞爾的念頭。

咒龍與克拉克福特公爵這件事，對莫妮卡而言與父親死亡的真相有關，對雷而言與守護歐布萊特家的名譽有關。

然而，勞爾牽扯進這件事裡卻得不到任何東西。充其量，就只能滿足他的好奇心罷了。

面對莫妮卡與雷的戒心，勞爾有點寂寞地垂下了眉尾。

「這對你們來說應該也不吃虧才對呀。克拉克福特公爵的宅邸，也是由我負責修剪庭園的，所以我能聽到宅邸內的僕役在談些什麼，真有什麼需要，甚至連潛入宅邸都沒問題……怎麼樣？」

雷也好，莫妮卡也好，在克拉克福特公爵身邊都沒有人脈，因此，勞爾的提議可說是充滿吸引力。

即使如此，莫妮卡與雷無論是在正反兩方面的意義上，都太過膽小慎重了，他們實在無法立刻信任勞爾。

受到兩人投以懷疑的目光，勞爾終於像是認栽了一般，嘎哩嘎哩地搔起那頭鮮豔的紅色捲髮。

「知道了，我老實說吧。其實我……」

只見魔術師名門羅斯堡家的當家，收緊了那張號稱不遜於初代當家的俊美臉龐，擺出嚴肅的表情開口告白。

「想跟你們交朋友啊。」

「少騙人。」

當場被雷斷定是胡扯，勞爾好似很心寒地喚了起來。

「哪是在騙人！從以前開始，我就因為祖先惡名昭彰，害得沒人想跟我交朋友啊。」

勞爾的祖先——初代〈荊棘魔女〉蕾貝卡．羅斯堡不單能夠自在操控植物，連現代已遭禁止的黑炎相關魔術都能施展，是當代的大天才。然而，她也同時是出了名的惡女。

要不就把看不順眼的人拿去進行魔術實驗，要不就用薔薇去吸年輕男子的鮮血。雖然不清楚傳說中哪些部分屬實，但有大量故事都指出，當時的國王對〈荊棘魔女〉言聽計從。

「本以為有年齡相近的七賢人就任，總算有機會交到朋友了，誰曉得你們倆卻幾乎不曾到會議上露臉！」

勞爾說得沒錯，莫妮卡與雷是七賢人會議的翹班慣犯。

莫妮卡開始回想，自己剛當上七賢人的那陣子，和勞爾打招呼時的情景。

『嗨，我是第五代〈荊棘魔女〉勞爾．羅斯堡。大家同為年輕晚輩，一起好好相處吧，請多指教！

啊，對了。就當作友好的證明，送妳蔬菜！』

說著說著，勞爾遞出了蘿蔔，但莫妮卡緊張到翻白眼昏了過去。從此之後，莫妮卡也幾乎沒再跟勞爾交談過。

「久違地能和你們見面，正打起精神想說今天一定要和你們變要好，結果你們倆又自己偷偷摸摸不知道在談些什麼。這樣不是太賊了嗎！」

嘟起嘴唇鬧脾氣的勞爾，簡直就像個耍賴的小孩。論年紀，明明就姑且也比莫妮卡年長兩歲的說。

「我就是想跟同年代的夥伴，玩一些好朋友會玩的事情嘛！」

見勞爾連臉頰都嘟得圓滾滾，雷反常地坦率問向莫妮卡。

「怎麼辦，〈沉默魔女〉？」

「咦、呃——……那、那就請多多指教了。」

莫妮卡承受不住壓力點了頭，勞爾見狀，立刻向個孩子般手舞足蹈地喊著「好耶！」

他就這麼伸出粗壯的手臂，右手勾雷，左手勾莫妮卡，拉著兩人的肩膀靠向自己。

「那麼，七賢人年少三人眾，就正式展開活動吧！」

「那個～呃——呃——……」

「我果然，跟這傢伙還是合不來……這種陽光調調，跟我這個咒術師致命地合不來……」

抱著困惑的莫妮卡，以及嘀咕的雷，勞爾帶著喜出望外的語調，開心地喊著「一起加油吧！」

♪
荊棘魔女
勞爾・羅斯堡

✶ 第二章 我想說的，只有一件事

新年儀式的典禮，歷年來都由國王主持，但今年礙於國王體況不佳，改由第一王子萊歐尼爾與其母后薇爾瑪王妃擔任主持人。

典禮的裝飾與規模都與歷年相去無幾，不過在致詞等方面簡化了一部分。

來到七賢人專用座位的莫妮卡扯著兜帽邊緣，悄悄環伺四周，觀察典禮的參加者。

站在壇上，以宏亮嗓音道出新年問候的，是第一王子萊歐尼爾・布雷姆・艾圖亞特・利迪爾。方才在庭園碰過面的人物。

等在第一王子身後的，是兩位王妃。分別是第一王子的母后薇爾瑪王妃，以及第三王子的母后菲麗絲王妃。

第二王子的母后愛琳王妃，在產下菲利克斯之後立刻就過世了。

第一王子的母后薇爾瑪王妃，是有著一頭紅棕色秀髮，五官挺拔的英姿凜然女性。原本是鄰國蘭道爾王國的公主，但似乎也曾從軍，上過最前線，身體的肌肉遠比一些沒鍛鍊過的男性結實。萊歐尼爾王子那身魁梧嚴厲的外表，似乎就是遺傳自母親。

第三王子的母后菲麗絲王妃，則與薇爾瑪王妃恰恰相反，是身材嬌小、楚楚可憐的金髮女性。外表散發一股隨和的氣質，不過經營手腕高竿，亦有傳聞表示她曾經救起娘家岌岌可危的財政。

然後，於最靠近壇上的座位就坐的人，是第二王子菲利克斯・亞克・利迪爾，以及第三王子亞伯特．弗勞．羅貝利亞．利迪爾。

在腦內回憶著典禮前勞爾指導自己的最底限知識，莫妮卡望向菲利克斯旁邊的座位。

坐在最接近王家的座位上，散發一股冰冷氣場的男人。把一頭參雜白髮的金髮束在身後，一雙水藍色鳳眼直直地望向前方。他正是克拉克福特公爵——達瑞斯．奈特雷。

莫妮卡咕嘟嚥下一口唾液，把在場所有人的五官——正確說來，是構成五官的「數字」，緊緊烙印在眼底。

以往對政治毫不關心的莫妮卡，從未起過好好記清楚在場人士長相的念頭。結果就是，連菲利克斯長什麼樣子都不清楚，就插班進賽蓮蒂亞學園執行任務，差點上演一齣大失態。

所以，這次希望能先記清楚在場所有人的長相與姓名，把握人物間彼此的關係。

待熟記全員長相之後，莫妮卡最後將眼神投向了坐在王座上的國王。

表情死氣沉沉的國王——安布羅斯．庫雷朵．利迪爾。一頭金髮，嘴邊蓄鬍，散發一股柔和溫厚氣息的中老年男性。

一切事情的開端，就是這個人物，向路易斯指派了護衛第二王子的極祕任務。

（雖然聽說國王的體況，好像不甚裡想……）

那雙眼眸雖然帶有些許茫然的神色，但也並非不像在俯瞰棋盤盤面的目光——莫妮卡暗自心想。

＊＊＊

「喂——莫妮卡！我們去參加宴會吧！」

新年典禮結束後，莫妮卡就在客房裡一路窩到太陽下山。跑來拜訪邀約的，則是〈荊棘魔女〉勞爾・羅斯堡。

勞爾的左手，還緊緊地握著〈深淵魔術師〉雷・歐布萊特的長袍下襬。

「為什麼連我都……」

一臉隨時都會斷氣的表情，滿嘴怨言嘀咕不停的雷，遭到勞爾用那雙長有細長睫毛的眼睛不停拋媚眼。

「別擔心！路易斯先生和布拉福先生好像也都在喔！」

「那兩個大叔，想也知道只會一直喝酒吧……啊啊～真不想靠近他們……」

「如果不喜歡酒，會場也有餐點啊。我覺得，不管是雷還是莫妮卡，都應該要再多吃一點才行。你們都太瘦弱啦。」

勞爾這番話，聽得雷皺起原本就陰沉的五官，形成一種不悅、絕望與煩躁以絕妙比率調合而成的表情。

「曾幾何時，已經開始直呼名字了……給男人直呼名字，一點都高興不起來……」

「雷也可以儘管叫我勞爾喔！再怎麼說，我們是朋友了對吧！」

滿臉笑容的勞爾，伸手朝雷的肩膀拍了拍。

身材消瘦的雷搖搖晃晃地倒向牆壁，虛脫地靠在牆面上。

「朋、友……友愛與友情的分界是什麼啊，我想獲得的只是女孩子的愛，並沒有特別想交什麼朋友，更別提還是長相比我好看的男人，爛透了……」

滿口念念有詞的雷，以及在房間入口不知所措的莫妮卡，長袍雙雙被勞爾給握進了手裡。

「來，出發吧！我一直有點憧憬，和朋友一起參加宴會的場面呢！」

光看都覺得興高采烈的勞爾，踩著輕快的步伐邁出了腳步。

被強拖上路的莫妮卡，慌慌張張地從口袋掏出遮口的面紗圍在臉上，重新蓋好兜帽。

七賢人的長袍屬於正裝的一種，直接穿這樣去參加宴會是沒問題，但基本上就是太引人注目了。

總算，抵達會場後，勞爾放開兩人，哼著歌打開了會場大門。

才剛踏進宴會會場，三人立刻成為眾人矚目焦點。

「是〈荊棘魔女〉……而且，還是現任當家的……」

「好稀奇，歐布萊特家的咒術師，竟然會來參加宴會……」

投向勞爾與雷的視線，相較於敬意，夾帶了更多的畏懼。

〈荊棘魔女〉與〈深淵咒術師〉，兩家當家代代都是七賢人固定班底，是背負著名門的沉重頭銜及歷史的存在。正因此包袱也多，害怕他們的人亦決不在少數。

不過，勞爾並未特別顯得在意，就只是我行我素地在會場內大步大步前進。

而莫妮卡則是盡可能縮緊身體，渾身顫抖地躲在勞爾身後。順帶一提，因為雷也採取同樣的行動，所以勞爾的身體根本沒辦法同時遮住兩個人。

就在莫妮卡與雷致力於消除自身存在感的時候，周圍的人們開始嘈雜了起來。

「我說，那邊那位該不會……是〈沉默魔女〉吧？」

「〈沉默魔女〉來參加宴會了？真的嗎？」

不知道為什麼，四面八方都傳來〈沉默魔女〉這個詞彙。是因為自己不常到這類場合露臉，讓人覺得很稀奇嗎。

好奇的視線令莫妮卡顫抖得更凶了，忽然，勞爾停下腳步望向莫妮卡。

「這麼一提，莫妮卡不只是沃崗的黑龍，就連廉布魯格的咒龍都打倒了是嗎？」

「咦？是、是德……」

「原來啊，怪不得會成為矚目焦點！好厲害，大受歡迎耶！」

勞爾此話一出，莫妮卡頓時僵在原地。

自己的功績也好、來自周遭的評價也好，莫妮卡向來不怎麼執著。說得具體一點，就是不怎麼感興趣。

所以也從來沒想到，自己會因為沃崗黑龍與廉布魯格咒龍的事件，引人注目到這種地步。

（噫噫噫噫……怎、怎麼辦，怎麼辦，怎麼辦……）

姑且不提引人注目，在宴會會場就連遇到菲利克斯或希利爾的可能性都不是零，而且一個不好，甚至可能會有其他賽蓮蒂亞學園的相關人士到場。

果然，自己還是不應該過來的。得趕快逃離現場才行……就在抱著這種想法，正準備回過身去的瞬間，一道熟悉的嗓音傳進耳裡。

「艾瓦雷特女士！」

那陣喜出望外的喚聲，聽得莫妮卡渾身寒毛直豎。

快步走來的人是菲利克斯。那俊美的臉龐正浮現滿面的笑容，雙眼更是閃閃發光。

好想逃。雖然很想逃，可是被王族出聲喚住，露骨地無視怎麼說都太過不妙。

（怎、怎麼辦啊啊啊……）

伸出右手按住疼痛尚存的左腕，莫妮卡低下頭去。

廉布魯格的咒龍騷動，以及莫妮卡父親的死。這兩起事件，可能都與克拉克福特公爵有關。然後，既是克拉克福特公爵的傀儡，又同時身為外孫的菲利克斯，說不定也有牽扯其中。

面對這樣的菲利克斯，莫妮卡到底該表現出怎樣的態度才好。

即使內心萬般糾葛，菲利克斯仍顯得毫無芥蒂，笑著向莫妮卡開口。

「在廉布魯格受妳關照了。後來，妳左手的傷勢恢復得還好嗎？」

（噫噫噫噫……）

「今早的魔術奉納真的是太令人讚嘆了。妳的魔術果然無論何時，都是那樣地纖細、那樣地美麗。竟然能夠親眼目睹妳的魔術奉納，我是何等幸福……想必今年一定會是美好的一年吧。」

（哇啊啊啊啊……）

現在，全會場最受矚目的，就是莫妮卡與菲利克斯。

再怎麼說，兩人畢竟是擊退廉布魯格咒龍的英雄。投向兩人的視線，除了憧憬之外，也不乏想加以政治性利用等各式各樣的思緒參雜其中，莫妮卡深感胃部又開始隱隱作痛。

（總而言之……零，一，一，二，三，五……得趕快設法逃離現場……八，十三，二十一，三十四，五十五，八十九……哇啊啊啊啊～好想逃進數字的世界～～～～！）

眼看兜帽下的莫妮卡就要汪汪大哭，這時，雷小聲展開詠唱，悄悄指向了莫妮卡。

緊接著，莫妮卡的左手便浮現出模樣陰森的紋路，一閃一閃地發光。

莫妮卡一驚，反射性舉起左手，便見菲利克斯變得一臉鐵青。

「女士？難道說！咒龍的詛咒又……」

一時搞不清發生了什麼事，莫妮卡狼狽不已，雷這才掀起莫妮卡的左袖故作端詳，擺出一副煞有其事的表情點頭。

「嗯，這情況有必要回房間休息一番……」

用這種說詞牽制周遭人群之後，雷又以只有莫妮卡聽得見的音量細語。

「……只是讓身體某部分發光的詛咒而已。馬上就會消失。」

雷也懷疑背叛歐布萊特家的咒術師與菲利克斯有關，因此特地製造了一個方便離開現場的藉口，讓莫妮卡可以不用與菲利克斯接觸。

（〈深淵咒術師〉大人……實在太感謝你了！）

在心中向雷道過謝，莫妮卡隔著長袍按住左手，裝出疼痛不已的模樣，向菲利克斯點頭致意完便回過身去。

「女士，請等等。還是找個人陪同比較……」

莫妮卡搖搖頭，一蹦一蹦跑離了現場。

在宴會會場跑步可謂再引人注目不過，幸好賓客大多都已經醉了，沒人開口指責莫妮卡。

（再一下下，就到出口了……）

慢性運動不足的莫妮卡，嘶～哈～嘶～哈～地喘著大氣朝出口跑去。

會場內的空氣混雜著群眾的熱氣與酒味，光是喘氣都令胸口悶得難受。

「……唔，哈、啊……唔嗚……」

在酒味催化下，頭昏眼花的莫妮卡撞上了走在前方的某人。

一屁股摔在地上的同時，莫妮卡反射性張口，準備向對方道歉。

張口時吸進的空氣沒有一絲酒味，只感覺得到冷冽的清涼。

「失禮了，有受傷嗎？」

向倒地的莫妮卡伸出手掌的人，是希利爾。

莫妮卡的心臟加速怦通作響，全身冒起冷汗。

如果這裡是賽蓮蒂亞學園，在同樣狀況下，希利爾一定會當場柳眉直豎，對莫妮卡破口大罵「不准在會場跑步！」吧。

然而，現在面前的希利爾，卻用著非常紳士的態度向莫妮卡伸手。

戰戰兢兢地疊上手掌後，希利爾慎重地從地面上扶起了莫妮卡。

「妳是方才那位……〈沉默魔女〉閣下。」

「…………」

「雖然明白突然請教這種問題很失禮，但請問，我們從前是不是曾在哪裡見過面呢？」

莊重的口吻、慎重的態度。這並不是用來對待學生會會計莫妮卡．諾頓的態度。而是用來面對七賢人之一——〈沉默魔女〉莫妮卡．艾瓦雷特的態度。

有朝一日莫妮卡離開賽蓮蒂亞學園，若是以〈沉默魔女〉的身分與學園內認識的人相遇，一定就會演變成這種場面，這是早就心知肚明的事。至少莫妮卡覺得，自己是清楚這點的。

明明如此，莫妮卡的思緒卻亂成一片，未知的感情擅自搗亂了起來。就彷彿一個孩童，在鬧彆扭發脾氣。

（……我不要，這樣……）

面對菲利克斯向〈沉默魔女〉所表現出來的露骨好感時，是覺得很衝擊，而在面對希利爾時感受到的感情，似乎又有點不太一樣。

在庭園巧遇時也是這樣。每看到希利爾對自己表現得有如陌生人，胸口就覺得好難受。

（我不要，希利爾大人對我，畢恭畢敬的……）

「〈沉默魔女〉閣下？」

或許是以為默默低頭的莫妮卡身體不舒服，希利爾語帶關切地湊到莫妮卡的面前，想確認狀況。

頓時，一陣前所未有的強烈恐懼支配起莫妮卡的全身。

（不要，不要，不要！）

發出無聲吶喊的同時，莫妮卡舉起雙手往希利爾就是一推。

原本莫妮卡就沒什麼力氣，加上左手又帶傷，這一推連晃都沒晃動希利爾的身體。

只有尖銳的痛楚，竄過負傷的左手。

「…………啊、嗚……」

微弱的呻吟自緊咬的齒縫間滲出，莫妮卡穿過了一臉驚訝的希利爾身旁。

希利爾雖然一臉困惑地望著莫妮卡，卻沒有起步追上去。

即使如此，莫妮卡還是沒有停下腳步，一路跑出宴會會場。

總算，在轉過走廊一角之後，莫妮卡才停止奔跑。

全身上下的汗水，都冰得嚇人。心情就像是被人從頭頂潑了一桶冷水。

（……心裡明明，早就知道了……）

莫妮卡．諾頓是虛構的人物。

一旦離開賽蓮蒂亞學園，就再也無法以現在的方式和希利爾等人相處。

所以才會決定，要趁還在賽蓮蒂亞學園的時候，多留下各種回憶，並將這些回憶抱在胸口活下去。

明明就這麼決定了，卻在看到希利爾以對待陌生人的臉孔面對莫妮卡的瞬間，感到渾身血液倒灌。胸口也刺痛不已。

內心只覺得——只想要那個總是眉毛直豎，怒斥莫妮卡的希利爾大人。

（我變得，好任性……）

乏力地蹲了下來，莫妮卡抱住膝蓋，闔上眼睛。

浮現在眼皮下的，是在賽蓮蒂亞學園度過的每一天。

與拉娜天南地北地閒聊，古蓮跟尼爾偶爾會從隔壁班跑過來，追著尼爾的克勞蒂亞也隨後現身，來關切古蓮有沒有好好讀書的希利爾嘀咕不停，等回到女生宿舍，伊莎貝爾又馬上會上門邀請「姊姊，一起開茶會吧！」

莫妮卡．諾頓所度過的每一天，是如此地令人深愛。

……即使早就知道，那只是一場虛假的校園生活。

＊　＊　＊

七賢人之一〈結界魔術師〉路易斯．米萊正在宴會會場角落喝著葡萄酒。

在一身時髦禮服外披上長袍的他，腳邊躺著一個呼呼大睡的人，那是拚酒拚輸的〈砲彈魔術師〉布拉福．泛世通。

樂團的演奏在大叔的鼾聲干擾下成了突兀的不諧和音，但路易斯並不以為意。與其要去應付眼前人群中此起彼落的八卦閒話，或是勾心鬥角的刺探應酬，還不如待在這兒輕鬆多了。

「哎呀，去年也看過的畫面～」

隨著有如敲響鈴噹的呵呵笑聲走來的人，是在一身白色禮服外披了長袍的年齡不詳美女——〈詠星魔女〉梅爾麗．哈維。

路易斯把葡萄酒杯自嘴邊移開，露出一臉美麗的微笑。

「〈詠星魔女〉閣下也來一杯如何？今年的葡萄酒，釀得特別香醇呢。」

「恭敬不如從命嘍。話說回來，路易斯你已經乾了幾瓶啦？」

「這個嘛，我不記得嘍～」

路易斯好似裝傻地聳了聳肩，繼續側眼追蹤其他七賢人的動向。

〈寶玉魔術師〉伊曼紐．達爾文正忙著巴結第二王子派的貴族們。伊曼紐開有好幾間工坊，從事製作與販賣魔導具的工作，或許是想拓展販賣管道吧。

隔有一段距離的牆邊，〈深淵咒術師〉雷．歐布來特正散發著陰鬱的氣場，〈荊棘魔女〉勞爾．羅斯堡則單手拿著餐盤在與雷交談。

梅爾麗將酒杯舉離雙唇，噢了一聲：「哎呀～」

「莫妮卡不見了耶～剛才明明還跟勞爾和雷在一起的說。」

「〈沉默魔女〉閣下的話，方才逃跑似地離開嘍。」

梅爾麗聞言，伸手添在雪白的臉頰上，咕噥了聲：「這樣嗎。」

感覺到那副側臉中散發的少許憂慮，路易斯若無其事地問道：

「〈詠星魔女〉閣下，有什麼在意的事嗎？」

梅爾麗用那雙總是有點夢幻縹緲的水藍色眼眸，掃視著會場內的七賢人。最後，待視線落在路易斯身上，王國首席預言者才緩緩開口。

「你就把這當作，是預言前的喃喃自語就好……我剛才，在走廊上觀過星了。」

接著，細長的睫毛隨著眼皮下垂。

在她手上的酒杯，可以看見深紅色的葡萄酒正在蕩漾。

「七賢人的星出現了陰影。也許是七賢人將會少掉誰……又或是，七賢人整體的存在，將會陷入危險。」

以新年第一則詠星結果而言，也未免過於不吉祥。

感受到這個結果的危險，路易斯瞇細了單邊眼鏡下的眼睛。七賢人中政治冷感的人占多數，但他算是比較精通政治與社交界的消息。

確認身旁沒有閒雜人等，路易斯壓低嗓音追問。

「我聽說，近來想把七賢人納入貴族議會的動作，有愈來愈強烈的傾向。有沒有可能與這個有關？」

「這個嘛，誰知道呢。」

「不然……關於〈寶玉魔術師〉閣下的風聲妳可有耳聞？」

梅爾麗沒有肯定或否定，就只是曖昧地微笑。

（這反應，看來是知道了。）

路易斯雖然暗自確信，但想讓梅爾麗主動說出自己知情，恐怕是有點困難。

七賢人之中，路易斯屬於第一王子派，〈寶玉魔術師〉伊曼紐．達爾文是第二王子派，餘下的全屬中立。

所以，當路易斯言及立場敵對的伊曼紐，愈熟悉政治的人，應對的態度愈是慎重。否則若做出偏袒某方的發言，沒準不會成為導火線。

（恐怕，〈詠星魔女〉是想要我去做點什麼。）

前一刻才剛出現的不祥之兆成為預言——聽到這個消息，路易斯當然不得不有所行動。如此顯而易見的發展，自然是早在這個狡獪魔女的預料中。

就路易斯來說，被人操弄在手掌心的感覺非常不是味道。但總好過袖手旁觀，坐視自己失去現有的地位。

跟某個視地位與名譽為無物的小丫頭不同，路易斯可是壓根兒沒打算放棄七賢人的地位。

（該派琳去調查〈寶玉魔術師〉嗎。）

契約精靈——風靈琳姿貝兒菲正為了國王委託的別件任務，亦即第二王子的護衛任務而被自己派去進行各方面的調查，不過也差不多告一段落了。

路易斯還在思索著往後的安排，梅爾麗就把酒杯擺回桌面望了過來。

「我這邊也有件事，想要跟路易斯確認一下耶～……」

「是什麼？」

梅爾麗好似天真無邪少女般扭著頭，凝視路易斯的面孔。

映出路易斯身影的水藍色眼眸，就宛若一對水鏡。

「路易斯你呀……明白到什麼程度了？」

「這個嘛，妳是指哪方面呢？」

「關於殿下的，病、情、呀。」

路易斯動作粗魯地將葡萄酒咕嘟咕嘟注入酒杯，擺出一副絲毫不以為意的態度回答。

「只聽說，連醫生都舉手投降了。」

「是～喔～？」

梅爾麗朝路易斯更貼近一步，用彷彿要交換祕密一般的甜美嗓音細語：

「噯，路易斯你覺得，誰會當上國王呀？」

「在這個場合討論這話題，是不是有點不謹慎？」

「反正，會場上的所有人一定都在想一樣的事啦～」

新年的儀式，是用來決定王儲人選的試金石。

在國王體況不佳的這種情形下，王子們會如何調度施政，國內貴族——尤其是中立派的貴族們都在慎重地放大檢視。

第一王子主持的儀式也好，第二王子舉辦的這場宴會也好，讓路易斯來說，基本上都還過得去，算是及格了。

無論哪方都是在顧及國王體況的同時，為了不損及王國威信，而維持了一定的奢華。既顧慮到了國民的需求，也向他國大使保全了王國的面子。

剩下就看這場宴會上，第一王子派與第二王子派各自能拉攏到多少中立派了。

「就我看來，目前是第二王子派有壓倒性優勢呢。畢竟再怎麼說，第三王子的母后菲麗絲王妃都已經向克拉克福特公爵靠攏了嘛。」

第三王子派併入第二王子派一事，令第二王子派氣勢大漲。

不僅如此，廉布魯格的咒龍騷動，也讓第二王子被視為抗龍英雄。不少中立派都因此陸續倒向第二王子派。

面對窺伺著己方反應的梅爾麗，路易斯用鼻子哼了一聲。

「說到底，我們七賢人主張什麼第一王子派啊第二王子派的，不覺得這件事本身就很愚蠢嗎？」

「哎呀，路易斯你不就是第一王子派嗎？」

「我本身，並沒有特別積極推崇第一王子繼位喔。我純粹就只是，看第二王子跟克拉克福特公爵不順眼罷了。」

路易斯裝模作樣地將手添在胸膛，以歌唱般的口吻接話。

「立於我等之上的，唯有陛下一人。所以，一切都遵照陛下的旨意。」

「路易斯你啊，愈是在鬼扯些違心之論的時候，笑容愈是燦爛呢～」

「哈哈哈，評得可真不留情。」

隨著開朗的笑聲，路易斯轉頭環視會場。

一場無論是誰，檯面上都快活地享受美酒與談笑，檯面下卻又暗中勾心鬥角的酒宴。出席者的腦海裡，想必都被王儲的事情塞得水洩不通吧。

路易斯品嘗一小口葡萄酒，單邊眼鏡下的灰紫色眼眸閃起了詭譎的光芒。

「每個人都半斤八兩，一臉自以為棋手，可以恣意擺布棋子的表情……可是天曉得～真正從棋盤上俯瞰著棋子的人，究竟是誰呢？」

＊　＊　＊

從宴會會場飛奔而出的莫妮卡，在別無他人的走廊上漫步一會兒之後，原本動搖到七上八下的心，也總算是平靜一點了。面紗下的嘴唇，深深嘆了一口大氣。

（我看今天，就回房間去了吧……）

現在只想鑽進被窩，什麼都不思考直接倒頭大睡。就在腦海裡馳騁著溫暖床鋪的想像時，一陣腳步聲突然自背後響起。

「失禮了，〈沉默魔女〉大人。」

被人喚起稱號，莫妮卡膽戰心驚地回過身去。

佇立在莫妮卡背後的，是一位陌生的中年男性。從衣著看來，應該是某位高貴人士的侍從。

「主人希望能邀您前往個室暢談。」

「主人？」

面對毫無頭緒，眉頭深鎖的莫妮卡，男性侍從平淡地道出答覆。

「克拉克福特公爵。」

好不容易穩定下來的心臟，又開始隨著刺耳的怦通聲猛跳。

甚至可以聽見耳朵深處汩汩作響的血流聲。

（……好可怕。）

克拉克福特公爵——達瑞斯．奈特雷。懷疑與咒龍騷動，以及莫妮卡的父親韋內迪克特．雷因之死有關的人物。

（可是不管多怕，我還是，想要知道真相。）

莫妮卡右手使勁緊握住長袍胸口，緩緩開口回應。

「我接受。請你帶路吧。」

＊　＊　＊

男性侍從把莫妮卡帶到的地方，是接待室中最高檔的房間。

該說真不愧是王國最有力的掌權人士嗎。

「〈沉默魔女〉大人已經帶到了。」

「進來。」

從房門另一側傳來的嗓音絕對稱不上響亮，卻不可思議地在心中迴響。

侍從打開房門，督促莫妮卡入內。

莫妮卡重新把兜帽仔細蓋過眼睛，也確認了下嘴邊的面紗有無戴歪，才起步踏進房間。

坐在沙發上的，是一位將參雜白髮的金髮束在身後，年過六十的男人。這個人正是克拉克福特公爵——菲利克斯的外祖父。

克拉克福特公爵坐著的沙發後頭，站了兩位身披長袍的男性魔術師待命。從手中法杖的長度判斷，雙方應該都是上級魔術師吧。

「感謝妳賞光赴會，〈沉默魔女〉閣下。」

簡短致意過後，克拉克福特公爵督促莫妮卡往對面的席位就坐。

待莫妮卡入座，男性侍從送上兩人份的茶水，便走出了房間。緊接著，其中一位待命的魔術師也展開詠唱，於室內布下防止竊聽的防音結界。

克拉克福特公爵
達瑞斯・奈特雷

防音結界是鮮少人懂得運用的高難度魔術。單憑這點，就足以明白那位魔術師有多麼傑出。

莫妮卡碰也不碰送上的茶水，從兜帽下仔細觀察克拉克福特公爵。

那副即使年事已高，依然不失年少時期英俊的端正五官，倒也不是完全不像菲利克斯。

只是，相較於菲利克斯總掛在臉上的沉穩親切笑容，克拉克福特公爵的臉孔還帶有一股令交談對象退縮的分量與威嚴。

（這個人，就是王國最有力的掌權大貴族。）

單是與其面對面就坐，那股具備強烈威壓性的氣場就彷彿要吞沒自己。

莫妮卡握緊擺在膝蓋上的拳頭，小腹使勁縮緊，希望至少讓身體不要發抖。

克拉克福特公爵也同樣未以茶杯就口，只是以銳利的目光凝視莫妮卡。

「就連在我面前，也不脫下兜帽，是嗎。」

僅僅這麼一句話，就讓內心湧現想要立刻脫下兜帽，磕頭大聲賠罪的衝動。就是如此充滿威壓感的嗓音。

然而，莫妮卡還是沒有動作，只是持續在兜帽下瞪著克拉克福特公爵。克拉克福特公爵也沒有繼續做出發言。

……兩人就這麼不發一語，不知經過了多少時間。

率先開口的人，是克拉克福特公爵。

「『在公家場合，頭戴之物得視為正裝者，僅國王之冠、聖職者之聖帽，及宮廷魔術師之長袍矣』……原來如此，妳並未違背半條禮節。明智的判斷。」

對方在衡量自己——莫妮卡感受到了。

倘若，莫妮卡方才屈於壓力脫下兜帽，克拉克福特公爵一定會因此輕視莫妮卡。認為只要稍微凶個幾下，就能使喚這個小妮子。

至於其實只是緊張到身體動彈不得，以及根本不敢在外人面前脫下兜帽這兩句真心話，當然是沒理由說得出口。

待莫妮卡像個銅像繼續佇立一會兒之後，克拉克福特公爵舉起雙手交疊在膝蓋上。

「連面對我這樣的人物，也依然貫徹沉默嗎。」

之所以會沉默，倒不是為了對抗威壓。

只是因為莫妮卡太緊張，覺得一開口就可能咬到舌頭。

請問為什麼要把我找來？——要是試圖講出這句話，事情肯定會變得非同小可。主要是莫妮卡的舌頭會非同小可。

「也罷，把妳找來的是我。就老實地言歸正傳吧。」

（太、太好了。要進入正題了……）

總覺得，好像在進入正題之前，精神就已經要磨耗殆盡了。

內心正感到鬆一口氣，便聽到克拉克福特公爵平淡地敘述。

「首先，要為了挺身面對沃崗的黑龍、廉布魯格的咒龍……這些威脅我國的龍害，在此向妳致上感謝與敬意。」

聽到克拉克福特公爵的致謝，說實話，莫妮卡內心很複雜。

自己實際上並沒有討伐沃崗的黑龍，至於廉布魯格的咒龍，莫妮卡還正懷疑幕後有克拉克福特公爵牽涉其中。

（請問咒龍的騷動，是你出手安排的嗎？）

短暫煩惱了下是否該如此詢問，最後莫妮卡還是閉上了嘴。

眼前這個男人，是談判功力更勝菲利克斯的人物。實在不覺得有辦法輕鬆套出任何情報。

（現階段察覺到咒龍騷動是人為安排的，就只有我跟〈深淵咒術師〉大人……這個情報絕對先別亮出來比較好。）

一旦輕率發言，難保不會讓自己對克拉克福特公爵抱有懷疑的事情穿幫。

既然如此，沉默才是現在的最佳選擇。首先還是想弄清楚，克拉克福特公爵把莫妮卡找來的用意是什麼。

「鑒於妳是我國最優秀的魔術師，這裡有份工作想委託給妳。」

（……委託？）

內心正在狐疑，下一瞬間便接到克拉克福特公爵的告知。

「我想請妳擔任第二王子——菲利克斯．亞克．利迪爾的專屬護衛。」

莫妮卡發出了無聲的吶喊。

（那件事，我正以現在進行式在處理啦～～……！）

雖然一時之間陷入混亂，但冷靜下來想想，克拉克福特公爵對於莫妮卡潛入賽蓮蒂亞學園擔任菲利克斯護衛的事，是毫不知情的。

知道這件極祕任務的人，就只有路易斯、國王，以及部分協助者而已。

注意不讓自己態度表現出動搖的同時，莫妮卡開始思索。

克拉克福特公爵刻意委託〈沉默魔女〉擔任菲利克斯護衛的用意何在？

（八成是，想拉攏我加入第二王子派的陣營吧。）
現在的莫妮卡，正作為打退沃崗黑龍與廉布魯格咒龍這兩大邪龍的英雄受到萬眾矚目。
尤其廉布魯格咒龍在官方說法上，還是與第二王子聯手戰鬥之末擊退的，周圍當然會認為，第二王子與〈沉默魔女〉之間的交流匪淺吧。
克拉克福特公爵就是看上了這點。
只要莫妮卡就這麼順勢成為菲利克斯的正式護衛，眾人就會認為，擊退邪龍的英雄〈沉默魔女〉已經加入了第二王子派。莫妮卡實際上支持哪位王子，也將不再重要。因為單是〈沉默魔女〉接受克拉克福特公爵的委託，擔任第二王子的護衛，這件事實就足以令周遭相信〈沉默魔女〉是第二王子派的人馬。
（七賢人之中，只有〈寶玉魔術師〉大人是第二王子派。可是，只要我也成了第二王子派，勢力版圖就會出現大幅變動……）
恐怕，這正是克拉克福特公爵的目的。
「妳願意接受嗎？」
面對克拉克福特公爵的提問，莫妮卡無言地搖了搖頭。
歸根究柢，莫妮卡早就已經受國王之命在執行護衛菲利克斯的任務。不能再接受克拉克福特公爵的委託。
克拉克福特公爵望向莫妮卡的目光更銳利了。明明眉毛既沒挑一下，臉孔也沒有任何抽動之處，卻感覺威壓感直線上升。
但，就算是克拉克福特公爵這樣的掌權人士，也無法對七賢人下令。他所能做的，最多就只有委託。然後，莫妮卡有拒絕接受委託的權利。

克拉克福特公爵轉而望向身後待命的兩位魔術師，繼續遊說。

「這兩人是連魔法兵團都曾開口挖角過的實力派。要讓他們擔任妳的部下也行。除此之外，只要妳有需求，都可以儘管從需要的機關調來想要的人才。」

克拉克福特公爵，是王國最受敬畏的首屈一指掌權人士。

這樣的大人物，正動真格地在攏絡〈沉默魔女〉莫妮卡．艾瓦雷特，想拉進己方陣營。在他的眼裡，擊退兩大邪龍的〈沉默魔女〉就是具備如此巨大的政治價值吧。

莫妮卡無言地起身，朝房間出口走去。希望藉此表達，已經沒有什麼好談的了。

就在伸手握住門把的剎那，克拉克福特公爵以不疾不徐的語調，從莫妮卡的背後宣言。

「現在，貴族議會上，正在討論是否該擬定七賢人長這個職位，專門用來統帥七賢人。我可以在這個位子推薦妳。」

假設真的擬定了七賢人長這個職位，決定由誰就任的也是國王，而不會是克拉克福特公爵。

明明如此，卻可以說得這麼斬釘截鐵，這件事所象徵的，就只有一個意義。

（這個人，打算掌控王國所有的一切。）

「遲早，菲利克斯會繼位成為國王。屆時就讓菲利克斯任命妳作七賢人長吧……那個基本上，會按我的意思辦事。」

此話一出，莫妮卡眼前頓時一片空白。

腦袋深處火熱發麻，有種黑色的東西自腹底湧上。尚未理解到這種感情的名稱，莫妮卡就先受激情所驅使，發動了無詠唱魔術。

莫妮卡腳邊現出發出白光的粒子，構築成形。這一隻隻飄然飛舞的無數白色蝴蝶，是精神干涉術式。

這種被限制在特定用途才准許發動的準禁術，莫妮卡是刻意要在此發動的。

為了表明自己的意思——如果想繼續強迫提出交易，自己也會拿出相應的手段。

就在莫妮卡回過身來的同時，白色蝴蝶已經包圍住克拉克福特公爵身後的兩個魔術師。

魔術師們明顯動搖起來。可是，克拉克福特公爵就連眉頭都沒皺一下。

「〈沉默魔女〉啊，想要什麼儘管開口。」

要就此貫徹沉默也可以。反正無論莫妮卡對這個人物說什麼，都得不到任何東西。

即使如此，莫妮卡還是以欠缺感情起伏的眼神凝視克拉克福特公爵，簡短作出宣言。

「我沒有，任何希望你做的事情。」

硬要說的話，莫妮卡只有一件事，想要這個沒心肝的男人實行。

就是把一切真相攤在陽光下，僅此而已。

（咒龍騷動是你在幕後安排的嗎？爸爸的死，和你有關嗎？為什麼殿下會對你言聽計從？）

這些質問，眼前的男人肯定一個都不會回答吧。

掩飾著雙腿的顫抖，莫妮卡走出房間後，開始往分配給自己的客房移動。

今天已經只想回房間待著，不想再見到任何人了。

就在距離房間只剩一小段路的時候，一道身影從前方映入莫妮卡的眼連。

那是一位身穿華麗禮服的金髮青年——菲利克斯。就他而言，頭髮正罕見地有點雜亂。肯定是十萬火急地從宴會會場偷溜出來吧。

「艾瓦雷特女士。我聽說，外祖父把妳找去。」

「…………」

「外祖父他，對妳說了些什麼？該不會，是把一些無理難題塞到妳頭上了吧？」

啊啊～莫妮卡強忍下險些脫口而出的嘆息。

（這個人，並不清楚克拉克福特公爵，向我提出了什麼樣的交易啊。）

菲利克斯的嗓音也好，表情也好，全都是發自真心在替〈沉默魔女〉感到擔憂。

然而，他身為克拉克福特公爵的傀儡，這也是不爭的事實。

（為什麼，你會對克拉克福特公爵言聽計從呢？）

吞下這句已經擠到口邊的疑問，莫妮卡穿過了菲利克斯身旁。

菲利克斯・亞克・利迪爾打從心底仰慕著〈沉默魔女〉。

——但他也同時，隱瞞著些什麼。

（我對你……感到很害怕。）

隨著來自身後的菲利克斯喚聲傳進耳裡，莫妮卡走進自室，關上了房門。

就這樣連燭台也沒點亮，就一頭倒進床鋪，抱住正睡有黑貓尼洛的籃子，闔上了雙眼。

Silent Witch

第三章　巴尼・瓊斯的來信

於前往利迪爾王國名門學府——賽蓮蒂亞學園的道路上，一輛載貨馬車正在行駛。

坐在車夫座的男人，名叫巴托洛梅烏斯・巴爾。原先是帝國出身的技術人員，在來到利迪爾王國後輾轉流離，一會兒在魔導具工坊任職，一會兒變成萬事通，後來又跑到廉布魯格公爵宅邸打雜，經歷如此曲折離奇的他，現在正為一名少女所僱用。

少女委託的內容，是調查廉布魯格公爵宅邸的前男僕彼得・山姆（本名好像叫巴利・奧茲的樣子）的經歷。就只是這麼單純的委託，委託人卻提出了讓人幾乎眼睛脫窗的高額報酬。

僱用巴托洛梅烏斯的少女，名叫莫妮卡・艾瓦雷特。是立於利迪爾王國魔術師頂點的七賢人——〈沉默魔女〉。

（哎呀～那個小不點在想什麼，真的是教人搞不懂……但無論如何，我可真走運。這下子不但暫時不愁吃穿，而且要是順利，還能拉近跟阿琳的距離呢！）

巴托洛梅烏斯的目的，只有一個。

那就是與一見鍾情的阿琳——七賢人之一〈結界魔術師〉路易斯・米萊的契約精靈，本名好像叫琳茲貝兒菲——拉近距離打好關係。

為了這個心願，巴托洛梅烏斯自告奮勇成了〈沉默魔女〉的協助者。

（果然啊，能幹的男人就是要行動力不同凡響，沒錯沒錯。）

〈沉默魔女〉似乎正以學生身分潛入賽蓮蒂亞學園，執行護衛第二王子的祕密任務。有鑑於此，為了方便與〈沉默魔女〉取得聯絡，巴托洛梅烏斯混進了有在出入賽蓮蒂亞學園的業者內。

他現在所駕駛的載貨馬車，運送的是寒假即將結束的賽蓮蒂亞學園所需要的食材。這輛不帶篷的簡樸馬車，堆著好幾只裝滿食材的木箱，一位青年就仰靠在木箱上。

「哼～，哼，哼，哼——」

仰靠在木箱上哼歌的，是一位滿頭倒豎紅髮的骨瘦如柴青年。

他的目的地好像也是賽蓮蒂亞學園，跑來開口要求搭便車。

青年雖然衣衫不整，但穿的都算是高檔貨。這傢伙肯定家境不錯——如此確信的巴托洛梅烏斯二話不說便點頭，讓男人上了馬車。

「哼～，哼，哼，哼哼——」

聽青年哼歌聽著聽著，巴托洛梅烏斯也有點湧現了歌唱的衝動。

今兒個不但風平浪靜，天色又好到不像寒冬，最重要的是，再過不久就能見到夢中情人阿琳。這豈有不高歌一曲的道理。

「『心愛的女神。我這就帶上與妳相襯的花朵，前去和妳相會。可以的話，可以的話，請妳大發慈悲，賜我一記擁抱吧～』」

那是在巴托洛梅烏斯故鄉流傳的，戀上女神像的雕刻家之歌。

雖然也有人覺得，愛上石像什麼的根本就蠢斃了，但巴托洛梅烏斯很能夠體會那個雕刻家的心情。

凡是工匠或藝術家，基本上都免不了要受到造型美麗的事物所吸引。哎～說穿了，就是所謂的外貌協會啦。

得知自己一見鍾情的對象並非人類，而是精靈時，巴托洛梅烏斯沒有失望，反倒是恍然大悟。那種超凡的美貌，高貴的氣質，確實不是人類能夠擁有的。

「『喔喔～我心愛的女神……』」

「歌喉不錯喔～」

仰靠著木箱的青年帶著有點散漫的語調說道。

巴托洛梅烏斯停下歌唱，露出陽光十足的笑容。

「哈哈～要是吵到你就先說聲抱歉啦。一想到我的夢中情人，就忍不住愈唱愈用力啊。」

「心愛的女神嗎？」

「是呀～那可是只有至高無上一詞能夠形容的女神啊。我這個人最幸福的時刻，就是在完成難搞無比的工藝品的時候，還有追求夢中情人的時候啦。」

「喔，兩方面我都有同感喔～真的很棒呢～……」

青年揚起嘴角笑了起來，雙手舉到後腦交疊。望向他手上的好幾枚戒指，巴托洛梅烏斯忍不住挑高了眉毛。

（喔～那個是……年紀輕輕的，卻戴著「挺不錯的玩意兒」嘛。）

紅髮青年靠在木箱上仰望天空，也唱起了歌來。

唱的一樣是巴托洛梅烏斯那首《我心愛的女神》，不過自己換了詞。

「『心愛的女王。我這就帶上射穿妳的箭矢，前去和妳相會。可以也好，不行也罷，請妳不要留情，賞我一記踩踏吧～』」

一反其陽光無比的旋律，歌詞微妙地散發出灰暗的感覺。

巴托洛梅烏斯莫名升起一股寒意，無意識摸了摸後頸。

＊＊＊

寒假收假的兩天前，莫妮卡來到了位於王都及柯貝可伯爵領地中間地點的小鎮，在此與伊莎貝爾會合，一起朝賽蓮蒂亞學園出發。

因為在寒假期間，莫妮卡表面上是陪同伊莎貝爾一起返鄉，現在收假回宿舍搭的若不是同輛馬車，會顯得不自然。

在冬至前出現龍害預言一事，似乎令身為龍害警戒區域的東部地區鬧得不可開交。在此影響下，也有不在少數的東部地區貴族，辭退了今年新年典禮的出席。伊莎貝爾的父親——柯貝可伯爵也是其中一位辭退者。

咒龍雖已擊退，柯貝可的冬至假期肯定還是過得並不平靜吧。一反莫妮卡懷抱的這番懸念，伊莎貝爾露出的是感受不到任何芥蒂的笑容。

「姊姊，好久不見了～！啊啊，見不到姊姊的寒假，是何等漫長啊！我聽說，姊姊上個月竟然和菲利克斯殿下一起擊退了廉布魯格的咒龍！姊姊果然不簡單！還請務必分享一下當時的詳細經緯……！」

馬車內，坐在莫妮卡身旁的伊莎貝爾正心花怒放地起鬨，就遭到侍女艾卡莎冷靜地指正。

「大小姐，首先是不是該把日前那件事，告訴〈沉默魔女〉大人一聲比較好？」

「啊，我也真是的。說得也是，得先把重要事項報告過才行……」

為了自己的浮躁舉動難為情的伊莎貝爾，重新端正坐姿以後，以嚴肅的表情開口。

「有不明人士，在四處打探姊姊的行蹤。」

「……咦？」

按伊莎貝爾所言，柯貝可伯爵領地內有不只一間修道院指出，有人上門詢問「請問，這裡有收留過名叫莫妮卡的少女嗎？」

柯貝可伯爵事先就與領民套過招，放出了「莫妮卡・諾頓就住在柯貝可伯爵宅邸的馬廄裡」的風聲，結果那個人還刻地潛入諾頓家確認謠言真偽。

在潛入賽蓮蒂亞學園時，路易斯構思的莫妮卡・諾頓出身背景是設定為「原本住在修道院生活，後來被柯貝可前伯爵夫人所收養」。

換言之，會四處跑去調查修道院，代表那名人物對莫妮卡的身分存疑。

「寒假期間，我們安排了替身演員專門扮演姊姊，所以關於姊姊的身分是虛構的事，那個不肖之徒應該尚未取得確信……只不過，短期內行事或許還是小心為上。」

「實、實在非常謝謝妳們……」

嘴巴雖然還能出聲道謝，但莫妮卡內心一點也靜不下來。

要說有誰會對莫妮卡・諾頓這個人物的身分存疑，十之八九是賽蓮蒂亞學園的相關人士。然後，現階段可能性最高的是……思考到這裡時，浮現在莫妮卡腦海內的，是菲利克斯。

在廉布魯格公爵領地內交談時，菲利克斯已經確定〈沉默魔女〉是賽蓮蒂亞學園的相關人士。這樣的他，自然有非常充分的可能性，把莫妮卡列為〈沉默魔女〉的候補之一展開調查。

（雖然就新年在城裡碰面時的反應來看，我的身分，應該還沒有穿幫才對……）

可一旦在打探莫妮卡・諾頓身分的人並不是菲利克斯，那還有誰會作這種事，莫妮卡就一點頭緒也沒有了。

內心湧現一股有如被看不見的敵人悄悄從背後接近的感覺，莫妮卡不由得渾身發抖，這時，伊莎貝爾從行李袋裡掏出了一個東西。

「有鑑於此……我呢，擬定了寒假收假後的對策。」

「妳是說，對策嗎？」

「是的，請看這個。」

說著說著，伊莎貝爾將手上的東西遞來眼前，是一本日記。

接下日記本，啪啦啪啦隨手翻閱了下，裡頭是以日記而言過於鉅細靡遺，伊莎貝爾在寒假中發生的各種大小生活點滴。

最值得一提的，就是日記中有莫妮卡登場這點。

『今天是去阿爾伐納視察的日子。話說回來，視察就視察，為什麼非得帶那個女人一起不可呀。也不過讓她提個行李，沒幾下就那邊哭哭啼啼的求情，只好罰她不准吃晚飯。哼，痛快多了！（以下略）』

『啊啊，豈有此理！那個女人竟然敢這麼粗心，把我心愛的茶杯給打破。法利姆・梅依新出品的水藍色茶杯……那纖細的藤蔓薔薇紋路我好喜歡的說！當然沒理由饒過她，把她趕到馬廄去了。要跟那種女人待在同一個屋簷下是在開什麼玩笑！那個家畜不如的女人，有馬廄可住都算便宜她了！（以下略）』

面對啞口無言的莫妮卡，伊莎貝爾雙眼閃閃發光地問道：

「姊姊覺得怎麼樣？」

覺得怎麼樣——就算被這麼問，實在也不清楚該怎麼回答才好。

「呃、呃——這個是……？」

「是我寒假期間的日記。我們諾頓家全家出動，同心協力寫成的力作。」

這裡是母親大人監修的～這部分是弟弟的點子～伊莎貝爾翻著書頁笑咪咪地解說。

日記的內文，從柯貝可伯爵宅邸內部的模樣，到伊莎貝爾身上的禮服顏色與款式，甚至連莫妮卡打破的（設定上）茶杯造型都描寫得詳盡無比。

描述詳盡的程度，幾乎讓人讀過後真的以為自己當時在場。

「等開學之後，姊姊與朋友聊天，難免會被問起寒假期間發生過哪些事。像這種時候，只要有事先讀過這本日記，不管被問到什麼問題，都用不著擔心了！」

「原、原來如此！」

莫妮卡實際上在寒假期間的經歷，是廉布魯格公爵領地的咒龍騷動，回養母老家探親，以及到城裡進行魔術奉納，出席新年典禮與宴會……雖然沒到必須隻字不提的程度，但實在不適合告訴拉娜她們。

而現在只要把伊莎貝爾的日記內容記熟，每當被提起寒假時的話題，就不用傷腦筋構思藉口了。

（只是，這些內容在某種層面上，好像也有點難以啟齒……）

日記裡的莫妮卡，不但受盡伊莎貝爾徹底的欺凌，有一餐沒一餐，還被趕到馬廄去，被迫啜飲泥水。要向好友描述這樣的內容，實在也不是那麼容易開口……話雖如此，要回絕伊莎貝爾的好意，也教人於心不忍。

總之在明早之前，先把這本厚實的日記讀遍吧——莫妮卡暗自下定決心。

＊＊＊

久違的閣樓間，積了一層薄薄的灰塵。

打開窗戶換氣後，莫妮卡把尼洛自行囊中拖出來。尼洛似乎還在冬眠，偶爾睜開眼睛，就只是喝一兩口水，接著又立刻呼喵呼喵倒頭大睡。

莫妮卡在空籃子裡鋪上布巾，將睡夢中的尼洛安置到裡頭。

「早點醒來喔。」

小聲道過晚安，捲起袖子正準備開始打掃時，莫妮卡無意間發現桌上擺了一封信。

看來是舍監把寒假期間寄給莫妮卡的信，幫忙送到了房間裡。

會是誰寄的呀？一臉狐疑地拾起信封，隨即為了信封上註記的名字瞪大雙眼。

——巴尼·瓊斯。

在米妮瓦就讀時的學友，現在已成為勁敵的少年。

莫妮卡把打掃的預定暫時擱下，拿起拆信刀慎重地開啟了信封。

『致我永遠的勁敵大人。不知妳近來可好？

能幹的我為了成為家父的繼承人，每天都勤奮不懈地進修。

說實話，原本很想出席新年問候儀式，無奈現仍處於家兄喪禮期間，不克參加，著實教人扼腕。

那麼，忙碌程度如妳所見的我，刻意提筆的理由無他，是妳畢生的勁敵巴尼·瓊斯打算要提供妳一項有益的情報。

雖然很想提醒妳要淚流滿面地向我道謝，不過等妳看過這個消息，只怕會在別種意義上淚流滿面了吧。

聽好了，妳現在立刻深呼吸，摀住嘴巴免得失聲尖叫，待準備萬全再翻開下一張信紙。』

莫妮卡按照信中的指示，先深呼吸一次，舉起手掌按住嘴巴，然後才攤開第二張信紙。

『已經做好心理準備了吧？那麼，睜大眼睛看清楚了。

米妮瓦首屈一指的問題兒童，有米妮瓦頑童二世之稱的修伯特・迪伊學長，日前已從米妮瓦退學，並預定在這個冬天插班進賽蓮蒂亞學園。

沒錯，就是從前對妳火熱糾纏，三天兩頭找妳打魔法戰打不膩的，那個迪伊學長。

妳隱瞞身分潛入賽蓮蒂亞學園出任務的事情，迪伊學長肯定一無所知吧。即使如此，誰都想像得到，只要被他發現妳的下落，毫無疑問又會回到那個魔法戰永遠打不完的生活。

還請日日夜夜膽戰心驚地執行任務，別被迪伊學長找著了。

妳畢生的勁敵，巴尼・瓊斯敬啟。』

莫妮卡雖然沒有失聲尖叫，但被手掌摀著的嘴巴，正噫噫不停地急促呼吸。

嬌小的身體抖得嘎噠嘎噠作響，全身上下都開始冒出冷汗。

「迪迪迪、迪伊學長他！要插班到，賽蓮蒂亞學園來～～？」

修伯特・迪伊這個男人，是莫妮卡還在米妮瓦就學時的學長，其叔父正是七賢人〈砲彈魔術師〉。修伯特雖然出身名家，在學時引起的暴力事件卻不計其數。因此反覆留級。找遍米妮瓦校史，他也稱得上是排名前五的問題兒童。

在大約十年前，米妮瓦出現了一位有米妮瓦頑童之稱，令人深感棘手的問題兒童。那個米妮瓦頑童也是留下不少傳說的問題兒童，而修伯特則被視為不在那人之下，因此冠上了頑童二世的稱號。

血氣方剛又酷愛魔法戰的地方，就與叔父〈砲彈魔術師〉一個樣，可若論及無法溝通的程度，那就要算修伯特壓倒性地青出於藍了。那種更勝尼洛的旁若無人態度，單憑筆墨實在難以道盡。

永生難忘的三年前，被逼著與修伯特開打魔法戰的莫妮卡，因為太過恐懼，比賽開始的同時就把所有攻擊魔術一股腦全砸了出去……說得具體一點，就是把修伯特給打得落花流水。

自此之後，莫妮卡便被修伯特給盯上，有事沒事就被強邀魔法戰。

莫妮卡之所以會變得成天窩在研究室，原因雖然出自內向怕生的個性，但其實還有另一個理由，就是想要逃避修伯特的糾纏。

「怎怎怎怎，怎麼辦～～～～～～」

僅靠化妝或變裝那種小伎倆，只怕騙不過修伯特吧。修伯特雖然粗野，但觀察力卻敏銳得教人害怕。

一旦進入他的視線，下場顯而易見就是被拖到魔法戰訓練場去。

近來正為了身分唯恐被菲利克斯揭穿而憂心，又接到有不明人士在打探自己身分的消息，原本就已經焦頭爛額了，現在竟然又增加爆發新問題的可能性！

莫妮卡緊緊握住巴尼寄來的信，泣不成聲地哭倒在地。

＊＊＊

新學期第一天，朝教室移動的莫妮卡小心翼翼地警戒周遭，慎重到前所未有的程度。

右安全、左安全、前後安全……每前進一小段路，就像這樣東張西望環顧四周，看在任何人的眼中，都是可疑人士會有的舉動。

「妳在幹嘛啦。」

被拉娜從背後搭話，莫妮卡頓時發出「嗶嘎唔？」一聲怪叫。這是把反射性放聲尖叫的衝動在緊要關頭強忍下來所形成的怪聲。

拉娜一臉擔心地湊到嘎噠嘎噠不停打顫的莫妮卡面前。

「討厭啦，嗳，妳臉色發青耶。要不要回宿舍休息啊？」

「不、不不、不要，緊。反正，今天沒有，上課……」

新學期第一天，在聯絡過明天起開課的課程內容之後，就沒事了。問題在於聯絡結束之後，學生會幹部要集合開會。

（我有辦法，好好地，表現得一如往常嗎……）

握緊握力尚未恢復的左手，莫妮卡開始回想在王城發生的事。

面對〈沉默魔女〉時，菲利克斯露出的是充滿敬畏的眼神。希利爾也一樣。兩人都為了不讓居於王國頂點的七賢人感到無禮，表現得無比莊重。

萬一，莫妮卡的身分曝光，肯定就無法像以往那樣，與拉娜以朋友的立場自在相處了。

（……不要。就只有這個，絕對不行……）
握住的左手，單是稍微折彎指頭，整個手腕到指尖就竄起一陣刺痛。
非得巧妙地隱瞞不可。左手的疼痛也好、莫妮卡的身分也好，一切的一切都絕不能曝光。
才剛在內心暗自下定決心，莫妮卡身後又傳來一道耳熟的「喂——！」
正朝這兒走來的，是一位金茶色頭髮的高個子青年，以及一頭微捲亮褐髮的嬌小青年——古蓮與尼爾。兩人身高差距顯著，所以走在一起格外好認。
朝著莫妮卡與拉娜猛揮手的古蓮看起來活力十足。在咒龍騷動中浮現全身的咒痕，已經都消逝無蹤了。
四人會合後彼此寒暄，一起朝教室移動，起勁地聊著各自寒假生活的相關話題。
「我在老家過得很悠閒呢。大概就只學了些家父工作相關的知識吧。」
尼爾描述著寒假間發生的大小瑣事，拉娜則分享了與父親一起前往的港都商贊道爾街景。
「不管去過幾次，商贊道爾都還是那麼迷人呢。畢竟店家開得多，怎麼逛都逛不膩。所以，莫妮卡跟古蓮呢？」
來了。終於要面對這個問題了。
還在回憶伊莎貝爾在日記中寫了哪些內容，古蓮就搶先一步開口。
「寒假前半段，我去了廉布魯格一趟哩。」
聽到這番回答，拉娜睜大眼睛「哎呀」一聲。
「廉布魯格，不就是鬧出咒龍騷動的地方嗎！」
廉布魯格出現咒龍，是撼動整個王國的大騷動，其中最受矚目的，就是打倒咒龍的第二王子與〈沉默魔女〉這兩人。
至於〈結界魔術師〉的弟子也在場一事，知情的人就不是那麼多了，也難怪拉娜會這麼驚訝。
茫然思索著這些事情時，拉娜轉頭凝視起了莫妮卡。
「……莫妮卡，妳好像不太吃驚耶。難道說，妳早就知道了？」
「咦？不、不不不是的，我很吃驚，喔。」
自己當時其實也在場——當然不可能這樣據實以報。
幸好，拉娜沒有繼續針對莫妮卡可疑的舉動深究。
「噯，古蓮，那麼說，你難道也有和菲利克斯殿下，還有七賢人大人一起跟廉布魯格的咒龍作戰嗎？」
「不，我當時……」
古蓮一時語塞，低頭望向腳邊。
不曉得是不是回想起咒龍的駭人威脅，害古蓮內心難受起來。莫妮卡頓時陷入苦惱，不知該怎麼開口才好。
在場一定只有自己，知道古蓮曾受到咒龍的詛咒纏身，徘徊在生死關頭。
可是莫妮卡什麼都還沒說，古蓮就重新抬頭綻放出笑容。
「當時啊，我根本就無能為力哩。打倒咒龍的，是學生會長跟〈沉默魔女〉小姐啦！」
「你沒看到殿下他們作戰時的情形嗎？」
「啊——我剛好有點事。」
那時候，古蓮正被詛咒侵襲，失去意識，沒看到也是當然的。

不過照這樣看來，古蓮似乎沒打算說出自己身中詛咒的事。
（古蓮同學現在，身體要不要緊呀……）
就連只是稍微接觸到少許咒龍詛咒的莫妮卡，現在都還飽受後遺症的折磨。
無論古蓮的魔力抗性再怎麼高，全身上下都遭受詛咒侵襲，怎麼想也不可能安然無恙。
要是自己能表現得更好些，古蓮就不會吃這種苦頭了——莫妮卡低頭懊惱。
先前在城裡，莫妮卡曾趁著兩人獨處時向路易斯賠罪：『沒能護好你重要的弟子，真的是非常抱歉。』
對此，路易斯的回應則是相當豪爽。
『我可沒有愚昧到，會把自己弟子的學藝不精，怪到別人頭上去喔。』
雖然路易斯是個找到機會就想賣人情，沒有連本帶利討回來決不罷休的人，但在咒龍騷動方面，卻沒有一絲責備莫妮卡的意思。
即使如此，莫妮卡還是忍不住心想，自己當時一定有什麼能做得更好的地方，如果當時有做好，就可以讓古蓮少受一點罪才對。
「莫～妮～卡～！妳是怎麼啦？看起來好消沉哩？」
猛然回神抬頭，立刻與一臉憂心望著自己的古蓮四目交接。
莫妮卡搖搖頭，回以曖昧的笑容。
「沒事，什麼都，沒有。」
「這麼一提，莫妮卡寒假時做了啥呀？冬至時有吃百果餡餅嗎？」
「沒有，只吃了麵包配酸黃瓜……」

講到這裡，莫妮卡才驚覺不妙，趕緊打住。

在養母希爾達的摧殘下，廚房陷入毀滅狀態，因此莫妮卡的冬至大餐菜色是麵包配酸黃瓜，但這當然不能在此一五一十透露。

慌張失措的莫妮卡，試著回想昨晚讀過的伊莎貝爾日記內容。

「呃——那個……在柯貝可伯爵宅邸，有很多豐盛的菜餚。像是酥脆可口的派、配料滿滿的濃湯，還有不惜成本，使用了大量白砂糖製作的薑汁蛋糕……」

可惜，在伊莎貝爾的日記裡，這些豐盛的餐點，莫妮卡幾乎沒享用到分毫，而是坐在離暖爐最遠的座位上，忍著刺骨的寒意啜飲用菜渣煮成的湯。

『我不小心掉了一片薑汁蛋糕在地上，那丫頭竟然就恬不知恥地撿起來吃。唉～多麼不堪入目啊！簡直跟野狗沒兩樣！』

上述就是日記中的一小段。這是要怎麼向大家解說呀。

見莫妮卡講得支支吾吾，拉娜、古蓮與尼爾三人都露出了同情的眼神。

「……今天，就一起到餐廳吃頓正常的餐點吧。可不許妳拒絕喔。」

「莫妮卡，我有帶老爸做的肉乾來，妳要不要吃？」

「那個，不知道該怎麼說才好……難為妳了。」

看來，三人是把這段發言解讀成了「柯貝可伯爵宅邸內明明就有許多豐盛的菜餚上桌，莫妮卡卻只分到麵包與酸黃瓜」。

無論如何，這個解讀畢竟也和伊莎貝爾日記裡的設定相去不遠，所以莫妮卡決定繼續用曖昧的笑容蒙混過去。

＊＊＊

放學後，莫妮卡來到學生會室時，其他學生會幹部都已經在會議桌前就坐了。

雖然自己並沒有遲到，但身為最晚抵達的一個，總是覺得有點尷尬，莫妮卡於是向其他幹部們低頭賠個不是，同時坐到自己的位子上。

學生會長菲利克斯．亞克．利迪爾。

副會長希利爾．艾仕利。

書記艾利歐特．霍華德、布莉吉特．葛萊安。

總務尼爾．庫雷．梅伍德。

會計莫妮卡．諾頓。

待以上六位幹部到齊，菲利克斯露出沉穩的微笑開口。

「看到我們六人現在還能這樣同聚一堂，我由衷感到開心。希望新的一年，我們學園同樣能受到光之女神賽蓮蒂涅的眷顧與祝福。」

以這段祝詞作為開場白，菲利克斯開始了新年第一場學生會幹部會議。

學生會幹部的任期還剩下大約半年左右，不過在初夏至夏末這段社交季的期間，賽蓮蒂亞照例都會放長假，因此實際上到校的日子所剩無幾。

餘下的半年任期內，有待安排的大多是各社團的社員大會或成果發表會，這類規模較小的活動。最大型的例行活動，大概就是學生總會了。

新學期第一天的會議，主要目的在於確認下學期大致上的行事曆。至於各項活動的詳細討論，似乎要留待日後才進行。

就在待確認事項處理完畢後，菲利克斯忽然一句「啊，對了」，露出像是想起了什麼的表情。

「這件事屬於我個人的請求，不過……」

菲利克斯瞇細碧綠色的眼眸，環顧學生會幹部的表情一圈。

「基於某些理由，我正在尋找一位左手受傷的女生。大家要是有看到，可以告訴我一聲嗎？」

莫妮卡的心臟頓時狂跳到幾乎要發出聲音的地步。

把臉部肌肉想要總動員抽搐的衝動強忍下來，渾身僵硬到有如石像時，坐在莫妮卡隔壁位子上的尼爾隨即開口發問。

「會說是女生，代表對方是高中部的女同學嗎？」

「也有可能是中學部，甚至有可能是跟著學生到校的僕役。目前能確定的，只有對方不是教職員這點……因為我已經查過了。」

（教職員已經調查完畢了？）

動作也未免太快了，快得可怕。莫妮卡帶著望向駭人物體的眼神，凝視起菲利克斯。

接著開口的人是希利爾。

「殿下，除了左手負傷以外，還有任何特徵嗎？好比身高之類的……」

「遺憾的是，這方面的資訊相當缺乏。不過，說得也是……對方身材很嬌小喔。大概跟莫妮卡差不多吧。」

莫妮卡卯足全力才沒當場噫一聲慘叫。

幸好，莫妮卡態度戰戰兢兢也不是一天兩天了，所以沒人發現她現在緊張到快要出人命。然而莫妮卡感覺得出來，自己全身上下都已經被冷汗給濡濕。

希利爾好似陷入沉思一般，沉默片刻之後，才重新以慎重的語調提問。

「敢問那位女性對殿下而言，是什麼樣的存在？」

「應該，可以算是恩人吧。嗯，無論如何都想見她一面。」

說著說著，有那麼短短一瞬間，菲利克斯露出了幾乎要融化般的甜美笑容。那是他對〈沉默魔女〉會露出的那種笑容。

果然，菲利克斯已經抱有確信，知道〈沉默魔女〉就在賽蓮蒂亞學園內。

想到這裡，莫妮卡無意識將左手縮進桌面下，用右手按住。

（怎麼辦，怎麼辦，怎麼辦，這裡該勉強用左手做些動作，強調「我左手沒有受傷喔～」嗎？可是總覺得，這樣反而會顯得很可疑啊啊啊啊……）

就在莫妮卡憂心忡忡地煩惱時，艾利歐特轉頭挖苦起了希利爾。

「真稀奇耶，換作平常的希利爾，早就嚷嚷著什麼『既然殿下如此希望，我保證會把對方找出來，請拭目以待！』了吧。」

「用不著你多嘴，我當然會全力以赴實現殿下的心願。」

希利爾回嘴的口氣雖然強硬，態度卻也顯得有點沉不住氣。

就在這種尷尬的場面下，布莉吉特輕描淡寫地接話問道：

「關於那個對象，諾頓會計沒有算在候補名單內嗎？」

聞言，幾乎要翻起白眼的莫妮卡，在心中不停尖叫。

（有算在內。不如說，殿下在找的人，大概無庸置疑確實就是我！）

自剛才起，莫妮卡的橫膈膜就以非常古怪的方式持續痙攣，害嘴巴噫噫噫個不停，活像是在打嗝。

即使如此，莫妮卡還是使勁了渾身解數，努力擺出端正的表情，維持平穩的嗓音。

「我的左手，沒有，受傷喔……」

語畢，莫妮卡脫下左手的手套，舉起手掌反覆張合。其實這還滿痛的，但莫妮卡拚命忍著不在臉上表現出來。

菲利克斯緊緊凝視著莫妮卡舉起的小巧手掌，應道：

「這樣啊，所以不是妳嘍。」

「不、不是。」

「這麼一提，我記得妳很擅長找人嘛。好像說光是看過，就能知道身體各部位的尺寸來著？……要是當時有測過尺寸就好了。」

（什麼的尺寸——！）

最後那句低聲的咕噥，終於讓莫妮卡感覺自己差不多要暈過去了。

幸好，自己總算還是設法撐過了這關。

（好厲害，我竟然沒有昏倒，好厲害……！）

正為了自己的成長而感動的莫妮卡沒有注意到——

從方才就反覆張張合合的左手，一直被希利爾用嚴肅的眼神注視著。

✦ 第四章　因緣際會的插班生們

望著下學期的插班生名單，賽蓮蒂亞學園的社交舞教師綾縺．佩露歪頭不得其解。

綾縺本身是高中部二年級的班導，不過下學期要插班進來的學生分別是中學部一名、高中部一年級一名，以及高中部三年級一名。

此外，其中一名插班生——中學部的那位，還是王國第三王子亞伯特．弗勞．羅貝利亞．利迪爾。

突然有王族插班入學，害得中學部全慌了，緊張到按著胃喊痛的中學部教師亦不在少數。

只是，綾縺在意的倒不是第三王子，而是高中部三年級的那位插班生。

「插班進高中部三年級？明明只剩半年就要畢業了？」

「那是因為，人家想要賽蓮蒂亞學園畢業生這個頭銜，才會特地捐贈大把銀子入學啊。」

回應綾縺低語的人，是坐在附近座位上喝茶的老人。基礎魔術學的教師——威廉．瑪克雷崗。

瑪克雷崗呼～呼～地吹涼茶杯裡的茶水，操著自言自語似的口吻接話。

「畢竟那兒的家長手頭都很優渥嘛。捐的款相信不是小數目吧。」

「這麼說，瑪克雷崗老師你認識這位插班生嗎？」

「當然認識嘍。他啊，原本是米妮瓦的學生呢。他的叔父啊，還是七賢人〈砲彈魔術師〉喔。」

哎呀——綾縺發出一聲讚嘆。

不但在利迪爾王國最高峰的魔術師養成機構就學，還是七賢人的親戚。這豈不是前途無量嗎。

「原來他是個優秀的魔術師呀。」

綾緹笑瞇瞇說道。瑪克雷崗啜過紅茶，呼～地吐了口長氣。

白色眉毛下的雙眼，帶著某種懷念的神色凝視遠方。

「是呀，他很優秀喔……只可惜，品行沒有跟他的天分一樣優秀。」

瑪克雷崗罕見地渾身散發出哀愁感。

煩惱著是否該深入問下去，綾緹的視線落在了手邊的名單上。

（……哎呀？）

高中部一年級插班生的名字，不知為何令綾緹莫名在意。總覺得好像在哪裡看過。記得好像是，在哪張不同的名單上。

（是在哪裡看到的呀？從這名字看來，感覺像是留學生……）

寒假、期末考、校慶……不斷回溯記憶的綾緹，總算找到了答案。

「啊，想起來了。是棋藝大會選手名單裡列的，那位留學生……」

想起插班生的名字後，綾緹重新凝視了手上的名單。

中學部二年級是第三王子。高中部一年級是留學生。高中部三年級是七賢人的親戚。

（感覺上，每個插班生的來頭好像都不小……）

距離畢業典禮還有半年。希望這段期間能夠風平浪靜——綾緹默默祈禱。

＊＊＊

古蓮・達德利是個隨處可見的普通少年。

家族成員是雙親與兩個妹妹。討厭念書，喜歡活動身體，常幫忙家裡的工作，又善於照顧人，所以深受妹妹們仰慕。

長大後自己一定會繼承老家達德利肉舖的生意，古蓮對此深信不疑。

人生出現重大轉折，是在古蓮十一歲的時候。

一群達官貴族還啥的，總之就是不可一世的大人，一窩蜂闖進古蓮家，作出了這樣的宣告：

『七賢人之一〈詠星魔女〉已經發出預言。一旦古蓮・達德利繼承了達德利肉舖，這個國家恐怕就會滅亡。』

〈詠星魔女〉的大名，就連討厭念書的古蓮都曾耳聞。那是利迪爾王國首席預言家的名字。

在成群大人包圍下，被帶進王城測定魔力量的古蓮，其測定結果令眾人為之驚愕。因為古蓮的魔力量，遠遠高於上級魔術師的基準數值。

魔術什麼的，實際看人施展的次數，古蓮一隻手就數得出來。

得知自己具備魔術的天分，古蓮在驚愕的同時，也感到雀躍不已。

被王國首席預言家指名，點出自己天分過人——感覺就好像，成了故事中的主角不是嗎。

之後，官員們就談好，會安排古蓮進入最高峰的魔術師養成機構——米妮瓦就讀。而且求學所需的高昂學費，竟然由王國全額負擔。

家中長子出人頭地，全家老小都歡天喜地，古蓮也自豪不已。

一定要在米妮瓦學會一大堆厲害的魔術，有朝一日，像英雄拉爾夫那樣拯救王國的危機。年少純真的古蓮，在與歲數相符的浪漫思維下如此心想。

說歸說，王國會遭遇什麼危機，心裡根本沒半點具體的想像就是了。

實際進入米妮瓦時雖然興奮不已，但校園生活卻一反古蓮的期待，不是什麼快樂的日子。

在米妮瓦就讀的幾乎都是貴族子弟，也因此，基礎教養學科的難度遠在市井小民就讀的學校之上。

魔術課程就不用說了，古蓮連基礎教養科目的成績都滿江紅，結果被同學們露骨地瞧不起。

明明就不是貴族出身，為啥這種傢伙都可以來念米妮瓦啊。那傢伙根本就是個魔力量比較高的蠢蛋而已嘛，諸如此類。

太不甘心了。不甘心、不甘心，好想給那些看不起自己的傢伙一點顏色瞧瞧，在這種念頭驅使下，才剛入學三個月的古蓮，硬是開始了實技操練。

按米妮瓦的慣例，要正式展開實技練習，至少要在入學半年以後。即使如此，那個年紀的少年特有的不服輸與倔強，仍促使古蓮偷偷練習起魔術。

魔術式的相關授課，古蓮總是有聽沒有懂，不過操作魔力的相關課程倒是擅長得很。

只要將自己內部的魔力集中在掌心，以捏黏土的訣竅改變魔力外形，再把死背在腦海裡的魔術式編組進去，就能發動魔術了，比想像中來得更簡單。

首度發動的魔術是火焰魔術。古蓮釋放出的火球，足足有兩個大人伸手才抱得住那麼大。

能釋放出如此巨大火球的學生，在米妮瓦並不多見。

滿心歡喜之下，好幾度好幾度練習射出火球的古蓮，在某天進行祕密訓練時，被一位像是學長的男同學哼著歌開口搭了話。

「哼～哼——喔唷～菜鳥。你這威力不錯嘛。」

一臉邪笑的男同學，開懷地望著被火球燒得焦黑的岩石。看來，這位學長似乎是躲在一旁偷偷觀察古蓮的祕密訓練。

那是位骨瘦如柴，一頭紅髮的高個子。古蓮身高已經算是比同年代的男生高了不少，那學長卻又比古蓮高出一顆頭。想來應該是比古蓮年長幾歲吧。

「噯，我說，你打過魔法戰沒？就是在結界裡用魔術對戰的那個。」

「魔法戰，我還沒打過哩。」

歸根究柢，除了基本的魔力操作，古蓮根本就還沒獲准進行實技操練。現在這些訓練，也是私下偷偷進行的。

古蓮正忐忑不安，擔心自己祕密訓練的事要是被老師知道了怎麼辦，不過學長只是繼續提出提議。

「那來打一場吧，魔法戰。反正在結界中不用擔心受傷，可以安全地進行實戰訓練喔？」

「可是，我其實，還沒有被准許進行實技操練⋯⋯」

「沒問題啦。我們趁半夜偷偷去訓練場打就行啦。只要有魔導具，誰都能展開小規模簡易結界啦。」

當然，一旦被教師得知，嚴厲處罰是絕對跑不掉的。可是，三更半夜的祕密特訓，這串文字確實地刺激著古蓮的少年心。

眼見古蓮按耐不下心中的渴望，卻又反覆告誡自己不行、不可以，那位學長笑瞇瞇地揚起了嘴角。

「你的魔術很厲害耶～我還真沒看過半個新生，能做出那種巨大火球的。」

「呃、欸嘿嘿，是、是這樣咩……」

「是啊，要是經過實戰訓練，應該會變得更強喔？」

掩蓋不住湧現的喜悅，古蓮臉頰軟了下來。

打從進入米妮瓦，就被蓋上吊車尾烙印的古蓮，一直盼望著能像這樣得到他人的讚許。

所以，古蓮禁不起那位學長的誘惑，點了頭。

「我也想，試試實戰訓練！」

「好，沒問題。學長陪你練個過癮～」

想都沒想過，那位學長竟然是米妮瓦惡名昭彰的問題兒童。

深夜的森林裡，古蓮正卯足全力拚命逃竄。就連滑過臉頰的汗水，都已經沒有心力去擦了。

咬牙忍住在急促呼吸間險些脫口而出的哀號與嗚咽，古蓮不停自問自答，事情為什麼會變成這樣。

就在這時，一顆火球在背後引爆。

「咿——？」

反射性往地面一記翻身閃躲，緊接在後的火焰箭矢又馬上如雨點般落下。

無法全數閃過，結果有幾支箭刺進了古蓮的手臂。

皮膚竄起遭到穿孔的劇烈痛楚。然而，手臂實際上並未出現燒傷。豈止如此，就連衣服都沒有焦痕。

在魔法戰的結界中，以魔力發起的攻擊，是不會造成肉體實際損傷的。只不過，中招時依然會感覺到疼痛，受到的傷害也會反映在魔力量的減少上。

方才射中手臂的火焰箭矢，就硬生生讓古蓮扣了一大截魔力。

（這是怎樣！這是怎樣！這是怎樣！）

即使心裡想著非得反擊不可，腦袋卻因為恐怖而麻痺，完全詠唱不了。

古蓮已經徹底陷入恐慌，到了連個位數的加法都可能算錯的地步。要在這種狀態下回想複雜的魔術式，怎麼可能想得出來。

「哼～哼，哼，哼——？你要逃得賣力點喔——？獵物要是逃得不夠拚命，打獵就熱鬧不起來了，對吧～？」

邀古蓮打魔法戰的學長笑瞇瞇地說著，一步步緩緩走近。然後，就這麼以短縮詠唱造出火焰箭矢，對古蓮發動攻擊。

古蓮難堪地趴在地面爬竄，死命閃避攻擊。但火焰箭矢還是射中了腳，痛得古蓮滿地打滾。

既然在魔力戰中，魔力量相當於體力，受到攻擊就會減少，那不如早點讓魔力被打乾落敗，好盡快從痛苦中解放。

偏偏古蓮的魔力量天生就超乎常人，沒那麼簡單見底。

「不要打了，不要再打了！不行了，我不行了！」

聽到古蓮哭喊，學長一臉掃興地皺起眉頭。

「哪有什麼不行的～？嗯哼？你看起來，不是還剩一大堆魔力嗎～好啦，快，試著朝我放一發來瞧瞧啊？」
說著說著，學長左右攤開那對細長的手臂。就像要古蓮別客氣，儘管上似的。
任憑恐懼與憤怒交雜的混亂感情在內心翻騰，古蓮開始集中魔力。
我受夠了，我不要再這麼痛了。全部全部全部全部都給我消滅吧。
就在把渾身魔力全數灌進亂七八糟魔術式的瞬間，古蓮感覺到腦袋裡似乎有某種東西噗嘰一聲斷了線。
緊接著，眼前一片空白。
「啊。」
學長少根筋的喚聲傳進耳裡的時候，古蓮已經失去了意識。
連自己灌滿龐大魔力的火球，造成了什麼後果都一無所知。

＊＊＊

自窗口射進的清早刺眼陽光，令古蓮自睡夢中清醒。
房裡的窗簾沒有關上。相信是室友起床後拉開的吧。
床上的古蓮維持仰躺姿勢，雙手按住了顏面。手心也好、臉也好、背也好，全身上下都流滿了冷汗，感覺好不舒服。
耳朵深處，仍繚繞著那男人哼的歌，揮之不去。
「這夢也太爛了……」

試著揚起身子，全身立刻竄起一陣陣的刺痛。手臂雖然還撐得住沉重的身體，卻也同樣激痛不已。這是寒假時遭到咒龍詛咒侵襲的後遺症。咒痕雖然消了，疼痛卻似乎還會殘留一段時間。

房裡見不到室友的身影。大概已經去吃早餐了吧。

（我看再睡個回籠覺好了……）

維持揚起上半身的姿勢，茫然思考這些事情時，房門忽然傳出被人敲響的咚咚聲。

「古蓮．達德利！你是想睡到什麼時候！」

一大清早就這麼銳利的斥責聲，是學生會副會長希利爾．艾仕利。

肯定是室友走漏風聲，讓希利爾得知古蓮還在賴床的吧。

古蓮趕緊下床，向門後的希利爾回話。

「副會長，早安──……」

道早道到一半，左腳又竄起劇烈的疼痛。是詛咒的後遺症。只要重心一個沒踩好，腳背就會竄起有如被鐵鎚毆打似的劇痛。

「咕、嘎唔唔……」

忍不住蹲低了身子呻吟起來，門後隨即響起希利爾憂心的嗓音。

「怎麼了，達德利，身體不舒服嗎？那我去找舍監……」

「沒事哩！我只是，小趾頭不小心踢到床腳了啦！」

「那就好……今天選修課就要開課了。別忘了準備教材。」

希利爾的腳步聲遠去了。

呼～地喘口氣，古蓮舉手用袖子擦去了額頭冒出的冷汗。

關於身體會因為詛咒後遺症疼痛的事，古蓮不太想讓身邊的人知道。否則萬一這事口耳相傳，傳進艾莉安奴耳裡，那個小女生一定會大受打擊吧。

古蓮很喜歡現在的生活。所以說，實在不想讓在賽蓮蒂亞學園認識的朋友與學長姊操心或傷心。

（加油啊，古蓮。）

如此激勵自己後，古蓮伸手拿取掛在牆上的制服。

＊＊＊

寒假收假後第一堂選修課開課的日子，前往教室的移動時間一到，廉布魯格公爵千金艾莉安奴・凱悅立刻就收拾好書包起了身。

然後就這麼向平時都會一起行動的同學們，露出輕飄飄的柔和笑容。

「我還有東西要交，容我先走一步嘍。」

留下這句話，艾莉安奴便離開教室，以勉強還在千金大小姐容許範圍內的速度，在走廊上快步前行。

她所前往的地方，既非教職員室，也不是選修課的教室。

（要從那個人的教室，前往基礎魔術學的教室，照理說絕對會經過這條走廊……）

艾莉安奴在走廊轉角停下腳步，不停左右張望，無意義地撥弄頭髮，一副坐立難安的模樣，等待著目標前來。

總算，一陣熟悉的嗓音，開始從走廊轉角的另一側傳來。

在這所貴族子女就讀的學校內，顯得格外宏亮的元氣嗓音。絕對不會錯。

踩著極其自然的步伐，艾莉安奴起步彎過了轉角。

（為了繳交文件而經過走廊的我，偶然看見古蓮大人，因而停下腳步問候：『你好呀，古蓮大人。寒假時受你關照了。不知你身體現在狀況如何？』……就是這樣，太自然了。再也沒有比這更自然的對話了。）

深感計畫完美無缺，心滿意足的艾莉安奴不斷縮短和古蓮之間的距離，接著瞬間僵住。

在古蓮身旁，跟著一位高個子的女同學。

一頭烏黑直髮、雪白的肌膚，以及瑠璃色的雙眼。任誰看了都會為之讚嘆、貌美出眾的千金小姐——克勞蒂亞．艾仕利。

以女性而言，克勞蒂亞可謂身高過人，然而與高大的古蓮並排，正好顯得十分登對，真是令人驚嘆的搶眼組合。

為什麼，克勞蒂亞會和古蓮走在一起呀？艾莉安奴還沒回神，古蓮就先注意到艾莉安奴，停下了腳步。

「啊咦——這不是艾莉嗎。好久不見哩！」

「是、是呀，你好……」

目睹古蓮與克勞蒂亞並肩而行的光景，事先準備好的台詞一下子從腦中消失得無影無蹤。

還在忸忸怩怩不知所措，艾莉安奴又發現，克勞蒂亞的瑠璃色眼眸正凝視著自己。

那對玩偶般的眼珠內，感覺不出絲毫對艾莉安奴的興趣。就只是因為行進方向上有人出現，所以望向對方，僅此而已。

那是與強烈意識到克勞蒂亞的艾莉安奴不同，既不好奇也不關心的眼神。

這項事實，硬生生地刺激著艾莉安奴的自尊心與自卑感。

「哎呀～我都不曉得，原來古蓮大人，和克勞蒂亞大人這麼要好呀。」

艾莉安奴的諷刺，讓克勞蒂亞微乎其微地皺起了眉頭。

「一點都不要好。」

「那當然啦！我們是好朋友咩！」

克勞蒂亞的咕噥，被古蓮大而無謂的嗓門蓋了過去。

依舊面無表情的克勞蒂亞，釋放出顯而易見的深表遺憾氣場，語調低沉地接話。

「我只是，跟在尼爾身邊而已……」

直到這時，艾莉安奴才終於注意到，還有一位男同學，被擋在古蓮與克勞蒂亞的高大身軀下。是學生會總務尼爾・庫雷・梅伍德。克勞蒂亞的未婚夫。

外表樸素，個頭又不高的尼爾原本就不太起眼，這會兒又走在散發強烈存在感的古蓮及克勞蒂亞身邊，似乎因此讓人更難查覺到。

正為了自己不小心忽略掉尼爾而難為情，尼爾就帶著滿面親切的笑容向艾莉安奴打招呼。

「午安，凱悅小姐。咒龍事件真是難為你們了。」

「就是說呀，感謝你的關心。」

艾莉安奴與尼爾交情不是那麼深厚，但見面的次數倒是不少。因為尼爾的父親常會為了工作造訪廉布魯格公爵宅邸。

身為國家公認調停者的梅伍德男爵，在國內貴族間的人面相當廣。聽說近來每當龍騎士團的新駐屯基地建設問題引發爭執，男爵就會出現前往協調。

論家世，是艾莉安奴家的地位高出許多，但梅伍德家的人絕不是可以怠慢輕忽的對象。對此心知肚明的艾莉安奴，向尼爾拋出了比較不易得罪人的平淡話題。

「梅伍德大人和古蓮大人很熟耶。該不會連選修課都上同一門吧？」

「是的，正如妳所言。我們都選了基礎魔術學。凱悅小姐妳呢？」

「我選的是演奏課。不過，實力還青澀得很……真不好意思。」

「沒這回事啦。以前，我曾經聽過凱悅小姐演奏豎琴。演奏得很迷人喔。」

「哎呀～好開心。」

和尼爾交談的同時，艾莉安奴一瞥一瞥地側眼望向古蓮。

（你大可儘管開口說，想聽聽我演奏豎琴喔？無論如何都想聽的話，放學後到音樂室為你簡單演奏一下也不是不行……）

面對不停投以期待眼神的艾莉安奴，古蓮笑容滿面地開口。

「尼爾跟艾莉對話的樣子，總覺得挺可愛的呢。」

完全就是守候著鄰家小朋友的大哥哥表情。

始終對於娃娃臉及身高偏矮耿耿於懷的尼爾，雙眼中的光芒消失了。很在意自己有點孩子氣的艾莉安奴，臉頰一抖一抖地抽搐了起來。

就在這時，古蓮驚愕地瞪大雙眼，凝視艾莉安奴的背後。

回過頭去，一位正朝這兒走來的男同學映入艾莉安奴的眼簾。

那是位身材高瘦的男同學，有著一頭宛若燃燒火焰的倒豎紅髮。下顎尖細的五官加上瘦長的手腳，令人不由得聯想到螳螂。

不但制服穿得衣衫不整，也沒按規定戴手套，除了耳環之外，雙手還嵌了好幾枚硬梆梆的戒指。

（……是不良少年。）

瞪著那位男同學的古蓮，表情顯得莫名僵硬。是認識的人嗎？

疑問才剛浮現在艾莉安奴腦中，紅髮男便夾雜著呵欠問道：

「嗳，問你們。基礎魔術上級的教室，是在哪兒來著？」

紅髮男如此發問的瞬間，古蓮的表情立刻因憤怒而扭曲。

這還是艾莉安奴第一次見到，平時總是開朗無比的古蓮露出這樣的表情。

「你為什麼，會跑到這裡來！」

就連窗戶的玻璃，都被古蓮的怒吼震得嗶哩嗶哩作響。

艾莉安奴忍不住肩頭為之一顫。克勞蒂亞一如往常地面無表情，尼爾則是一臉驚愕地看向古蓮。

可是遭到古蓮怒吼的當事人，只是豎起手指掏耳朵，一臉慵懶地回應。

「嗯？你誰啊。」

「………………唔！」

「以前有在哪兒見過嗎？我不記得啦～既然會被我忘掉，八成就代表……」

紅髮男仰頭望向半空，就像在追溯記憶似的，接著咕嚕扭動眼球，對古蓮揚起嘴角笑道：

「你，是我的手下敗將吧？」

嘰咿一聲傳進耳裡。是古蓮咬緊牙關的聲音。

就好似一隻進入備戰狀態的野狗，古蓮呼呼呼地急促喘息，擺出身體前傾的架式。但，古蓮還沒踏出開戰的步伐，尼爾就搶先站到了古蓮面前。

「這位該不會是插班生吧？要去基礎魔術上級的教室，只要從前面的樓梯下樓，往右第三間就到了。」

「嗯～哼～這樣嗎。多謝嘍。」

只留下這句話，紅髮男便轉身背向古蓮一行人，起步離開了。

直到那身影消失在走廊轉角為止，古蓮都一直瞪著紅髮男的背影不放。

＊＊＊

莫妮卡的選修課，選的是棋藝與馬術。寒假收假後的第一堂選修課，則是棋藝課。

（幸好不是先上馬術課……）

目前有多方人馬，都盯上了莫妮卡。

首先是菲利克斯。他掌握真相的程度，已經到了確定〈沉默魔女〉是賽蓮蒂亞學園內的左手負傷女性的地步。

接著，是在柯貝可伯爵領地調查莫妮卡．諾頓出身的可疑份子。關於這個人物是誰，現階段還掌握不到半點線索。

最後，則是巴尼來信告知的，米妮瓦時代的學長修伯特．迪伊。雖然他並不曉得莫妮卡潛伏在校園內執行任務，但只要不慎遇到他，肯定馬上會被認出來。

（就連想過正常的校園生活，都變得處處危機了～～……嗚、嗚唔，胃好痛……）

修伯特的問題，甚至有可能對任務的進行造成威脅，所以已經找伊莎貝爾商量過。

以伊莎貝爾為首的諾頓家協助者，包含僕役們在內，都會輪流警戒修伯特的動向。

只是，伊莎貝爾是高中部一年級，莫妮卡是二年級，修伯特則是三年級，學年各自都不同，伊莎貝爾行動因此處處受限，這也是現實。要是諾頓家的僕役跑到高中部三年級教室去閒晃，再怎麼說都太引人側目了。

所以，莫妮卡自己也必須隨時保持警戒，注意修伯特有沒有來到附近。

現在也不例外，不時留意周遭視線，好不容易從走廊移動到選修課教室的莫妮卡，往空著的椅子就坐之後，整個人癱軟到桌面上。

在這樣的莫妮卡身旁，兩位男同學也跟著坐了下來。

那是同樣選擇了棋藝課的下垂眼青年艾利歐特．霍華德，以及一頭亞麻色頭髮的音樂家班哲明．摩爾丁。

「喔喔～聽見了，我聽見了，我聽見哀嘆的交響曲了。悲哀與苦悶就如雨點般打擊著人心，眼中滿溢而出的淚珠再隨著雨水一同流入大海，在廣大航路的盡頭，旅人終會尋覓到一個結論吧。那會是打開希望之盒的抉擇嗎！又或是不惜喪失一切的覺悟呢！啊啊～旅人眼中所映照出的光景，究竟會是什麼，答案就待最終樂章分曉！……妳現在的表情，大概就像即將面對最終樂章的旅人喔，妳還好嗎，諾頓小姐？」

「……呃——」

面對不知該如何回應的莫妮卡，艾利歐特半瞇起眼睛接話。

「意思就是，『妳一臉憂心忡忡的不要緊嗎』。」

「一臉憂心忡忡！能在這短短的詞彙內凝聚音樂性、打造廣大世界觀，進而譜成樂曲才稱得上音樂家喔！你們懂嗎？」

眼見班哲明已經有一半神遊到自己的世界去，莫妮卡趕緊苦笑著回覆：

「呃——抱歉害你們擔心了。我，不要緊。」

雖然問題堆積如山，上這堂課的期間還是專注在棋盤上吧。

抱著半逃避現實的心情思考著這種事的時候，頂上無毛的博弈德教師開門進入了教室。

渾身結實肌肉，一年到頭看起來都像個傭兵的博弈德教師，簡短說了聲「肅靜」之後，便轉頭望向了走廊。

「現在開始介紹插班生。插班生，進來。」

插班生三個字入耳的瞬間，浮現在莫妮卡腦內的，正是直到方才為止都掛心不已的米妮瓦時代學長——修伯特·迪伊。

（該、該不會！是迪伊學長……？）

若自結論說起，就是莫妮卡猜錯了……但，這位插班生同樣也是莫妮卡認識的人。

踩著軍人會有的步伐，一板一眼走進教室的黑髮高個子男同學，擺出稍息的姿勢高聲喚道：

「我是今天起插班至賽蓮蒂亞學園高中部一年級的羅貝特·溫克爾。還請不吝鞭策指導，多多指教。」

艾利歐特與班哲明用如出一轍的動作雙雙望向莫妮卡。

只見莫妮卡翻著白眼，半昏死在座位上。

＊　＊　＊

在棋藝大會上敗給莫妮卡，提出以對局為前提的婚約也遭拒，來自蘭道爾王國的留學生羅貝特・溫克爾在校慶後，立刻向學院繳交退學狀，辦理插班到賽蓮蒂亞學園的相關事宜。

學院的教師們個個臉色鐵青地挽留羅貝特，但羅貝特的意志就如鋼鐵般堅定。

一定要成為世界最強的棋士——原本就只是為了這個目的，才會特地來到棋手比蘭道爾王國多的利迪爾王國留學。

學院確實也高手如雲，但已經沒有足以匹敵羅貝特的人物。既然如此，插班進更加臥虎藏龍的學園，也是天經地義的事。

最重要的是，只要插班進賽蓮蒂亞學園，就能找從羅貝特手中拿下勝利的莫妮卡・諾頓對局個痛快了。

不只如此，倘若莫妮卡・諾頓能在就學期間回心轉意，答應接受婚約，就能夠連在畢業後都盡情與她對局，堪稱完美的人生計畫。

不過，羅貝特也抱著一項煩惱。

雖然無論下棋、念書、馬術或劍術，羅貝特樣樣精通，卻唯獨對戀愛一竅不通。比較容易博得女性芳心的藝術領域，羅貝特幾乎毫無涉獵。

有鑑於此，羅貝特在從學院退學後，一度返回了故鄉蘭道爾王國，找四位兄長商量此事。可靠的兄長們，肯定會給出有益的建議。

「假設無論如何都想吸引某位女性的注意，請問兄長們會如何行動？」

聽到最小的弟弟如此提問，四位哥哥的眼神瞬間都不一樣了。

啊啊～那個小小的羅貝特終於！滿腦子只有棋盤的羅貝特少爺竟然！我們可愛的弟弟總算！總算情竇初開啦！

四位哥哥起鬨一番之後，輪番上陣給了羅貝特各種建議。

首先是最年長的大哥，彎緊手臂使勁鼓起肌肉說道：

「婦女喜歡男性健美的肉體！羅貝特，你的肌肉非常結實，要好好凸顯這項優勢。尤其是手臂，手臂！婦女都對男性粗壯的手臂難以抗拒！」

原來如此，結實的手臂嗎——羅貝特在內心作筆記。

接著，是在甜美五官上浮現蠱惑笑容的二哥開口。

「最重要的還是雙方身體契合度吧？羅貝特，從小看到大的我可以保證，你的那話兒大小，絕對能夠帶給女孩滿足，自信點，放膽追求吧。」

二哥是五兄弟中最擅於應付女性的美男子。既然二哥都這麼說了，那話兒的尺寸肯定非常重要吧——羅貝特暗自領會。

再來輪到把修長瀏海往上撥的三哥。

「兩位兄長應該再多動動腦才對。要討女孩子歡心，當然是寫詩最好吧？把你對那位女孩的心意做成一首詩送給她，一定能讓她喜出望外。」

「可是，兄長，個人從來沒有寫詩的經驗。」

羅貝特不安地回應，三哥隨即語調堅定地答道「沒問題的！」

「詞窮的時候想花就對了。拿花去比喻。『每每見到庭園的花，便令我內心浮現妳的身影』像這樣，大概就這種感覺。」

敷衍至極的建議。

然而羅貝特卻深感佩服，覺得不愧是文采過人的兄長，講出來的東西就是不一樣。

最後是把家裡養的狗抱上胸前，以沉穩語調開口的四哥。

「我們家可是養了三隻這麼聰明又可愛的狗喔。沒有道理不活用這項優勢。對吧，羅貝特。你也覺得能和這樣的狗狗成為家族很幸福吧？那個女生當然也會這樣想。畢竟，我們家的狗狗是這麼地可愛呀。」

說著說著，四哥「對吧？」一聲，用臉貼上五官粗獷的軍用犬臉頰摩擦起來。

原來如此，強調我們家養的愛犬就行了嗎——羅貝特在心中的筆記繼續加註重點。

就這樣，把兄長們的建議牢記在心，羅貝特・溫克爾再度跨越國境，來到了賽蓮蒂亞學園。

為了重新向那位傑出的棋手——莫妮卡・諾頓提出挑戰，讓她認可自己的求婚。

＊＊＊

「喂，諾頓小姐，快醒醒。喂。」

在莫妮卡被艾利歐特抓著肩膀猛搖，重新取回意識時，自由對局的時間已經開始了。

啊啊，對了，下棋。總之就下棋吧。得趕快集中精神下棋，讓自己腦袋放空……才剛像這樣回神，就有一個男人大步大步朝莫妮卡走來。不用說，當然是羅貝特。

明明正值寒冬，羅貝特卻沒穿制服上衣，還把襯衫的袖子往肩膀捲到極限。

這個無視季節感的男人，在莫妮卡面前停下了腳步。

「好久不見了，莫妮卡小姐。」

「尼、尼好……」

待莫妮卡臉色泛青地點頭，羅貝特便從口袋裡掏出一張紙片，舉到面前攤開。

「我為妳，寫了一首詩。」

「……什麼？」

「容我獻醜了。」

一臉嚴肅的羅貝特，以宏亮的嗓音讀起撰寫在紙上的文句。

「『每當看見庭園裡的白花，便令我想起白方的騎士。

妳第三十九手的騎士捉雙實在太精采了。

好想好想再和妳下棋。

妳的棋藝，令我魂牽夢縈。』

——羅貝特．溫克爾」

美得無謂的男中音。

安靜無聲的教室內，羅貝特的嗓音顯得格外響亮。正在周圍下棋的同學們都嚥著口水，默默守候這齣唐突上演的戲碼。

尤其是位子最靠近莫妮卡的艾利歐特，臉上充滿難以言喻的表情，班哲明更是不停嘀咕著「這也算詩？竟然說這是詩？啊啊～一點都不音樂……一點都不美……」

「羅貝特．溫克爾。對局時間請保持肅靜。」

被博弈德教師簡短斥責，羅貝特立刻坦率低頭。

「是，在神聖的對局場所引起騷動，真的非常抱歉。懇請各位見諒。個人實在太想搶先向她表明這份心意了。」

遭到周圍投以大量視線的莫妮卡，按著隱隱作痛的胃思索——

方才那段詩，從文脈推敲起來，應該是在表明想要和自己下棋吧？

（換句話說，把這視為對局的要求……應該，是沒問題的，吧？）

內心還在困惑，羅貝特就掏出了下一張紙，遞給莫妮卡。

「然後，請妳收下這個。」

「那、那個～請問這是……？」

「是個人以家中愛犬作為模特兒繪製的寫生畫。就我而言，自認是畫得相當不錯。」

莫妮卡膽戰心驚地從羅貝特手上接下對折的紙片，輕輕攤開。

只見紙張上畫有三個只能形容為「四隻腳的某種物體」的圖案。按羅貝特所云，這似乎是他家養的狗。

整體構圖的筆觸紊亂，線條大多抖成鋸齒狀，和學生會副會長希利爾．艾仕利畫的軟趴趴生物有得比。

（這是在，呃——希望我對這幅畫表達感想……是這樣，嗎？）

面對不知該作何反應的莫妮卡，羅貝特趁勝追擊，主動開口追求。

「關於先前提過的婚約，還望妳務必積極檢討。」

（現在的互動，是建立在這種前提上嗎？）

在震驚到呆若木雞的莫妮卡身旁，艾利歐特與班哲明都露出了沉痛的表情。

「我有不好的預感……這肯定，會重蹈棋藝大會的覆轍吧。事情絕對會愈搞愈複雜……」

「喔喔～這是何等悲劇。他欠缺音樂方面的素養欠缺到致命的地步。感性都要死光光了……」

隔壁座位的兩位學長雖然中斷對局咕噥個不停，但那些低語完全沒傳進羅貝特與莫妮卡的耳裡。

羅貝特我行我素地坐到了莫妮卡面前的座位，開始在棋盤上擺棋子。

「那麼，我們就開始對局吧。」

「啊，呃——好的……」

雖然羅貝特的行動將近有一半都無法理解，但他一定是想要下棋吧——莫妮卡粗略歸納出這樣的結論。

莫妮卡在溫吞地擺棋子的同時，望向從方才就十分在意的羅貝特衣著。

「那個～……袖子捲成這樣，你不會，冷嗎？」

「不成問題。我每天都有在鍛鍊。」

「呃、喔～……」

是不是蘭道爾王國都像這樣，即使在冬天也習慣捲起袖子呀。

就在莫妮卡浮現這種想法的時候，羅貝特又像是想起了什麼似的，向莫妮卡補充說明。

「啊啊，對了。」

「什、什麼？」

「家兄有告訴我，個人還算是滿大的。相信，我一定能滿足莫妮卡小姐。」

（是什麼東西很大呀……………………身高？）

就在一頭霧水的狀況下，莫妮卡曖昧地回了一聲「喔……」

第五章　第三王子亞伯特的交友大作戰

寒假已經收假一週。日復一日神經緊繃的生活，令莫妮卡身心俱疲。

首先是馬術課。雖然很擔心左手的傷會不會被菲利克斯發現，但透過盡可能保持距離，以及獨自默默練習等對策，總算是平安無事地過關。

接著是在走廊移動的時候。為了是否會遭遇從前的學長修伯特．迪伊，莫妮卡總是走得膽戰心驚，待抵達教室正想鬆一口氣，羅貝特又會馬上跑來發起「莫妮卡小姐，來下一盤吧」的攻勢。

剛插班轉進高中部一年級的羅貝特，似乎是遠比莫妮卡想像中更引人注目的存在。

單是「來自蘭道爾王國的留學生」這個頭銜就已經十分罕見了，羅貝特還在劍術課從學年首席手中拿下勝利，學業成績也出類拔萃。這樣的男同學每天每天都跑來找莫妮卡。不引發流言才奇怪。

考慮到拉娜一直為了開學後氣色始終不佳的莫妮卡擔心，已經有把羅貝特的事情向拉娜解釋過。即使如此，如坐針氈的狀況依然不變。

因此，在沒有學生會業務的日子，莫妮卡會在放學後，趁羅貝特尚未抵達先逃出教室，跑去圖書館圖個清靜。賽蓮蒂亞學園的圖書館館藏豐富，想殺多少時間都不成問題，而且有許多位置便於藏身。

賽蓮蒂亞學園的高中部與中學部分屬兩棟不同的校舍，連通雙方校舍的走廊上還有另一棟建築物，就是圖書館。

論魔術相關書籍的館藏量，是莫妮卡從前就讀的魔術師養成機構米妮瓦比較多，但其他種類的藏書，則是賽蓮蒂亞學園壓倒性地豐富。莫妮卡每每來到圖書館，都暗自歎為觀止。

莫妮卡今天的目標，是生物學書籍。在波特古書店得到的父親著作裡，常出現必須有生物學知識才能讀通的內容。

為此，莫妮卡想來查詢看不懂的單字，並過目著作中引用的論文。

（而且，說不定還可以找到，和黑色聖杯有關的蛛絲馬跡……）

父親的著作裡夾有一張紙條，應該是古書店店長波特所留下的訊息。

『等妳發現了黑色聖杯的真相，再來店裡一趟吧。』

對於黑色聖杯是什麼，莫妮卡心中完全沒有頭緒，但既然是夾在父親的著作裡，照理說應該會與父親的研究有關。

所以，莫妮卡一直暗中調查，在父親的研究領域中，有沒有什麼術語就叫作黑色聖杯。

（不能請教希爾達阿姨。希爾達阿姨她，不希望我調查爸爸死亡的真相……我只能，靠自己找出答案。）

拿起要找的書，正準備打開來確認內容時，左手又竄起一陣疼痛，痛得莫妮卡皺緊眉頭。

左手傷勢尚未恢復，握力幾近於零，想攤開固定這本厚重的書只怕是不太可能。

判斷自己難以站在架前閱讀，莫妮卡於是抱起書本，朝閱讀區走去。

尋找空位的過程中，莫妮卡瞄到附近座位上有一位金茶色頭髮的眼熟同學，頓時瞪大了眼睛。

在莫妮卡認識的對象中，這個人物恐怕是與圖書館最無緣的人——古蓮・達德利。

古蓮面前擺了一本攤開的書，好似正在進修。只是，從古蓮手上握著的羽毛筆幾乎沒有動靜，又愁眉深鎖的樣子看來，恐怕進展得並不理想。

他是在念什麼呀？——悄悄觀察古蓮攤開在面前的書，結果書頁上記載的內容不禁令莫妮卡忍不住「咦？」了一聲。

或許是因為這聲察覺到莫妮卡的存在，古蓮抬起頭。

「啊，莫妮卡妳也來念書啊？旁邊，要坐咩？」

「呃——那個……」

輕輕往古蓮身旁的位子就坐，莫妮卡一瞥一瞥地望向他面前的書。

古蓮正在讀的，是言及短縮詠唱的魔術書。可是，短縮詠唱是一種非常難以駕馭的技術。雖然並非不可能，但實在不覺得現在的古蓮有辦法運用自如。

「古蓮同學，你在念的是……魔術嗎？」

「對呀。我想學會短縮詠唱……要不然，我在實戰時，根本幫不上忙。」

低語的古蓮，側臉少了平時那股陽光氣息，表情莫名僵硬。

提起實戰會想到的，果然還是擅長以魔法作戰的魔法兵團吧。

魔法兵團在入團測試中，重視的項目有四個。

會使用短縮詠唱、能夠同時維持兩道魔術、連自身擅長屬性以外的魔術也有習得，以及能夠使用飛行魔術——其中最重視的，就是短縮詠唱。

魔術師最大的弱點，就在於詠唱時破綻百出。若能使用短縮詠唱，就能將詠唱時間壓縮至一半以下，破綻自然也會變少。

然而，短縮詠唱說起來，就像是在理解複雜的算式後，將能夠省略的部分徹底省略的簡化作業。換言之，非常講求對魔術式的高度理解力。

就古蓮隨手寫下的魔術式看來，他對魔術式的理解力實在還不到能夠考慮習得短縮詠唱與否的程度。

莫妮卡腦海裡，浮現了古蓮幾天前的發言。

『當時啊，我根本就無能為力哩。打倒咒龍的，是學生會長跟〈沉默魔女〉小姐啦！』

那時候的古蓮，雖然態度一如往常陽光，但內心說不定其實極度悔恨。

「古、古蓮同學你，那個……難道一直，對咒龍騷動的事，耿耿於懷，嗎？」

「嗯——雖然這也是理由之一……」

欲言又止的古蓮，視線顯得有點徬徨。

他的側臉上，浮現了不像總是快活的他會有的苦澀神情。

「有個傢伙，我不太想要輸給他。」

好朋友面臨難題，莫妮卡很想出一份力。可是，一旦在這裡對魔術式高談闊論，難保不會間接導致身分穿幫。

因為莫妮卡．諾頓在設定上，是對魔術一竅不通的外行人。

（不、不過，如果只是給建議，的話……）

莫妮卡戰戰兢兢地開口詢問。

「那個，古蓮同學你，為什麼會突然，想要學短縮詠唱，呢？」

「是因為，我在寒假時，遇到了七賢人〈沉默魔女〉小姐哩。」

自己的名字遭提起，莫妮卡頓時為之一顫，但還是拚命不表現出動搖。

維持著投向手邊書本的視線，古蓮小聲地接話。

「〈沉默魔女〉小姐她啊，真的好厲害呢。多虧了那個人的建議，我現在，終於有辦法同時維持兩道魔術哩。」

聞言，莫妮卡驚訝得不停眨眼。

一如古蓮所言，在廉布魯格公爵宅邸，莫妮卡曾給予古蓮一些小小的指點。就咒龍騷動後古蓮悄悄練習的樣子看來，那時候他還沒辦法完美地同時維持兩道魔術，而聽他現在這麼說，可以想見古蓮恐怕整段寒假期間都孜孜不倦地練習。

「古蓮同學，好厲害。」

想同時維持兩道魔術，並沒有嘴巴說的這麼簡單。就連莫妮卡，也耗費了比習得無詠唱魔術更長的時間才學會。

聽見莫妮卡的純真讚美，古蓮眉頭一皺，苦笑了起來。那樣的笑容，與平時總帶著快活笑容的他顯得格格不入。

「在廉布魯格，我什麼忙都幫不上，拿咒龍一點辦法都沒有……是〈沉默魔女〉小姐，用無詠唱魔術保護了大家。」

古蓮這番話，聽得莫妮卡表情僵硬起來。

（不是這樣的，古蓮同學。我……）

身中詛咒，痛苦掙扎的古蓮身影，於莫妮卡腦海復甦。

憑莫妮卡的能力，無法將他從詛咒中解放。

（是我，沒能夠好好，保護你才對。）

明明是這樣，直率的古蓮卻發自內心尊敬著〈沉默魔女〉。

抬起望著書本的頭，古蓮垂下眉尾，難為情地搔了搔臉頰。

「所以我覺得，就算沒辦法到達無詠唱的境界，如果至少學會短縮詠唱，是不是就能稍微拉近和〈沉默魔女〉小姐之間的差距。既然同時維持兩道魔法已經熟練了，想說再來就接著學短縮詠唱看看……」

「你錯了。」

回過神來，莫妮卡已經開口發言。

「古蓮同學。」

「咦、呃——嗯？」

聽到莫妮卡語調反常地強硬，古蓮不由得一臉驚愕。

目不轉睛地凝視這樣的古蓮，莫妮卡道出了自己的見解。

「短縮詠唱也好，無詠唱也好，兩者都沒有你說得那麼，大不了。」

「咦？」

「那些單純只是，『讓魔術發動的速度變快而已』。」

即使被評為世界獨一無二的無詠唱魔術專家，莫妮卡本身卻不認為無詠唱魔術有多麼巨大的價值。

無詠唱魔術的好處在於發動迅速，以及可以偷偷使用。僅此而已。

既然如此，不就和灌注魔力就能使用的魔導具沒太大差別嗎——莫妮卡是這麼認識的。

「不管如何搶得先機，只要攻擊沒能命中就毫無意義。所以說，古蓮同學接下來要學的應該是追蹤術式。」

追蹤術式一如其名，用途是讓攻擊魔術具備一定程度的追蹤性能。

想狙擊移動中的目標，這是非常有效的術式，尤其在狹窄場所的對人戰格外派得上用場。追蹤性能本身稱不上多麼精密，但相較於只是直直砸向對手的魔術，命中率還是有著天壤之別。攻擊魔術這種東西，一般而言命中率都沒有多高。

最好的例子，想精準射穿龍的弱點眉心，就連對上級魔術師而言都難如登天。

「每種術式都有不同的簡略化途徑，需要的短縮方法也不同，所以要習得短縮詠唱非常辛苦，但若是追蹤術式，在施放各種攻擊魔術的時候都很便於應用。如果要學，絕對是先學追蹤術式。」

被莫妮卡如此語調飛快地斷言，古蓮給出的反應是目瞪口呆。

至此，莫妮卡才當場臉色泛青。

（哇啊啊啊啊，講、講過頭了啊啊啊啊……！原本只打算，婉轉地給一點小建議而已～～～～！）

眼神瘋狂徘徊的同時，莫妮卡死命擠出藉口緩頰。

「……就，像這樣吧。呃——以前希利爾大人有這麼說過，的樣子。」

「是這樣嗎！既然是擅長魔術的副會長這麼說，肯定不會錯哩！……啊咦，難不成，莫妮卡也有在學魔術？」

「不是的！一點都！沒有這回事！我對於魔術！完全一竅不通！……閒聊！是在閒聊的時候，好像有聊到這個話題……又好像沒有……」

哪門子的閒聊啊——雖然感覺是個會遭到多方吐槽的藉口，但古蓮並未特別表示懷疑，只是一句「是這樣嗎！」並自顧自地點頭。

他就是這麼單純，單純到令人傻眼。但，被那份單純給拯救的莫妮卡，暗自放下了內心一塊大石頭。

「然後呢，如果想認真學追蹤術式，基甸．拉塞福老師寫的書非常淺顯易懂……這個，也是希利爾大人，說的！在閒聊的時候！」

「是這樣嗎。那，我就趕快去找來念哩。」

自椅面上起身的古蓮低頭望向莫妮卡，有點不好意思地搔了搔頭。

「莫妮卡，謝謝妳啦。我啊，有點操之過急……差點就搞錯先後順序了。」

「……？」

「看到〈沉默魔女〉小姐那樣厲害的人，讓我不小心產生一步登天的想法，想說自己要是也能那麼厲害就好了。但魔術果然還是該腳踏實地，按部就班打好扎實基礎才行咩，嗯。」

後半段的低語，感覺就像是在告誡自己。

莫妮卡微微一笑，忸忸怩怩地搓起指頭，小聲地提議。

「那個，我跟你說，呃──……雖然，我對魔術，完全，連一丁點的知識都沒有……但是魔術式跟算式很相近，所以如果只是一下下，我應該可以……幫忙解說，才對。」

就隱瞞身分而言，這是個如同走鋼索的危險行徑，這點自覺莫妮卡還有。

即使如此，莫妮卡就是想為朋友出份力，就算只是一點點也好。

沒能在咒龍騷動中保護好他，想為此贖罪的心情自然匪淺。然而比這更強烈的，是希望能為了這個勤奮不倦的魔術師雛鳥，提供成長協助的衝動。

「那可就幫大忙哩，謝謝妳嘍，莫妮卡！」

「……哪裡，欸嘿嘿。」

感覺古蓮笑得開懷，莫妮卡於是也跟著露出了軟綿綿的笑容。

在暗處，有一位少年，默默窺伺著莫妮卡與古蓮的這段互動。

那是位身穿中學部制服，一頭輕飄飄淺褐色頭髮，有點發福的少年。

（那個就是菲利克斯殿下鍾意的莫妮卡・諾頓大人跟古蓮・達德利大人吧～）

少年踩著悠哉的步伐離開圖書館，往中學部的校舍走去。

＊＊＊

寒假後插班到賽蓮蒂亞學園中學部的利迪爾王國第三王子──亞伯特・弗勞・羅貝利亞・利迪爾正在自己房間內的茶室飲用紅茶。

相較於以前就讀的米妮瓦，賽蓮蒂亞學園無論是茶室或教室，都相對寬敞自在，日常用品與家具也都氣派又豪華。

從這種小地方，感受到這所學園深受理事長克拉克福特公爵的影響，亞伯特因此不悅地哼了一聲。

克拉克福特公爵是第二王子的外祖父，也是王國屈指可數的掌權人士。

就因為那個公爵和亞伯特的母親締結了同盟，才害亞伯特不得不插班進賽蓮蒂亞學園。實質上就與人質沒兩樣。這點令亞伯特相當氣不過。

就在煩躁地啜飲一口紅茶時，房門被人給敲響了。

「亞伯特大人，我回來了～」

隨著這聲報告進房的，是一個語調莫名悠哉，有點發福的少年。名叫派翠克。身分是亞伯特的隨從。

亞伯特將茶杯擺回茶托上，帶著期待的眼神開口。

「派翠克，找到菲利克斯兄長的弱點了嗎？」

派翠克往亞伯特對面的位子就坐，往自己的茶杯倒進紅茶，將茶點塞得滿嘴。

「唔咕……那麼，我就開始回報嘍～」

「不要吃得滿嘴邊講話邊掉屑，太不像樣了！」

「是～」

應了一聲感覺不到任何緊張感的回覆，派翠克啪啦啪啦地翻起手冊。

「首先呢～是關於菲利克斯大人的評價～」

「正面的部分就免了。講不好的評價。」

「可是啊～根本不可能有人會講菲利克斯大人的壞話或弱點啊～畢竟這所學園，就在克拉克福特公爵的掌控之下嘛～」

說得對極了。

亞伯特正咬牙切齒，派翠克又悠哉地把手冊翻頁接話。

「學業也好、劍術馬術也好，成績總是名列前茅。作為學生會長的實績也非常充分。為人又親切溫厚。沒半點可以挑剔的地方呢～」

沒錯，相較於第一王子萊歐尼爾，菲利克斯確實是個修長細瘦的貴公子，但劍術的本領卻十分高竿，馬術也出類拔萃。

就算是敵視菲利克斯的亞伯特，一旦被問起是不滿菲利克斯的哪些地方，也沒辦法用言語給出具體的答案。

只不過，那位兄長，有時候就是給人一種毫無感情的印象，感覺莫名陰森。

不單只是亞伯特與萊歐尼爾這兩位異母兄弟，就連對國王都用一種像在看待外人的態度……亞伯特就是這麼覺得。

「女性關係怎麼樣？好比說，曾經對哪戶人家的千金出手之類的……」

「唔──嗯，大家都說，未婚妻候補要不是廉布魯格公爵千金艾莉安奴．凱悅大人，要不就是雪路貝里侯爵千金布莉吉特．葛萊安大人，不過……這部分感覺還不明朗呢～」

校慶結束當晚的舞會，菲利克斯的第一位舞伴是艾莉安奴，寒假也遠赴廉布魯格公爵領地作客。

就這層意義來說，現階段看起來是艾莉安奴稍占上風，但終究也尚未發表婚約。

「和菲利克斯兄長最相配的，還是艾莉安奴小姐吧。沒錯沒錯。」

「畢竟亞伯特大人很愛慕布莉吉特大人嘛～」

「笨蛋，派翠克！不准把別人藏在心裡的祕密，這麼大聲講出來！」

雪白臉頰變得像蘋果般通紅的亞伯特，斥責隨從少年到一半，又猛然回神，不自然地清了清嗓子。

「咳咳，沒有其他什麼派得上用場的情報嗎？」

「這麼一提，菲利克斯殿下他呀，好像有兩個特別鍾意的學生喔～」

「喔～？」

「第一個是高中部二年級的古蓮．達德利大人。他是七賢人〈結界魔術師〉的弟子，就連菲利克斯殿下前往廉布魯格公爵領地時，他也以護衛身分同行的樣子～」

派翠克所提到的人物，令亞伯特忍不住雙眼閃閃發光，從椅子上騰起身子。

「這名字我認得！是在校慶時演英雄拉爾夫的學長！」

「他會出演英雄拉爾夫，好像也是菲利克斯殿下大力推薦的喔～」

在母后的命令下，亞伯特當時也到賽蓮蒂亞學園參加了校慶。

上演英雄拉爾夫故事的舞台，上半場表演雖然平凡無奇，可說起下半場，在主角演員交棒之後，那衝擊性的演出豈止精彩兩字可言！

在震耳欲聾的爆炸聲中，以飛行魔術翱翔於空中，救出女主角愛梅莉亞的場面，看得亞伯特難掩興奮之情。

亞伯特在就讀米妮瓦的時候是個優等生，魔術成績也不差。可是，就只有飛行魔術說什麼都練不好，沒辦法順利習得。

正因如此，在空中自由翱翔的古蓮．達德利，看在亞伯特眼裡，簡直就像是正牌的英雄拉爾夫那般帥氣。

「好詐，太詐了，菲利克斯兄長！竟然拉攏到達德利學長那樣厲害的人！」

菲利克斯肯定是想安排古蓮．達德利當自己的側近。啊啊～這個兄長為何總是如此天衣無縫呀。

亞伯特還在心有不甘，派翠克就嚼著餅乾繼續報告了起來。

「嗯咕，然後是另外一個人。菲利克斯殿下他啊，好像把某個女同學喚作小松鼠，當成寵物一般對待呢～」

「什！什麼～？把女同學當成寵、寵寵、寵物對待？」

過於巨大的衝擊，讓亞伯特連要教訓隨從別邊報告邊吃餅乾的事都拋到了腦後。

「何等非人道的行徑！可以容許這種事情發生嗎？」

「呃——那個傳聞中的小松鼠小姐，就是學生會會計，高中部二年級的莫妮卡・諾頓大人。前柯貝可伯爵夫人從修道院把她領養回去，原本似乎是要當養女的～現在卻成了柯貝可伯爵千金伊莎貝爾・諾頓大人的隨從～」

「柯貝可伯爵？那不是東部地區的大貴族嗎！那種名門貴族的養女，兄長竟然把人家，當作寵、寵物……」

「莫妮卡・諾頓大人一直遭到伯爵千金伊莎貝爾大人霸凌的樣子。有幾則證言指出，就連在校內也不時聽得到伊莎貝爾大人對她高聲怒斥，或譏諷挖苦她呢～」

「怎、怎會如此悲情……先是在收養自己的家庭遭受到冷遇，到頭來，又被菲利克斯兄長當成了寵物……」

一臉鐵青的亞伯特低頭不語，沉思了一會兒，才重新抬頭，揚起眉尾高聲宣言。

「好，我決定了，派翠克。我要攏絡古蓮・達德利學長跟莫妮卡・諾頓小姐，把他們倆拉進我方的陣營裡！」

菲利克斯不輕易在外人面前露出的弱點，若是古蓮・達德利與莫妮卡・諾頓，或許就略知一二也說不定。

就算沒能得到想要的情報，至少，把菲利克斯鍾意的對象拉攏進自己的陣營，肯定能讓那位兄長懊悔不已。

在野心熊熊燃燒的亞伯特面前，我行我素的隨從不帶半點緊張感地吃下了最後一片餅乾。

＊＊＊

學生會近來的工作並沒有那麼多。要等到兩個月後的學生總會時期，才會正式開始大忙特忙，在那之前可以稍微悠閒一點。現在也不例外，學生會室裡就只有莫妮卡與菲利克斯兩人。

在把數字抄寫進帳本的同時，莫妮卡嘆了口夾雜疲勞的喘息。

（今天把這份工作處理完，就先回女生宿舍去吧……）

學生會的業務一點都不辛苦，是兩位插班生——知道莫妮卡真實身分的修伯特．迪伊，以及有事沒事就跑來想找莫妮卡下棋的羅貝特．溫克爾，讓莫妮卡深感疲憊交加。

所以這陣子，莫妮卡身體狀況允許時會跑去圖書館避風頭，比較不舒服的時候，要不窩進女生宿舍的閣樓間看書，再不然就去伊莎貝爾的房間喝茶。

（對了，回女生宿舍之前，得先去圖書館還書才行。接下來借什麼書好呢……）

既想借生物學書籍進修，好讀通父親的著作，也想繼續調查「黑色聖杯」。

這麼一提，久違地研究下魔術或許也不錯。之前向古蓮解說追蹤術式的時候，順便想到了改良追蹤術式的方法，正想找機會試試看。

想轉移注意力，緩和被插班生引起的恐懼與不安，研究魔術肯定是不二之選。

（等寫好了論文，再拿去，請拉塞福老師過目吧。）

就算到了現在，莫妮卡還是不時會請米妮瓦時代的恩師——基甸．拉塞福幫忙批改論文。尤其拉塞福還有一位相當於路易斯師姊的弟子，她能力非常傑出，常常會給莫妮卡各種建議。

審視著會計紀錄，莫妮卡放任製作中的追蹤術式思緒在腦中馳騁。

（追蹤術式的持續時間大約是兩秒前後，如果有辦法把這段時間拉長，運用上就會更為便利……）

「莫妮卡。」

（為此，重點在對於攻擊對象認知的精確程度，以及術式的持續時間，這兩者間的平衡……首先要確立追蹤術式的有效範圍，驗證在範圍內追蹤性能提升的程度……）

「啊～～」

望著會計紀錄思索著術式理論時，某種東西輕輕碰到了嘴唇。

挑逗著鼻腔的，是濃郁奶油香與葡萄乾的味道。

（將有效範圍定為中級魔術一等範圍時……葡萄乾的風味與奶油香……從射程與座標軸可以計算出……葡萄乾好好吃……）

一度開始進食，就會不知不覺把注意力集中在食物上，在這種天性的驅使下，原本思索著術式的莫妮卡，從中途開始嘚咕嘚咕地咀嚼，沉浸在烘焙點心的滋味裡。

偏扎實的奶油蛋糕口感，以及布滿表面的葡萄乾美味得難以言喻。

細細品味，咕嘟一口吞下點心後，莫妮卡才猛然回神。

「——哈啊？」

瞪大眼睛一看，映入眼簾的，是菲利克斯端正甜美的笑容。

菲利克斯正坐在莫妮卡對面的位子上，一臉愉悅地托腮望著莫妮卡。看來，剛才是他拿了點心餵給莫妮卡。

如果，希利爾也在場的話，肯定會怒吼「膽敢無視殿下是成何體統！」吧。

「殿、殿殿……殿、殿、殿殿下！」

「今天又更有節奏感了呢。要再來一塊嗎？」

說著說著，菲利克斯又遞出了一塊烘焙點心。莫妮卡先是為了要伸出右手還是左手躊躇了一會兒，結果戰戰兢兢地用雙手接下了點心。

在菲利克斯面前，希望能盡可能表現得讓人感覺不出左手的傷勢。

「非、非常感謝，殿下的，招待。」

「妳好像在想事情，是有什麼煩惱嗎？」

面對菲利克斯這番關心，莫妮卡回以曖昧的微笑。

插班生的存在當然令莫妮卡煩惱不已，但比起他們，還有一個更巨大——更為根源的煩惱，位於那個煩惱中心的人，就是菲利克斯。

（我到底，該對殿下，擺出怎樣的態度才好呢……）

莫妮卡父親死亡的真相，極可能與克拉克福特公爵有關，而菲利克斯正是公爵陣營的人。

就如周圍暗中給他的稱號「傀儡王子」所示，他對克拉克福特公爵言聽計從。只能言聽計從。

明知如此，他偶爾會露出的「艾伊克」表情，卻迷惑著莫妮卡的心。

在柯拉普東鎮，他侃侃而談地表示自己對魔術感興趣，又說莫妮卡是他的夜遊夥伴。然後，送了莫妮卡書與首飾。

在舞會那晚，他向莫妮卡說「希望妳為了自己，找到能夠沉醉其中的東西」。

在廉布魯格公爵領地，他在把自己的論文讓〈沉默魔女〉過目時，雙眼顯得閃閃發光。

（總覺得，跟殿下還有艾伊克講話時……就像在跟兩個不同的人講話似的……）

用甜美的笑容掩飾一切，表現出周遭所期望的舉止，完美無缺的王子殿下菲利克斯。

對魔術感興趣，〈沉默魔女〉的大粉絲，明明如此，卻試圖放棄某種東西的艾伊克。

這兩種表情不時交替出現在莫妮卡面前，害得莫妮卡自己也搞不懂，到底該怎麼與他相處才好。

莫妮卡陷入沉默，這時，菲利克斯微微瞇起碧綠眼眸，上揚的嘴角增添了幾分冷冽。

「我已經聽說嘍，那個插班生羅貝特・溫克爾同學接連幾天都跑去找妳。要是妳覺得太過困擾，我可以找他的班導說一聲。」

「我、我不要，緊。」

見莫妮卡搖頭，菲利克斯嗤嗤地笑了笑。

碧綠眼眸反射著透進窗口的日光，有如濕潤寶石般地閃爍。

「我就坦白說吧？……我想聽妳對我撒嬌說『幫幫我』。」

嘴巴說想聽人撒嬌，出口的嗓音卻甜膩又惆悵，活像是自己才在撒嬌。

強忍痛楚握緊雙拳，莫妮卡擺起自己認知中的強悍姿勢，盡可能擠出堅定的表情。

「因為，不可以為了這種小事，勞煩殿下出馬！」

「……這樣嗎。」

金色的長睫毛隨著眼皮微微闔下，為碧綠眼眸蒙上一層陰霾。

現在這副表情，是殿下還是艾伊克的呢——在腦海一角思索著這種事情，莫妮卡站了起來。

「我、我今天的，工作已經處理完畢了，恕我，先行告退。」

語畢，莫妮卡慌忙收拾起桌面上的物品，菲利克斯則是靜靜地注視這一切。

＊＊＊

放學後的圖書館內，將書本攤開在桌面上的亞伯特，假裝自己是在看書，實則一瞥一瞥地不停望向圖書館入口。有一位嬌小的女同學走進了圖書館，是學生會會計莫妮卡·諾頓。

莫妮卡注意到待在書架前的古蓮·達德利，上前搭起話來。

眼見此景，亞伯特小聲向坐在身旁的隨從下令。

「目標出現了。派翠克，各就各位。」

「有事先決定過什麼定位嗎～？」

「就假裝你是在挑書，找個恰到好處的書架躲進暗處去呀！」

「喔～恰到好處的～」

語調悠哉地覆誦的同時，派翠克踩著自然的步伐縮進了附近書架的陰影下。

確認派翠克已就定位的亞伯特，自己也來到書架前作勢挑書，側眼看往離了點距離的目標——古蓮·達德利與莫妮卡·諾頓。

一如派翠克所調查的，兩個目標這幾天常會跑來圖書館一起念書。

賽蓮蒂亞學園的圖書館是中學部跟高中部共用的，對身為中學部學生的亞伯特而言，想自然地接觸兩人，這堪稱絕佳機會。

（好，要上了！）

踏著無比自然，甚至堪稱美妙的腳步，亞伯特走向目標，並在與目標擦身而過時，讓手帕從口袋裡飄落。

然後，裝作對此渾然不覺，在附近書架前停下腳步，擺出在找書的動作。

悄悄側眼一瞄，莫妮卡看來已經注意到手帕了。只見她撿起了手帕，一臉困擾地交互望向亞伯特與手帕。

（很好，很好，不錯喔。來吧，快出聲向我搭話。）

亞伯特已做好萬全準備，就等莫妮卡開口。然而莫妮卡遲遲沒有動作。就只是握著手帕不知所措。

（怎麼了？快開口啊。莫非妳因為我是王族，心生畏懼了嗎？）

亞伯特的猜想正中紅心，這時候的莫妮卡完全陷入了畏懼。

（那個人，記得是第三王子亞伯特殿下？在新年典禮上有看過，肯定不會錯……眼睛的寬度、鼻子的長度、下巴的角度，每項都完全一致～～……怎怎怎麼辦，他應該沒發現我就是〈沉默魔女〉吧，沒有發現吧～？哇啊啊，反射性就撿了起來，這手帕該怎麼辦。主動向他開口會構成藐視王族嗎？可、可不可以注意一下這邊呀，稍微往這邊瞄一瞄好嗎～……！）

（搞什麼，也不過就條手帕，快點拿過來不就結了。這可是和身為王族的我交談的大好機會啊。來啊，快點開口快點開口。快，點，開，口！）

（能不能主動注意到這邊啊～～～拜託你～～～快點發現吧～～！）

（快點開口啊啊啊啊！作戰會進行不下去啊啊啊啊！）

就在兩人交互思考著這種事情時，古蓮看往莫妮卡的手邊出聲了。

「啊咦，那條手帕是怎麼回事？」

「是那邊、那邊，那邊那位，剛才弄掉，的……」

莫妮卡支支吾吾地回答後，古蓮從莫妮卡手裡一把抽走手帕，轉身走向亞伯特。

「喂——那邊的同學——你手帕掉哩——！」

帥啊！把這句歡呼壓下喉嚨，亞伯特俐落地轉過身來。

「喔喔，這不是母后送給我的珍貴手帕嗎！絕不會錯，就是我的手帕！那邊的同學，謝謝你幫我撿手帕。我在此誠摯致謝！」

過於做作的語調，缺乏起伏的程度讓躲在暗處的派翠克都忍不住「哇～」一聲嘴角失守。

但，亞伯特卻在內心對自己的演技讚不絕口，沾沾自喜地念出接下來的台詞。

「作為謝禮，希望可以招待兩位參加我的茶會。你們不會推辭吧。」

「也不過就撿條手帕，不必這麼大費周章啦。莫妮卡也這樣想吧？」

莫妮卡滿臉冷汗直流，大力點了頭。

可是，不能夠因此就打退堂鼓。

「那可不行！要是知恩不報，可會有損利迪爾王國第三王子亞伯特・弗勞・羅貝利亞・利迪爾的名譽！」

亮出自己的王族頭銜，古蓮隨即驚愕地瞪大雙眼，盯著亞伯特的臉猛瞧。

「第三王子，那豈不就代表……你是會長的弟弟？」

「正是。學生會長菲利克斯・亞克・利迪爾是我同父異母的兄長。」

「是這樣嗎！平時受會長諸多關照哩。」

面對露出雪白齒列微笑的古蓮，亞伯特擺出一副活像剛剛才注意到古蓮長相的態度回應。

「喔喔～仔細一看，你不就是在校慶時飾演英雄拉爾夫的古蓮・達德利學長嗎。那場舞台劇實在太精采了。我無論如何都想和你聊聊。那邊的小姐也一起吧，請別推辭！」

「嗯——可是，我們還在念書耶……」

這樣扯下去不是辦法。

惱怒的亞伯特兩手一拍，高聲喚了起來。

「派翠克！派翠克！」

「亞伯特大人～在圖書館不可以這麼大聲嚷嚷啦～」

跟講好的台詞不一樣！忍著沒吼出這句斥責，亞伯特擺出高傲主人的表情下令。

「出發往茶室去，為我的客人帶路！」

「是～～啊，兩位不好意思喔～亞伯特大人沒有朋友，所以不習慣怎麼邀人參加茶會啦～」

事先講好的台詞到底都上哪兒去了。

亞伯特雖然額頭青筋乍現，派翠克這番話卻讓古蓮與莫妮卡都露出同情的表情，隨著「既然是這麼回事——」、「如、如果只是，一下下的話……」等回應點了頭。

太奇怪了。按當初的預定，明明是要更高明地招待兩人才對。為什麼，現在卻搞得自己像個沒朋友的可憐人啊。

雖然對於對話的走向感到難以接受，但總之作戰的第一階段算是成功了——亞伯特如此說服自己。

＊＊＊

在派翠克帶領下，一行人來到的，是中學部茶室裡最高級的包廂。

茶桌上擺著插有美豔花朵的花瓶，還有用白底鑲金的精緻碟子整齊盛放，光看就可口無比的點心。其中格外引人注目的，是塗滿了鮮奶油的派。

提起派，莫妮卡腦裡最先浮現的，是以薄薄的餅皮塗滿果醬，再鋪上水果而成的食物，像這種以鮮奶油為主的派並不多見。

奶油與白砂糖就已經算是奢侈品了，鮮奶油的高級程度更是不用說，庶民根本買不下手。

「來，請坐。」

聽到亞伯特催促，莫妮卡與古蓮各自找了椅子入座。

莫妮卡這時已經感到胃部不停絞痛，但還是強忍著不讓臉部抽搐。

（亞、亞伯特殿下有發現，我就是〈沉默魔女〉嗎？應該沒發現吧？應該沒發現吧～～～～？）

亞伯特則是不停在內心讚賞自己將兩人完美誘導至此的謀略。

（總而言之，目前為止都符合計畫！好，接下來就是考驗我談判能力的時候了。走著瞧吧，絕對要把這兩個菲利克斯兄長鍾意的對象拉攏到我方陣營來！）

至於古蓮與派翠克，已經完全被桌上的鮮奶油派給吸引。

（看起來好好吃哩！）

（看起來好好吃喔～）

就在各人懷抱的思緒交錯中，亞伯特主辦的茶會開始了。

搶得頭籌率先開口的，是古蓮。

「我要開動了——！」

無視禮儀的古蓮，一下子就伸手抓起了鮮奶油派嗕咕嗕咕嚼得滿嘴。

「好～～奢侈的味道哩！」

看到古蓮吃得嘴邊全是鮮奶油，莫妮卡內心七上八下，深怕是否會因此惹怒亞伯特。

不過，亞伯特並未對於古蓮的舉止表現出絲毫不悅。

這位年幼的第三王子，反倒是一臉得意地喝起紅茶，就像是為了自己準備的點心受歡迎而感到開心似的。

莫妮卡悄悄觀察起亞伯特。

一頭整齊的金髮，榛果色的雙眼，以及光看就覺得不甘示弱的五官。感覺上，是位與菲利克斯不太相似的王子。

他表現出這年紀該有的藏不住內心感情的模樣，與摸不透內心在想些什麼的菲利克斯相比，甚至可說是正好相反。

「莫妮卡，這個派好好吃，有夠好吃的啦！」

「啊，呃──我現在，那個～……」

這裡是不是先等身分最高的亞伯特吃過，再跟上比較好啊。莫妮卡還在猶豫，亞伯特就朝隨從少年喚了一聲「派翠克」。

聞言，派翠克笑咪咪地把最大塊的派裝進盤子裡，握起叉子開口。

「好耶～我要開動了～」

「笨蛋，不是啦！還不快給我去幫諾頓小姐上茶點！」

「啊，是～」

派翠克精明地保留了自己的盤子，為莫妮卡的盤子也盛滿了派。

用鼻子哼了兩聲，亞伯特以不若這番年紀會有的高傲態度望向莫妮卡。

「來，請儘管開動，諾頓小姐。妳在柯貝可伯爵那邊，過得有一餐沒一餐對吧。」

「不、不是的，沒有這種事……」

莫妮卡不停搖頭，但看在周圍的人眼裡，似乎只以為莫妮卡的態度是在包庇柯貝可伯爵。

亞伯特臉上開始浮現同情的神色。

「用不著顧慮，傳聞我都聽說了。妳好像在諾頓家遭到冷遇，還被兄長……那個，在學生會室裡，當、當成寵物對待不是嗎。」

「寵！寵物？」

面對語塞的莫妮卡，亞伯特以略顯害羞的表情，語調飛快地嘀咕起來。

「實在萬萬想不到，兄長竟然會有那種錯亂的嗜好。妳一定被逼著做了各種超乎我想像的，極度寡廉鮮恥的，那種事情跟這種事情吧……不，妳用不著說明。我不是會讓女性講出這種事情的無禮之徒。嗯。只是，妳可以不用避諱，難受的時候，儘管老實表達難受就行了。」

「那個，呃——？」

雖然不清楚亞伯特在想像些什麼，但感覺似乎有很多方面發展得過於飛躍。

在爆出衝擊發言的亞伯特，以及困惑不已的莫妮卡身旁，兩個貪吃鬼正悠哉地談笑風生。

「這個派啊～你絕對想不到！只要塗滿這種木莓果醬，就能變得更加美味喔～」

「甜味跟酸味會達到絕妙的均衡呢！」

「是的，讓人幾塊都吃得下去～啊，再為你上一杯紅茶，請用～」

多麼和平的世界啊。可能的話，莫妮卡真希望自己也能到那邊的世界插一腳。

可是，不能就這麼放著亞伯特的誤解不管。

「那個，我……呃——其實是，殿下的……」

也不能老實答出夜遊夥伴，正感到詞窮時，亞伯特又露出了憐憫的眼神。

「諾頓小姐，妳願不願意放棄侍奉兄長，改接受我的庇護呢？只要妳點頭，我保證一定讓妳過上三餐溫飽的生活。」

怎麼辦。都是因為莫妮卡，害得菲利克斯被誤會成壞人了。

得設法為菲利克斯解釋才行，雖然內心這麼想，但莫妮卡也同時有種預感，自己不管說什麼，恐怕都只會愈描愈黑。

就在莫妮卡含糊其辭地「那個～這個～」不停的時候，噗哈一聲，把紅茶一飲而盡的古蓮插了嘴。

「學生會長是好人啦！一點都不壞！」

「可是，我聽說……」

亞伯特反駁古蓮的發言後，古蓮連嘴邊的鮮奶油也沒擦，就一本正經地斷言道：

「雖然啊，我不曉得你聽說了什麼傳聞，但實際看過會長的，都知道他是個好人哩。」

多麼令人心曠神怡的發言啊。

莫妮卡低下頭去，在內心自嘲起來。

（要是我也能像古蓮同學這樣，清楚表明殿下是個好人，不知該有多好。）

在莫妮卡的腦海裡，克拉克福特公爵的存在無論如何就是揮之不去，害莫妮卡對於相信菲利克斯一事抱著恐懼而卻步。這樣的自己，讓莫妮卡覺得好討厭。

另一方面，聽了古蓮直率無比的發言，亞伯特好似很不甘心地凹起嘴唇低頭。眉頭更是緊緊鎖在一塊兒。

「……每次都這樣。不管是誰，都只會站在菲利克斯兄長那邊。」

方才的高傲已不知上了哪去，現在出口的低語，完全就是鬧彆扭的孩童會有的語調。

在低頭的亞伯特面前，派翠克放下了裝派的盤子。

「亞伯特大人～心情低落的時候，吃甜食最好嘍～」

「我心情！才沒有低落！」

「我來幫你把木莓醬加滿喔～」

「我是杏桃醬派的！」

大發雷霆的亞伯特似乎稍微找回了點活力。

面對這樣的他，古蓮伸舌頭舔去嘴邊的鮮奶油，再度開口。

「簡單說來，亞伯特是想和莫妮卡交朋友對唄？」

「那個，我覺得八成不是這麼回事……」

絲毫不把莫妮卡小聲地吐槽當一回事，古蓮朝氣十足地拍了拍胸脯。

「一起吃過好吃的東西，就已經是朋友了啊！我跟莫妮卡跟亞伯特跟派翠克，大——家都是好朋友啦！」

向王族說出這麼失禮的話，真的不會被判藐視王族罪嗎？莫妮卡不由得冷汗直流，不過亞伯特則是不停喃喃自語「朋友……」

然後，就像要確認似的，轉頭望向莫妮卡。

「諾頓小姐，容我向妳確認，妳和菲利克斯兄長不是朋友吧？」

「咦，呃——菲利克斯殿下畢竟是學長，要說是朋友，該說不敢當還是……」

「所以不是朋友吧？不過，只要我來當妳的朋友……嗯，沒錯，這樣應該會讓兄長很不甘心吧？」

最後那句的聲音小到莫妮卡聽不太清楚。但，亞伯特好似已經自顧自地想通，只見他嗯嗯兩聲點頭，高雅地啜了口紅茶。

「這樣啊，我們是朋友了嗎。嗯，朋友。朋友啊。既然如此，今後像這樣招待你們參加茶會也無妨對吧。畢竟我們是朋友嘛。」

「太好了呢，亞伯特大人～」

「哼哼～我現在心情很好，你可以多吃點派沒關係，派翠克。」

「啊，不好意思，我已經全部吃完了～」

「那我再來一塊的份呢！」

望著大聲嚷嚷的亞伯特，以及我行我素的派翠克，古蓮笑容滿面地表示「感情真好呢」。

（總、總而言之，看來並不是我的真實身分穿幫……吧？）

莫妮卡放下心中的大石頭，拿起始終沒動過的派小小啃了一口。

第六章　莫妮卡·諾頓綁票事件

賽蓮蒂亞學園魔法戰社社長——白龍·加勒特正處在用來當作魔法戰訓練場的森林中。
魔法戰是一種在特殊結界中展開的戰鬥方式，只有透過魔力發起的攻擊手段才會生效。
因此，交戰時雖不會因為敵方的攻擊魔術而受傷，痛楚卻依然存在，最重要的是受到多少傷害，就會消耗多少魔力。
白龍畢竟有本事當上魔法戰社的社長，在賽蓮蒂亞學園內，實力可說是數一數二高強。然而，他的魔力卻已幾乎見底。
（那攻擊到底，是怎麼一回事……）
在白龍的身邊，其他社員正陸續遭到攻擊，接連倒地。
那是以駭人速度連續發射的攻擊魔術。至於發動者，甚至不是魔法戰社的社員。
對方只是在放學後，獨自找上門打魔法戰的插班生。
「哼～，哼，哼。哼哼——，哼～……」
插班生用鼻子哼著歌，揮了一下指頭。火焰箭矢隨即如雨點般朝白龍灑來。快得難以想像。
（到底怎麼回事！）
施放魔術必須經過詠唱。但邊哼歌邊詠唱什麼的，根本不可能辦得到。
（這樣豈不就像是……）

能夠不經詠唱就施展魔術的人類，這世上只有一個。那位專司無詠唱魔術的七賢人。

「〈沉默魔女〉？」

不經意道出這則名號，便見插班生仰頭哈哈大笑。

（露出破綻了吧！）

白龍立刻準備用短縮詠唱發動火焰魔術。然而，就在火球浮現手邊的同時，火焰箭矢又從插班生的背後飛了過來。

（可惡，又來了。又是沒經過詠唱就發動攻擊！）

雖然緊急詠唱想展開防禦結界檔下火焰箭矢，但為時已晚。

中箭的手臂與肩膀雖不會留下傷痕，痛楚卻激烈無比。是肌肉被掘穿與焚燒的劇痛。不僅如此，魔力也遭到了大量消耗。

白龍不支倒地，插班生隨即發出夾雜著嘆息的低語。

「太沒意思了吧～說什麼名門學校，魔法戰的水準卻這麼低。和米妮瓦根本沒得比啊～」

這番話，點燃了白龍內心的怒火。

何等奇恥大辱。自己毫無招架之力的確是事實，即使如此，依然不能容許對方愚弄賽蓮蒂亞學園。

「別小看賽蓮蒂亞學園了，你這插班生……」

白龍以指尖朝地面猛摳，死撐著不讓大腦失去意識。

倒在地上說話，讓嘴裡滿是泥沙，但現在豈是顧忌這些的時候。

「這所校園裡，比我強的高手，還多得是……」

主打冰系魔術的學生會副會長，希利爾·艾仕利。

能力尚屬未知數，但潛力無窮的七賢人弟子，古蓮．達德利。
（若是他們的話，一定能夠，把這個男的……）
插班生低頭俯視白龍，語調冷冷地問道：
「你說的那些傢伙，是怪物嗎？」
「……啥？」
「他們是離經叛道，既無情又高傲殘酷的怪物嗎？」
這男的到底在說什麼。
「那根本，就是在講你自己吧……」
「啊～這樣啊～原來你們，沒見識過真正的怪物啊～」
就在插班生如此低語的瞬間，一陣宏亮的嗓音響徹了森林。
「學生會在此！有通報指出，這所訓練場正上演太過火的魔法戰！現在立刻解除簡易結界，中止魔法戰！」
隨著自己的勁敵——學生會副會長希利爾．艾仕利的聲音傳進耳裡，白龍暈了過去。

＊＊＊

莫妮卡平時講話就支支吾吾，想說的事情總是難以完整表達，即使如此，唯獨這句話無論如何都不想失敗——抱著這種想法，打從好幾天前起，莫妮卡就私下反覆練習著某段句子。
縮緊小腹在丹田使勁，莫妮卡道出了這句話。

「拉娜……唔，祝妳生日快樂！」

面對因為緊張與興奮，不停呼——呼——喘著大氣的莫妮卡，拉娜嘴角有如花朵般綻放，微笑回應道「謝謝妳」。

寒假結束後約兩週，冬中月（奧爾提利亞）的第四週四日，是莫妮卡的朋友——拉娜·可雷特的生日。

正好這天學生會沒有要集合，所以莫妮卡、拉娜與克勞蒂亞三人放學後在茶室借了一間包廂，舉辦拉娜的慶生茶會。

負責預約包廂、準備茶點，整頓好場地的是克勞蒂亞。

至於莫妮卡負責準備的，是拉娜以前誇獎好喝的，用父親留下的咖啡壺沖泡的咖啡。

「然後，這個是，生日禮物……」

莫妮卡掏出口袋裡的香包，遞給拉娜。

「謝謝妳，這是薔薇香包嗎？好可愛！」

「欸嘿……」

用粉紅色緞帶打結的素色布袋裡，裝滿了薔薇花的花瓣。

香包裡的薔薇，是在寒假期間，莫妮卡向第五代〈荊棘魔女〉勞爾·羅斯堡要來的。

找勞爾商量想要做禮物送給朋友，勞爾立刻豪爽地點頭，表示「親手製作禮品送朋友好棒啊！」

換句話說，這是以名門羅斯堡家栽種的，香味歷久彌新的薔薇所製作的，獨一無二的特別香包。只不過，拉娜對此當然一無所知。

笑咪咪的拉娜，不停誇著「味道好香呢」。

「也謝謝克勞蒂亞嘍。真沒想到，妳會幫忙打點茶會用的場地。」

「打點個場地就能算是幫忙慶生，我也樂得輕鬆對吧……生日快樂。」

「是是是，謝謝妳唷。」

看來，拉娜也已經習慣該怎麼應付克勞蒂亞難搞的性格了。乾脆地道過謝，便開始享用莫妮卡準備的，加滿鮮奶的咖啡。

「我果然就是喜歡莫妮卡的咖啡。這如果拿去當咖啡館的菜單，肯定大受歡迎！」

「欸嘿，是、是這樣嗎……」

「寒假時我去了商贊道爾一趟，那邊進口的咖啡豆種類明明豐富得很，卻怎麼都挑不到好喝的咖啡呢……」

商贊道爾是位於利迪爾王國西部的大港都。

拉娜似乎考慮著要在畢業後到商贊道爾成立商會。會趁寒假時造訪，也是為了進行事前的相關視察。

「對了對了，我還有到商贊道爾商會代表的聚會去露臉，最近商人們好像都流往帝國去了喔。說是新上任的年輕皇帝喜歡新奇的事物，不但調降關稅，還相當優待商人。」

「就是為了調降關稅，才跟我們的外交部起了衝突不是嗎。」

「是呀。所以為了對抗帝國，商贊道爾那邊打算興起新事業的樣子。我爸爸也有意投資呢。」

拉娜與克勞蒂亞的對話，莫妮卡實在聽得沒什麼頭緒。

正下定決心乖乖喝咖啡當個聽眾，拉娜又一瞥一瞥地望向莫妮卡開口。

「噯，莫妮卡。關於畢業後出路的問題，莫妮卡有什麼考量嗎？」

「……咦？」

出乎意料的問題，讓莫妮卡頓時瞪大了眼睛。

畢業後的事情，莫妮卡根本想都沒想過。

自己會待在這所校園，目的是為了護衛菲利克斯——換言之，在今年菲利克斯畢業的同時，任務便畫下句點，莫妮卡也將回歸七賢人〈沉默魔女〉的生活。

重新體會到這件事實的莫妮卡，擠出有點生硬的笑容。

「呃——應該，算是什麼都還沒……考慮吧。」

「既然如此，畢業之後，想不想來幫忙我的事業？」

「咦？」

莫妮卡發出驚訝的喚聲，拉娜則用手指捲著頭髮，嘟起嘴唇接話。

「莫妮卡在數字方面不是很強嗎。所以說，我想把經理的工作交給妳啊。絕、絕對不是什麼想留好康給自己人，或者要優待朋友之類的喔！」

在拉娜語調飛快的發言之後，克勞蒂亞也咕噥起來。

「……我想也是。賽蓮蒂亞學園的學生會幹部經驗者。再加上，接任幹部時還是由第二王子擔任會長，有這樣的經理，想贏取和商會交易的貴族信賴，肯定是手到擒來吧。」

聽起來，賽蓮蒂亞學園學生會的影響力，應該遠在莫妮卡的想像之上。

按克勞蒂亞所言，有許多在宮廷任職的官僚與大臣，都是賽蓮蒂亞學園學生會幹部出身的。

這也難怪學生會幹部總是會被投以憧憬的眼神了，莫妮卡暗自領悟。這時，拉娜小聲應道：

「是呀。光是當過賽蓮蒂亞學園學生會幹部，就不知道有多少人搶著要了。更何況，有莫妮卡在，感覺多可靠呀。」

最後這句話，令莫妮卡心臟狂跳不已。
拉娜在依靠自己。拉娜誇獎自己可靠。拉娜需要自己。
（……好開心。）
可是，與喜悅同時湧現的，是深深扎在胸口的罪惡感。
莫妮卡再過半年就要離開學園了。甚至不會跟拉娜一起迎接畢業典禮。
「畢竟還有一年多，妳就慢慢考慮吧。如果有需要柯貝可伯爵允諾，我也會幫忙一起說服他的。」
拉娜似乎以為，莫妮卡表情之所以僵硬，是因為顧慮到柯貝可伯爵。
莫妮卡帶著曖昧的微笑點頭。
明明心裡一清二楚，自己根本無法接受拉娜的提議。

小小的慶生茶會結束，莫妮卡、拉娜以及克勞蒂亞一起離開茶室時，從走廊另一側傳來了怒吼聲。是希利爾的嗓音。
「該死，到底是上哪去了！還不趕快出面自首，讓我們質詢案發經過！」
希利爾的身影，遙遠到就連視力過人的莫妮卡都只能透過髮色辨別。明明如此，嗓音卻響亮到讓人以為雙方近在咫尺。
聽見義兄活力十足的怒吼，克勞蒂亞就像是耗盡了一整天份的心力般，懶洋洋地嘀咕起來。
「那個人，要到什麼時候才會發現，自己的嗓門都已經大到被當作學園特產了呀……」
「沒到特產的地步吧。」

拉娜的輕聲指責，讓克勞蒂亞回以空虛的笑容。

「說得也是，特產聽起來太正面了……容我訂正為特級困擾。」

一般而言，希利爾怒吼時，附近都會附贈遭斥責的古蓮。不過，今天在肉眼可見的範圍內，並沒找到古蓮的身影。

（難道說，是遇上了什麼問題嗎……？）

倘若如此，身為學生會幹部的莫妮卡，上前幫忙也許會比較妥當。

「我稍微，過去一下，喔。」

向拉娜與克勞蒂亞賠過不是，莫妮卡朝希利爾的方向走去。

在怒不可遏，不停散發冷氣的希利爾身旁，艾利歐特正一臉不耐地隔著制服摩拳擦掌。

注意到莫妮卡正在靠近的艾利歐特，舉起了單手開口。

「嗨，小松鼠，工作了。」

「出、出了什麼問題，嗎？」

聽見莫妮卡戰戰兢兢提問，艾利歐特有些苦澀地點頭。

「高中部三年級的插班生，找魔法戰社打了太過火的魔法戰。魔法戰社的全體社員，都因為缺乏魔力症送進醫務室了。」

莫妮卡頓時倒抽一口氣。高中部三年級的插班生。太過火的魔法戰。

浮現在腦中的名字，只有一個。

「那位，插班生的，名字是……」

「修伯特．迪伊。魔術師養成機構米妮瓦來的插班生。」

啊啊～～在這聲吶喊險些出口的關頭，莫妮卡死命忍住了。

（果然沒錯，那個人，一點也沒變啊……！）

莫妮卡還在米妮瓦就讀的時候，修伯特也是動不動就找人打過火的魔法戰，三不五時接到悔過處分。

面對臉色鐵青的莫妮卡，散發著怒氣與冷氣的希利爾忿忿表示：

「據說修伯特．迪伊在魔法戰中，對已經落敗的對手仍執意發起攻擊……這是極度惡質的行徑。天理不容。」

「我接獲報告，與希利爾一同趕到現場時，修伯特已經離開現場了。聽說也沒回到男生宿舍去，所以還留在校內的可能性很高。」

因此，身為學生會幹部的希利爾與艾利歐特，才會四處尋找修伯特，好質詢案發經過。

「事情就是這樣，妳也要來幫忙，小松鼠。」

啊啊，果然，事情變成這樣了。

身為學生會幹部，莫妮卡自是無法拒絕。偏偏莫妮卡又絕對不能與修伯特碰面。

「那、那麼～我就和你們分頭，去別的地方找……」

「不，這裡最好是集體行動妥當。」

如此斷言的是希利爾。艾利歐特也點頭同意。

「是啊。就算找到那個插班生，小松鼠一個人也沒法拿他怎樣吧。」

「……啊嗚……」

渾身冷汗直流的莫妮卡搓起了指頭。

怎麼辦，想不到什麼可以糊弄過去的方法。

到這個地步，要不就祈禱修伯特別被找到，再不然就是找到修伯特的瞬間趕緊躲起來，只剩這兩個辦法了。

（拜託拜託，千萬不要讓那個人被找到……！）

莫妮卡起步跟在希利爾與艾利歐特後頭，同時不停觸摸左耳。這是在需要幫助時，向以伊莎貝爾為首的諾頓家僕役求救用的暗號。

然而，現在伊莎貝爾並不在附近。雖然諾頓家的僕役有可能注意到，但莫妮卡身畢竟有其他學生會幹部在，僕役難以上前接觸。

（這一關，我必須，靠自己的力量度過……）

三人首先在設有茶室的二樓大致上巡視一圈，再接著朝一樓移動。

每走下一段樓梯，莫妮卡就朝前後左右張望一次。

在降到一樓的時候，艾利歐特有點傻眼地問起：

「感覺妳舉動比平時更詭異耶，小松鼠？」

「噎嗚，啊，呃～那個……」

見莫妮卡應得含糊，艾利歐特得意地揚起了嘴角。

「啊哈——我猜猜，跟插班生有關是吧？」

「……！」

自己跟修伯特認識的事，穿幫了——內心正如此焦急，艾利歐特就擺出好似看穿一切的表情接話。

「那個羅貝特．溫克爾還是每天對妳死纏爛打，要妳陪他下棋，對吧？」

（啊，是這邊的，插班生啊～……還好。還好沒穿幫……）

莫妮卡還按著響聲大作的心臟，希利爾又一臉嚴肅地低頭望了過來。

希利爾會擺出這種表情，大體上都是莫妮卡要挨罵的時候。沒想到，都已經做好心理準備了，希利爾的語調卻莫名平穩。

「諾頓會計。下次羅貝特·溫克爾造成妳的困擾，就立刻來找我。我會妥善處理。」

出乎意料的發言，莫妮卡不由得有些驚愕，艾利歐特則是帶著挖苦的笑容望向希利爾。

「你很操心嘛，副會長閣下。」

「學妹被人添麻煩，操心不是理所當然的嗎。」

（他在為我，操心呀……）

對從前的莫妮卡而言，一說起學長，率先浮現腦海的，就是修伯特·迪伊。修伯特為人我行我素又殘忍，無論怎麼哭喊，他總是不由分說地把莫妮卡強行拖到魔法戰會場去。

正因如此，現在有一個如此為自己操心的學長在，這件事實令莫妮卡胸膛微微作癢。

「非、非常謝謝你，希利爾大人。」

眼見莫妮卡深深一鞠躬，希利爾擺出理所當然的態度，用鼻子哼了一聲。這種充滿希利爾風格的反應，又令莫妮卡小小微笑起來。

——緊接著，微笑的表情瞬間陷入僵硬。

「哼～哼，哼，哼，哼——」

走廊的另一側，通往正面玄關的方向傳來了有人哼歌的微弱聲音。絕不可能忘記的聲音。歌聲愈來愈接近。雙方的接觸已經無可避免。

（哪裡可以藏身！）

反射性環顧四周，感覺上無處可藏。如果這裡是教室，至少還可以躲在桌下或窗簾後面！

歌聲與腳步聲都來到近在咫尺的地方。沒有時間了。

莫妮卡瞪大圓滾滾的雙眼，觀察起希利爾與艾利歐特的背部。哪方的面積比較大，就算不是精於數字的莫妮卡也一目瞭然。

莫妮卡當機立斷衝到了艾利歐特的背後，把身體縮緊到極限。

＊＊＊

希利爾正為了詭異的歌聲皺起眉頭，歌聲的主人便彎過了走廊轉角現身。

那是留著一頭宛若燃燒火焰的倒豎紅髮，骨瘦如柴的高個子男同學——希利爾正在尋找的人物。

「修伯特・迪伊！」

隨著四散的冷氣，希利爾發出怒吼，修伯特止步不再哼歌，低頭望向希利爾。

修伯特的制服穿得衣衫不整，希利爾好想針對這點大聲斥責。

但，首先必須先解決正題——如此說服自己之後，希利爾慎重開口。

「修伯特・迪伊。聽說你在方才打魔法戰時，執意對已經落敗的魔法戰社社員發起攻擊。有什麼想辯解的，到時再一起聽你回答。首先請你乖乖跟我們來。」

才剛以強硬的口氣放話，便見修伯特盯著希利爾，從頭到尾細細打量了一番。何等無禮的視線。

修伯特彎著頭，向皺眉的希利爾低語。

「哼～哼，哼，哼，哼哼——？剛才這陣冷氣，是你釋放的嗎～？」

「姆，要是害你覺得冷，我在此致歉。」

希利爾反射性按住領口的胸針賠罪。

身患過剩吸收魔力體質，會將過剩魔力轉換為冷氣釋放的希利爾，總是為了自己在冬天容易造成旁人困擾一事暗自耿耿於懷。

尤其是，釋放的冷氣還有著在感情激昂的時候增強的傾向。

希利爾努力嘗試讓內心回歸沉穩，告訴自己要先試著冷靜與對方對話。沒想到，修伯特卻突然拉近與希利爾的距離。

修伯特伸出戴著戒指的手，抓住希利爾領口的領結猛扯。剎那間，希利爾的冷靜煙消雲散。

「你做什麼！」

「〈寶玉魔術師〉伊曼紐・達爾文製作。用來吸收與釋放魔力的魔導具……嗯哼，還編入了會根據殘存魔力量進行微調的術式。保護術式更是超一流的。做工真～不賴。」

原先觀察著胸針的眼珠靈活轉動，凝視起希利爾。

「你啊，是過剩吸收魔力體質吧？」

被連醫生都不是的對象主動說中自己的體質，並不是什麼讓人愉快的事情。更何況，過剩吸收魔力體質還正好是希利爾一直很糾結的地方。

希利爾眉頭皺得更深了，修伯特卻顯得嘻皮笑臉。是那種絲毫不掩飾惡意的笑法。

「過剩吸收魔力體質，只有那種訓練到超出自身極限的人才會發作。還需要透過魔導具輔助，代表你的症狀不輕吧？你是把自己逼到什麼地步啦？嗯哼？」

「我叫你放手！」

用力拍掉揪著領結的手，修伯特隨即折彎細長的體幹，向前彎腰讓面孔緊貼到希利爾面前。

「不錯不錯～真不錯～過剩吸收魔力體質。噯～我說，跟我來場魔法戰吧～？」

還沒等希利爾開口回答，艾利歐特就搶先插嘴。

「很不巧，我們不是來打魔法戰的。這種活動麻煩你留待課堂時間進行。」

「哼～？哼哼哼？」

看到了艾利歐特——以及飄在艾利歐特身後，沒能徹底遮住的女同學裙襬，修伯特頓時將蛇眼瞪得老大。

＊　＊　＊

（拜託別發現我拜託別發現我拜託別發現我……）

躲在艾利歐特背後，低頭瑟縮發抖不已時，一雙逐漸走進的鞋子映入眼簾。那雙鞋不是希利爾的——既然如此，就代表是修伯特的鞋子。

「哼，哼，哼哼——？」

隨著歌聲一起接近的鞋子在艾利歐特面前停下。才剛這麼想，鞋子又繞向側面踏了過來。

（要被發現了！）

焦急的莫妮卡自艾利歐特背後飛奔而出。必須找地方躲起來才行。啊啊～好想要窗簾，好想被窗簾包起來——抱著這種想法的莫妮卡，眼中映出的是希利爾的外衣。

只有這個了。莫妮卡繞到希利爾背後，掀起有如燕尾服般的衣襬，往裡頭就是一鑽。

陷入驚愕的希利爾頓時喚了起來。

「妳在幹什麼！諾頓會計？」

希利爾回過身來移動幾步，莫妮卡則是維持著鑽在外衣內的狀態，驚慌失措地跟上希利爾的腳步。

兩人這麼來回兜上好幾圈之後，希利爾總算停止了移動。

頭上披著外衣，低頭面向地板的莫妮卡並不曉得。

不曉得希利爾現在正一臉憂心地低頭望著渾身發抖的莫妮卡，也不曉得正有人繞到自己身後——那個某人的雙手，抓住莫妮卡的身體，把莫妮卡從希利爾的外衣下拖了出來。

一臉鐵青的莫妮卡耳邊，響起了一陣纏人的嗓音。

「哼～，哼，哼，哼哼——……『諾頓會計』？」

「啊，唔啊……啊，啊啊……」

被人從背後抱起來的莫妮卡轉過身去，隨即和滿臉邪笑的修伯特四目交接。

從那雙蛇眼，透露出這樣的訊息。

——「找到妳了」。

修伯特將莫妮卡一把扛到肩上，從玄關移動往室外。

這會兒聽見的不是用鼻子愉悅哼出的歌，而是魔術的詠唱。是飛行魔術。

「給我站住！修伯特·迪伊！」

希利爾吶喊著追了過來。莫妮卡舉起顫抖的手，向希利爾伸了過去。

然而，手掌尚未觸及希利爾，飛行魔術便搶先發動，修伯特就這麼抱著莫妮卡，輕飄飄浮上了半空。

（希利爾大人～……！）

救命啊——到頭來，莫妮卡還是沒能喚出這句話。

＊　＊　＊

在連接圖書館出口的走廊上，利迪爾王國第三王子亞伯特．弗勞．羅貝利亞．利迪爾正擺出金雞獨立的姿勢單腳站在原地。

「這樣子真的，就能夠學會飛行魔術嗎，達德利學長？」

「飛行魔術最講求的就是平衡感哩！首先就請你試著只用單腳直直穿過這條走廊吧。」

半信半疑提問的亞伯特，得到古蓮自信滿滿的回答。

在亞伯特身旁，完全沒預定要學飛行魔術的派翠克，正開心地單腳跳跳跳個不停。

「亞伯特大人～我們來比誰先跳完吧～」

「唔唔，求之不得！喝啊！」

兩名少年就這麼開始在走廊一蹦一蹦地跳著前進……但，才只不過前進幾步，亞伯特就失去平衡，一屁股摔在了地上。

跳在比較前頭一點的派翠克，維持金雞獨立的動作向亞伯特回過身來。

「亞伯特大人～你還好嗎～？」

「可惡～喂，派翠克！有隨從像你這樣搶在主人前面的嗎！」

就在亞伯特大發雷霆時，派翠克突然「啊咧～？」一聲，仰頭望向天空。是看到了什麼罕見的鳥嗎？

亞伯特忍不住眼尾上吊，發出怒吼。

「主人講話講到一半都敢左顧右盼，你膽子不小嘛，派翠克！」

「快看～那個人，也在用飛行魔術耶～」

說著說著，派翠克舉起手指示意。往指頭方向看去，確實可以看到在空中飛行的人影。

那是制服穿得衣衫不整，一頭紅髮的男同學。肩上還扛了一位身材嬌小，讓亞伯特感覺有點眼熟的淺褐髮女同學。

「那是……諾頓小姐？」

莫妮卡正不停擺動手腳，似乎在死命掙扎。男同學則無視於莫妮卡的抵抗，橫越走廊上空，飛往校園領地內的森林。

眼見此景，古蓮當場眉尾直豎。平時總開朗的臉上，不斷湧現強烈的憤怒。

「那傢伙……！」

古蓮語調飛快地詠唱飛行魔術，起飛朝莫妮卡等人追了過去。

＊　＊　＊

賽蓮蒂亞學園學生會室裡，學生會會長菲利克斯．亞克．利迪爾正趁著處理文件工作的空檔，過目以個人身分委託調查的報告書。

報告書的內容，是針對賽蓮蒂亞學園內，左手負傷女性的調查結果。

（〈沉默魔女〉……艾瓦雷特女士她，就在賽蓮蒂亞學園內。）

就算第二王子再怎麼呼風喚雨，想調查全校學生在咒龍騷動時的行動也絕非易事。恐怕還得花上不少時間，才能有更進一步的結果吧。

這件事實雖然令人心急如焚，但想到自己正在確實地接近憧憬的對象，胸膛深處便持續湧現按耐不住的喜悅。

啊啊～好想快點見到〈沉默魔女〉的廬山真面目。聽聽她的嗓音。

（見到她之後，該從什麼話題開始聊好呢。希望她願意解說一下，新年魔術奉納時表演的冬精靈的冰鐘（奧爾提莉亞之鐘），是使用了怎樣的魔術式去調整冰的強度，又是用了怎樣的魔術式對各部位進行個別操作的。與咒龍對峙時施展的反詛咒防禦結界也實在太出色了。能在短時間編組出那樣的術，她果然是真正的天才。那道結界的屬性基礎構造感覺也非請教下不可……）

呼～嘆了口惆悵的氣息，為毫無進展的報告書翻頁時，學生會室的房門忽然被人猛力打開。

快步走進室內的，是學生會書記艾利歐特・霍華德。

「嗨，艾利歐特，有什麼事嗎？」

菲利克斯語調沉穩地問，艾利歐特則把深褐色頭髮搔得一團亂，語調低沉地開口。

「……出了緊急狀況。」

即使聽見這個充滿火藥味的詞彙，菲利克斯依然未顯動搖。

再怎麼說，馬上就能夠與憧憬的〈沉默魔女〉見面了。相較於如此巨大的喜悅，想解決什麼難題都只是小事一樁。

面對如此從容不迫的菲利克斯，艾利歐特以一臉焦急而諷刺的表情接話。

「小松鼠被插班生擄走了。」

菲利克斯瞪大碧綠色的眼眸，當場陷入了僵硬。

＊＊＊

扛著莫妮卡的修伯特．迪伊，降落在實踐魔術等課程會利用的森林後，從肩頭放下了莫妮卡。

但就只是放下，並沒有解放。他從莫妮卡背後伸手，左手添在莫妮卡的下顎，右手則按在莫妮卡臉頰上戳啊戳的。

「嗨～～好久不見啦，艾瓦雷特兒～？」

莫妮卡的喉嚨顫抖，噫——噫——地不停喘氣。

修伯特就是米妮瓦時代的莫妮卡之所以會成天把自己關在研究室的主因之一。

畢竟，光是眼神對上，就會像這樣被強拉到魔法戰的訓練場去。

（好可怕好可怕好可怕好可怕……）

啊啊～即使如此，還是得講清楚才行。自己正在進行極祕任務，請不要礙事。

匯集自己所有的勇氣，莫妮卡努力擠出聲音開口。

「現、現在的我，是莫妮卡．諾頓。我正在，為了執行重要任務，隱瞞，身分……拜、拜託你，請不要，把我喚作，艾瓦雷特。」

修伯特好似在沉思什麼似的，陷入了沉默。話雖如此，不發一語的期間，揪住莫妮卡下巴的手也絲毫沒有放鬆。

毫沒有放鬆。

總算，修伯特從莫妮卡頭上以思索中的語調咕噥了起來。

「嗯～哼～哼～……叔父要是知道妳在賽蓮蒂亞學園出任務，應該會事先告訴我，要我不准妨礙妳辦事……」

他口中的叔父，是指與莫妮卡同為七賢人的〈砲彈魔術師〉布拉福．泛世通。雖然兩人並不太相像，但修伯特確實是布拉福的親戚。

「叔父不知道就表示，這是連七賢人都只有極少數知道的政治性案件……這麼一提，第二王子跟第三王子都還很碰巧地在這兒就讀嘛～？……嗯哼，換句話說，妳那什麼極祕任務，八成就是調查或護衛他倆的其中一方嘍。」

外表乍見之下粗野，但修伯特其實是個腦筋極度靈活的男人。大腦運轉的速度快到足以聞一知十，這點與莫妮卡還在米妮瓦就讀時完全如出一轍。

「拜託你，了。不要把我的事，告訴，任何人……」

「喔，行啊～妳就是〈沉默魔女〉的事，我可以幫妳保密。」

在絕望之中，莫妮卡總算見到一線曙光。

啊啊～這個無法溝通的學長，歷經歲月洗禮，也稍微圓滑一些了呀。

也不曉得修伯特正在自己頭上舔著嘴唇，還想得這麼樂天。

「只不過，要交易的話，我當然必須能得到些好處吧～？」

「……咦。」

莫妮卡下巴的手指揪得更用力了。

不祥的預感油然而生，莫妮卡僵在原地，這時，一陣冰冷的北風吹過腳邊——錯了，不對。這陣冷氣不是北風。

「放開我的學妹。」

平時總會響徹遠方的嗓音，現在夾雜著明顯的怒氣，低沉渾厚地迴繞。

散發比北風更冷冽的冷氣，緊踏冰霜朝這裡走來的人，是希利爾。

被希利爾用深藍色雙眼狠瞪，修伯特好似愉悅不已地哼起了歌。

「哼～哼，哼，哼……要是我說不呢？」

希利爾唱起短縮詠唱，舉起右手一揮。

鏗——隨著清澈響聲，一具冰之枷鎖從飄著冰霜的地面出現，猛烈襲向修伯特。

修伯特的左右手腕各自被枷鎖銬上，以鏈條拘束在一起。與此同時，頭上又響起了某人呼喚莫妮卡的聲音。

「莫妮卡！這邊！」

從頭上伸來的手臂彎進側腹，將莫妮卡一把抱起。是用飛行魔術浮空的古蓮。

古蓮抱著莫妮卡飛離修伯特，降落在希利爾的背後。

修伯特望著拘束著自己雙手的冰鎖，一臉開心地露出邪笑。

在這種狀況下還笑得出來，難以言喻的詭異感令希利爾和古蓮都露出緊張的神情。

就在這時，莫妮卡等人的背後傳來了腳步聲。

「插班生，修伯特．迪伊。」

音量絕對稱不上大，卻格外清晰的這陣嗓音，語調比平時來得更加冰冷。

賽蓮蒂亞學園 3年級
修伯特・迪伊

莫妮卡顫抖著回頭，正朝這兒前來的，是學生會會長菲利克斯．亞克．利迪爾，以及書記艾利歐特．霍華德。

菲利克斯停下腳步，用俊美的面容帶著冷笑凝視修伯特。

「學生會的幹部也敢綁架，火藥味挺重的嘛。有什麼想辯解的趁現在快說吧。」

修伯特嘴角揚得更高了，舉起被冰鎖銬著的雙手，甩出鏘鈴鏘鈴的鏈條聲。

「學生被人這樣對待，學生會長可以視而不見嗎？」

「這話可奇怪了。面對綁架行為，這不是正當又純粹的鎮壓嗎。」

「說什麼綁架，根本是欲加之罪嘛～我只是看到熟面孔，找她開心聊了幾句而已呀～？……對吧～莫妮卡～？」

莫妮卡的喉嚨頓時抽搐。

如果，莫妮卡作證，表示自己是被修伯特擄走與威脅的，菲利克斯肯定會協助採取相應的措施與處置。

可是，屆時修伯特恐怕會為了報復，拱出莫妮卡的真實身分吧。也就是，現在身處此地的人，是七賢人之一──〈沉默魔女〉莫妮卡．艾瓦雷特。

想到這裡，莫妮卡便無法輕率發言，只能默默呆站原地。隨後，修伯特唱起了短縮詠唱。那是生成火焰箭矢的魔術。

冰鎖遭到火焰箭矢破壞。隨著燦爛閃爍的碎冰四散，修伯特大大攤開了雙手。

「那好啊，我就入境隨俗～來場堂堂正正的決鬥吧？用魔法戰決鬥。」

舉起戴著戒指的手，修伯特依序指向希利爾與古蓮。

「你們想幾個人上都行。只要幹掉我，我就不再對莫妮卡出手。但要是你們全被我解決了，莫妮卡就是我的人。我會讓她退出學生會。」

即使已經淚眼汪汪地顫抖不已，莫妮卡還是擠出微弱的嗓音死命開口。

「我、我不要。我不想，辭去，學生會的工作……」

「妳沒意見吧～莫妮卡～？嗯哼？……妳不會拒絕我對吧——啊～？」

莫妮卡很清楚。這個棘手的學長，純粹就只是想「開心地」打魔法戰而已。然後，為了這個目的，他什麼都做得出來。

只要是能夠激起對方的戰意，無論是挑釁也好威脅也好，他基本上不擇手段。

現在也不例外，修伯特正藉由威脅莫妮卡，來挑釁希利爾與古蓮。

而莫妮卡有真實身分這個把柄落在修伯特手中，根本無從制止。

「有意思！」

率先開砲的，是古蓮。

「你這傢伙，就由我來打倒！」

緊接著，希利爾也開了口。

「殿下，請准許決鬥。」

「好。」

學生會幹部中，能打魔法戰的人只有一個。菲利克斯望向希利爾，以前所未有的冰冷嗓音下令。

「學生會副會長希利爾・艾仕利聽令。去打贏這場決鬥……我們絕不能失去重要的會計。」

「遵命。」

就在這個瞬間，賭上莫妮卡・諾頓的決鬥成立了。

（怎、怎麼辦，事情竟然變成這樣……）

已經連逃進數字的世界都做不到，莫妮卡只能不斷在內心自問自答。在這樣的莫妮卡身後，艾利歐特以一副發自內心覺得無聊的表情說道：

「獎品是小松鼠嗎……好一場世界最空虛的決鬥。」

好想要人權——莫妮卡真切地渴望。

✦ 第七章　決鬥與狩獵

「你們啊。隨隨便便就講什麼魔法戰魔法戰的，知不知道魔法戰的結界準備跟維護有多麼費工？更別提要打的人還是這種魔力量，結界不弄得更堅固點肯定會出事吧？啥，想讓旁人有辦法觀戰？慢著慢著，我說，知不知道這樣有多大費周章啊？……我再找救兵來，少說要花三天喔。別讓老人家太操勞了好嗎？」

受到威廉．瑪克雷崗教師的上述發言影響，以莫妮卡．諾頓為賭注的魔法戰決鬥，就定在決鬥宣言三天後的放學時間舉行。

這三天之間，莫妮卡的心情低落至谷底，疲憊交加到幾乎食不下嚥的地步。

明明從前的學友巴尼都已經特地來信告知修伯特插班的消息，卻還是被修伯特給逮到，到頭來甚至愈演愈烈，不知為何發展成以莫妮卡為賭注的決鬥。

不僅如此，一旦希利爾等人落敗，莫妮卡還得辭去學生會職務，當修伯特的人。

若演變至此，莫妮卡會迎接怎樣的命運，極為顯而易見。一言以蔽之，就是陪修伯特打魔法戰打到滿意為止。

啊啊～為什麼，事情會變成這樣。自己要是做得更漂亮點……說是這麼說，在那種情況下，到底要怎麼做才好呀。

再怎麼哭哭啼啼地說些喪氣話，負責答腔的搭檔尼洛都還在冬眠。至於琳最近也不知是否正忙，閣樓間最近都不見琳上門。

最重要的是，這次的事件讓伊莎貝爾為了沒能及時幫上忙深深自責，不停怨嘆：

『我沒資格當協助者……沒資格當反派千金啊……』

並陷入嚴重的消沉，這令莫妮卡相當內疚。

決鬥當天的午休，莫妮卡也消瘦不堪地趴在桌面上。已經連走去餐廳的力氣都沒有了。

給希利爾添麻煩了，把古蓮也拖下水了，再這樣下去連任務的執行都會出問題，為什麼自己總是這樣……如此消沉自責不已時，頭上傳來了低聲咕噥的嗓音。

「感覺就像是乾巴巴又發黑，瀕臨廢棄邊緣的魚乾呢。」

「克勞蒂亞大人……」

莫妮卡慢吞吞地抬頭，克勞蒂亞隨即一把揪住莫妮卡的後頸，讓莫妮卡自椅面起身。

搖搖晃晃起立之後，拉娜來到身旁支撐莫妮卡的身體，克勞蒂亞也從另一側架住，兩人就這麼拖著莫妮卡走出了教室。

兩人行進的方向與餐廳正好相反。因此，走廊上幾乎不見任何人影。

「拉娜？克勞蒂亞大人？要上哪兒去……」

「決鬥不是今天放學後就要開打了嗎。獎品要是條魚乾豈不笑掉人大牙。」

「獎品……魚乾……」

「至少要補充水分的意思。」

克勞蒂亞在一間空教室前停下腳步，打開門把莫妮卡往內推了進去。

踏著歪七扭八的腳步進教室的莫妮卡，頓時撐大了眼窩凹陷的雙眼。

「莫妮卡，等妳好久哩！」

朝氣十足地揮手招呼的人是古蓮。尼爾也在他的身旁。

他們在空教室的地板上鋪了絨毯，上頭排放著輕食與飲料，簡直就像要野餐似的。

呆站原地不知該作何反應時，古蓮又「這邊，這邊！」地出聲催促莫妮卡。

拉娜也同時從背後推了一把，莫妮卡就這麼一屁股坐到絨毯上。

「那個，請問，這是……？」

「哼哼哼，是我特製的摸魚套餐！」

古蓮露出得意洋洋的表情，從擺在邊邊的書包裡掏出水果乾和牌。

該不會是打算翹課，在這裡摸魚一下午吧——浮現如此想法的莫妮卡臉色正逐漸發青，優等生尼爾就沉穩地接話。

「我們還準備了毛毯和枕頭，想午睡也不成問題喔。再怎麼說，諾頓小姐畢竟看起來幾乎沒怎麼睡，在這裡補眠到放學比較妥當。」

「可是，我、我……」

莫妮卡應得支支吾吾，這時，拉娜又忽然倒了一杯熱茶硬是遞到眼前。

「唉～唉，也不知怎地，我今天好想翹課呢！」

「拉娜，呃——」

「莫妮卡也要陪我一起翹。沒問題吧？」

滴答——一顆豆大的淚珠滑落，在莫妮卡的杯裡激起波紋。
淚水一度決堤，便再也無從抵擋。莫妮卡雙手緊握茶杯，吸吸鼻子，聲淚俱下哭得一塌糊塗。
「對不，起，明明是我，給大家……添了這麼大的，麻煩……」
聽見莫妮卡一把鼻涕一把眼淚擦著眼角賠罪，拉娜與古蓮都緊緊握拳激動了起來。
「笨耶妳！不管怎麼想，給人找麻煩的都不是莫妮卡，是那個沒頭沒腦吵著要決鬥的學長才對吧！」
「就是說咩！別放在心上，莫妮卡完全不用在意任何事啦！」
莫妮卡吸了幾下鼻子，面向古蓮低頭。
「古蓮同學，對不，起。都是我害你，也被捲入這場，決鬥裡……」
「就說莫妮卡妳不必在意了咩！反正，我原本就打算找那傢伙打魔法戰啊！」
在笑容燦爛如太陽的古蓮身旁，克勞蒂亞浮現一抹月光般恬靜的冷笑。
「獎品只需要像個獎品，厚臉皮地說些『別這樣，不要為了我爭執啊』之類的就對了。」
「不管怎麼想都不是『為了我』，而是『被我害得』爭執起來啊啊啊啊。」
眼見莫妮卡再度嚎啕大哭，尼爾慌忙插嘴。
「克、克勞蒂亞小姐，反效果！妳這樣是反效果啦！那個，諾頓小姐，該說這是克勞蒂亞小姐獨特的安慰方式嗎，呃——策畫今天這場休息會的人也是克勞蒂亞小姐……」
「哎呀，真不愧是尼爾。願意了解我用心的人，就只有尼爾了。」
就算在這種時候，克勞蒂亞還是一如往常的克勞蒂亞。
拉娜傻眼似地朝克勞蒂亞側眼瞪了瞪，拿起一份切好的薄麵包交給莫妮卡。麵包裡夾了燉煮過的手撕肉與蔬菜。

古蓮見狀立刻插嘴。

「那個，是我做的喔！」

平時古蓮愛吃的是整塊的厚切肉，但現場準備來的盡是些剁碎切細，燉煮軟爛的餐點，顯然是顧及到要讓莫妮卡容易入口。

道謝之後，莫妮卡咬了一小口麵包。這麼一提，打從決鬥宣言的那天起，自己就沒怎麼好好進食過。

麵包裡夾的餡料，和有用蔬菜熬煮而成的醬料，保留顆粒口感的醬汁帶出了蔬菜的甜味，既順口又感覺不到負擔。

「這個，好好吃……欸嘿嘿……」

回想起拋在腦後的飢餓感，大口大口咀嚼起麵包的時候，教室的門忽然被人猛力打開。

「克勞蒂亞！這到底是怎麼一回事？」

「連餐點都帶過來了嗎？好熱鬧呀。」

眉尾上吊怒吼的是希利爾，一旁苦笑的人則是菲利克斯。

克勞蒂亞優雅地舉起紅茶杯仰頭，細細品味入口的紅茶後，擺出一副活像剛剛才注意到義兄的態度，轉頭望向希利爾。

「哎呀，兄長午安。」

「找這種空教室開茶會是成何體統！給我去向茶室提出申請！」

「那樣做的話，就沒辦法翹課了吧……」

「不許在殿下面前光明正大揚言要翹課！」

面對希利爾的怒吼，克勞蒂亞明明連嘴角都沒上揚，卻故意將扇子舉在嘴邊，擺出遮住笑容的動作。

「哎呀，意思是偷偷做你就會睜隻眼閉隻眼嗎？」

「……唔咕……」

趁希利爾啞口無言，古蓮迅速往前踏出一步。

肉舖小開舉起塗滿肉醬的麵包，擺出一副推銷黑貨的奸商嘴臉細語。

「會長，副會長……這個，是封口費。」

「不需要！」

從怒吼的希利爾身旁，菲利克斯伸手接過麵包切片入口。

希利爾頓時瞪大眼睛喚道：

「殿下？請！請等等，先由我來試毒……」

「不用啦。」

吞下最後一口麵包，菲利克斯惡作劇般地笑了起來。

「那麼，既然都已經不小心收下封口費，就只能默不作聲嘍。」

「……既然是殿下的意思……」

希利爾垂頭喪氣地退下，接著，菲利克斯又補上一句「對了對了」，好似想起什麼一般。

「關於今天放學後的決鬥，高中部一年級的羅貝特・溫克爾也表明要參加嘍。」

「咦。」

只為了找莫妮卡下棋就插班到賽蓮蒂亞學園來，在寒冬也不知為何捲起袖子的男人——羅貝特・溫克爾似乎聽到這場決鬥的風聲，特地跑到學生會室表明了參加的意思。

「又、又有人，被我，捲進這場……」

菲利克斯再度開口，安撫陷入狼狽的莫妮卡。

「妳用不著在意喔。他的如意算盤，是想要邀妳參加棋藝社。」

莫妮卡正為了這句嗓音沉穩的說明感到安心，緊接著補充的「當然被我駁回了」卻語調冰冷到嚇人。

按菲利克斯所言，羅貝特似乎是跑到學生會室詢問「贏得這場決鬥的人，就可以擁有和莫妮卡小姐下棋的權利對吧」。

這種單純到令人欽佩的棋痴個性，還是一點都沒變。

（全都一如往常呀……嗯，全都一如往常……）

想著想著，莫妮卡發現了——在這個「一如往常」的背後，存在著現場全員的溫柔與費心。

因為，完全沒有人向莫妮卡問起，修伯特與莫妮卡之間，到底發生了什麼事——明明腦筋轉得快的人應該早就注意到了，莫妮卡與修伯特彼此恐怕是認識的。

（明明給大家添了這麼多麻煩，大家卻還是，願意一如往常地對待我。）

周遭的人如翻書般翻臉的瞬間，莫妮卡是經歷過的。

父親被官員抓走時，原本溫柔和善的鄰居們，都不約而同地朝父親扔起了石頭。

學會無詠唱魔術的時候，同學與教師的態度也變了，巴尼更是疏遠了莫妮卡。

正因如此，看到拉娜等人願意保持一如往常的態度，莫妮卡開心得淚流不止。

（我得好好，表達出這份，心情才行……）

莫妮卡使勁握緊拳頭，開口說道：

「大家……真的非常，謝謝你們。」

拉娜與古蓮露出用不著放在心上的笑容。克勞蒂亞擺出怎樣都無所謂的表情，尼爾則一臉苦笑。

莫妮卡轉身朝向面露平穩微笑的菲利克斯，以及略有難色的希利爾，鄭重低頭開口。

「這、這、這次實在，給大家，添了很大的麻煩。可是，我真的……不想辭掉，學生會的，工作。」

「就我而言，也沒有打算放走重要的學生會幹部喔……沒錯吧，希利爾？」

希利爾點頭應了聲「那當然」，以他一如往常的高傲態度，雙手抱胸向莫妮卡放話。

「就算妳說想辭，也別以為能夠稱心如意。直到我畢業為止，都絕對會把妳鞭策個徹底，給我做好心理準備！」

這種充滿希利爾風格的講法，聽得莫妮卡垂下眉尾，自然流露出軟綿綿的笑容。

「是一如往常的希利爾大人～」

「妳這話什麼意思！」

雖然希利爾擺起了臭臉，但就連這樣的反應都令現在的莫妮卡無比開心。

＊＊＊

魔法戰決鬥的地點定在賽蓮蒂亞學園領地內的森林，周遭已布下魔法戰專用的結界。

決鬥的過程，會轉播在設置於學生會室的白幕上，以供室內的人員觀戰。

坐在白幕前並排長椅上的，是決鬥參加者希利爾以外的全體學生會幹部。

除了學生會幹部，莫妮卡身旁還坐著拉娜，尼爾身旁也坐著已經見怪不怪，緊緊依偎在尼爾身上的克勞蒂亞。

這場決鬥原本只允許學生會幹部見證，但考慮到憔悴的莫妮卡，菲利克斯才特別開放外部人士觀戰。

在稍微隔了段距離的長椅上，這裡坐著的也是非學生會人士。

艾利歐特瞇細下垂眼，小聲地問向菲利克斯。

「嗳，開放給諾頓小姐的朋友我還懂，可對面這三個又是……」

「應該是從哪兒打聽到決鬥的事情了吧。」

雙手抱胸大剌剌坐在長椅上的，是菲利克斯同父異母的弟弟——王國第三王子亞伯特。隨從派翠克也坐在一旁待命。

「我可是達德利學長的朋友啊！沒錯，朋友！既然是朋友，過來加油當然是天經地義的。沒錯吧！派翠克！」

「亞伯特大人，喊得太大聲會給人造成困擾的～」

坐在鼓譟不已的亞伯特與派翠克身旁，舉著扇子遮口，顯得坐立難安的人，則是廉布魯格公爵千金——艾莉安奴·凱悅。

「寒假時，我畢竟受了古蓮大人不少關照。到場幫他加油，才算是合乎禮儀吧。沒錯，完全沒有任何其他理由喔。」

本不應在場的亞伯特與艾莉安奴都活力十足地端出藉口搪塞。

另一方面，說起這場決鬥的獎品莫妮卡，目前身心都已經瀕臨極限。

臉上出現的，並不是守候男人們赴沙場決鬥的女主角表情，反倒比較像是接受死刑宣判的囚犯，或是大限將至的病人。

多虧拉娜等人的體貼，讓莫妮卡翹掉下午的課補眠，否則莫妮卡恐怕連想走到這兒來都辦不到吧。

就在莫妮卡不安地按著隱隱作痛的胃時，基礎魔術學的教師——威廉・瑪克雷崗走進了學生會室。撐著拐杖的矮小老人瑪克雷崗來到螢幕前，開始設置投影用的水晶魔導具。

奇怪？莫妮卡內心冒出小小的疑惑。

想維持魔法戰的結界，最少也需要兩位魔術師。但，出現在這裡的只有瑪克雷崗一個人。其他施術者已經到森林去了嗎？

（這麼一提，瑪克雷崗老師好像有說，要找救兵過來幫忙……結果是找了誰呀？）

「嘿～個咻……那麼，你們幾個，要開始嘍。」

瑪克雷崗展開詠唱，水晶球隨即亮起微光，投影出校園的森林。

在灰色雲層覆蓋的冬日寒空下，等待魔法戰開打信號的，是三名男同學。

被喚作冰之貴公子，校園屈指可數的高手，學生會副會長希利爾・艾仕利。

校慶時扮演英雄拉爾夫，一舉成名的七賢人弟子古蓮・達德利。

然後是，來自蘭道爾王國的留學生羅貝特・溫克爾。

只要這三人之中，有誰成功打倒修伯特，莫妮卡就能從修伯特的魔掌中獲得解放。

魔法戰結界一旦發動，物理攻擊基本上就會無效化，想造成對手傷害只能仰賴魔力。

在結界範圍內，遭到攻擊時肉體雖然不會受傷，卻會感覺到疼痛，遭受的傷害也會反映在魔力消耗上。然後，魔力消耗至一定量的一方，便會判定為落敗。

結界內編組了保護肉體的魔術式，希利爾等人不至於掛彩，但卻可能被強烈痛楚折磨——一想到這裡，莫妮卡就害怕得不能自已。

「噯，莫妮卡。說到底，那個叫迪伊的學長，真有那麼強嗎？這邊可是三對一耶。」

拉娜的提問，令莫妮卡一時語塞。

關於修伯特的事，可以說明到什麼地步呢。一個不小心透露太多，就會讓莫妮卡曾經就讀米妮瓦的經歷曝光。

「呃——該說我也不太，清楚嗎……」

莫妮卡答得含糊其辭，接著，克勞蒂亞便一臉陰鬱地咕噥：

「怎麼說都是〈砲彈魔術師〉的親戚，無庸置疑是個武鬥派人士吧……」

修伯特的叔父——〈砲彈魔術師〉布拉福．泛世通即使在七賢人中，也是火力首屈一指的武鬥派魔術師。要說有誰能夠好好防禦住他的攻擊魔術，充其量也就同為七賢人的〈結界魔術師〉路易斯．米萊了吧。

然而，相較於集中威力打一發大招的〈砲彈魔術師〉，修伯特的戰鬥風格正好相反，真要分類的話，比較屬於重視招式數量的類型。

（若只單純考慮魔力量，是希利爾大人，還有古蓮同學他們占壓倒性的優勢，可是……）

敗給修伯特的魔法戰社社員們，全都因為缺乏魔力症臥病在床，無法打聽到魔法戰的詳細過程。正因如此，莫妮卡更是充滿一股難以言喻的不安。

——修伯特．迪伊真正在行的，並不是魔術，而是狩獵。

＊＊＊

在作為魔法戰會場的森林內，古蓮、希利爾，以及羅貝特三人直到開打的鐘聲響起之前，都留在森林入口待命。

修伯特已經事先移動到森林的深處。魔法戰基本上會在雙方拉開一定距離的狀況下開打。如果不這麼做，就會變成繞口令比賽，詠唱先唱完的人就贏了。

古蓮輕輕深蹲了幾下，做起暖身體操。

在咒龍騷動時身中詛咒的古蓮，直到前陣子都還為全身上下的激烈痛楚所苦，幸好近來已經緩和許多。當然是還有幾處會不時發麻，可想想跟師父練完那火爆無比的修行後全身劇烈痠痛的狀況，現在這根本就只算小兒科。

大致上確認過身體各處狀況之後，古蓮道出了方才浮現腦海的疑問。

「在魔法戰的結界裡頭，沒辦法進行物理攻擊對唄？」

「事到如今問這什麼問題。難道你連這種事都不知道嗎？」

面對希利爾的辛辣回應，古蓮慌忙補充說明。

「我當然知道啦！不是這麼回事，我是說那邊的！」

古蓮伸出指頭示意的，是戴著皮手套，正不停反覆鬆手握拳的羅貝特。他的腰上掛著一把配劍。

「打魔法戰時，物理攻擊會被無效化，所以劍派不上用場對唄？」

「我明白。這點不成問題。」

關於羅貝特，古蓮就只在棋藝大會上見過幾面而已，除此之外並沒有太深入的了解。

不過，有聽說羅貝特是蘭道爾王國的留學生，和莫妮卡上同一堂選修課。

羅貝特年紀似乎比古蓮小，身高卻沒差太多。最重要的是肌肉健壯的程度完全不同。那個是平時就在鍛鍊的人才會有的體格。

古蓮正暗自欽佩，希利爾瞥了眼羅貝特低語道：

「……魔法劍嗎。」

「是的，沒錯。」

點頭回應後，羅貝特詠唱並拔出腰間的配劍。接著，劍身的表面便覆蓋起魔力構成的水。

魔法劍這種技術，古蓮也略有耳聞。

魔法劍的主要運用者是鄰國蘭道爾王國騎士團。利迪爾王國倒也不是沒有魔法劍客，只是因為必須同時鑽研魔法與劍兩種技術，所以一流高手沒那麼多。

待古蓮一臉新奇地朝羅貝特的魔法劍望了一會兒，羅貝特解除掉魔法劍，將配劍收回鞘內開口。

「恕我先在此宣言。個人之所以參加這場決鬥，目的是邀請莫妮卡小姐加入棋藝社。因此，收拾修伯特．迪伊學長這份任務，沒辦法讓給兩位執行。」

聞言，希利爾纖細的柳眉一顫，狠狠瞪向羅貝特。

「這可不能當作沒聽到。諾頓會計是學生會的成員。將她出讓給其他社團，有違殿下的意願。」

「據我所知，這場決鬥賭的原本就是莫妮卡小姐的去留。既然如此，就沒有任何問題。」

「不准隨便扭曲規則！」

希利爾眉頭深鎖，似是發自內心不悅。已經開始有冷冰冰的氣息從他的周圍飄散了。

「征討修伯特．迪伊，是殿下親自賦予我的使命。你們兩個乖乖咬著手指在一旁乾瞪眼就行了。」

「等——等等等！揍扁那個學長的工作，請你們讓給我好咩！那個人……絕對得由我來打倒才行啊！」

古蓮反常地以強硬的口吻表達主張，這次換羅貝特頑固地回嘴。

「不，要收拾那個人的是我。」

「是我！」

「是我啦！」

三人就這麼大眼瞪小眼僵持不下，沒有任何一方有想退讓的跡象。

既然如此，結論就只有一個——想在這場魔法戰打倒修伯特．迪伊，就只有各憑本事，先搶先贏。

就這樣，在三位挑戰者毫無意願彼此協助的狀況下，魔法戰即將開打。

「話說回來，就只有這件事無論如何都想在開打前問問哩。」

「可真巧，我也想問。」

說著說著，古蓮與希利爾望向羅貝特——具體而言，是望向他裸露的手臂。

「你為啥，要把袖子捲起來啊？」

「現在可是冬天，你難道不冷嗎？」

面對狐疑的兩人，羅貝特雙臂使勁，鼓起肌肉回答。

「是為了展現男性魅力。」

兩人決定當作沒聽到。

＊＊＊

在作為魔法戰會場的森林內，修伯特．迪伊正用鼻子哼著歌穿梭在林木間。

狩獵用的機關，都已經設置完畢了。剩下的，就只等獵物們晃頭晃腦地送上門來而已。

他的叔父〈砲彈魔術師〉雖然以「能將一擊的威力提升至多高」作為自身美學，但修伯特的想法不同。

最重要的是，如何開心地狩獵獵物，才對。

修伯特隨便找棵樹靠了上去，闔上眼睛。

對他而言，魔法戰並不是決鬥，而是狩獵。所以，對手愈強愈好。最好是實力遠在自己之上的強者。

因為獵物愈強，狩獵成功時的喜悅就愈巨大。

（會使用高精度魔術的過剩吸收魔力體質。魔力量高到嚇人的飛行魔術高手。剩下的那個腰上掛著劍，八成是魔法劍客……那～麼，該從哪個開始收拾呢。）

就在舔嘴唇的同時，遠處傳來了鐘響。是魔法戰開始的信號。

信號入耳的瞬間，修伯特也啟動了感測術式。

隨後，立刻感測到有個人正以驚人的速度朝這裡移動。從那速度看來，應該是飛行魔術。

修伯特從樹幹上挪開了背部，嘎吱嘎吱地扭起纖細的頸子。

「首先就拿一隻……來殺雞儆猴吧～」

＊＊＊

魔法戰開打的鐘聲一響，古蓮立刻啟動飛行魔術，上升到比樹木還高的高度。
古蓮不會使用感測或索敵類的魔術。會用的魔術就只有飛行跟火焰兩種。所以，想找出修伯特只能依靠肉眼。
幸好，冬天森林裡的樹木大多已經落葉，很快就發現了修伯特的身影。
從前和那個男的打魔法戰時，古蓮只有悽慘哭叫四處逃竄的份。然後就這麼被逼到極限，導致魔力失控。
（我已經，不是那時候的我了！）
維持著飛行魔術，古蓮展開詠唱。
然後，把出現在面前，要兩個大人伸手才抱得住的巨大火球，朝眼下的修伯特射去。
「去吧──────！」
在結界守護下，即使施放火焰魔術也不用擔心釀成森林大火。所以古蓮可以毫無顧忌地全力攻擊。
火球命中的同時，現場立刻爆出轟隆巨響，飄起濃烈煙霧。
（別大意。）
古蓮同樣維持著飛行魔術，展開了下一道詠唱。
在對手徹底斷氣之前，都別停止攻擊──多虧師父這條火爆無比的教誨，古蓮絲毫沒有放鬆戒心。

然而，古蓮還來不及生成第二發火球，一道閃光就先從煙霧中竄出。是雷箭——恐怕是修伯特的攻擊魔術。古蓮趕緊透過飛行魔術閃避。

（幸好有練習到能夠同時維持兩道魔術了！）

只要保持這個步調，用飛行魔術閃躲，同時進行攻擊，就絕對有勝算。這樣的希望剛閃過腦海的瞬間——

「哼哼——首先是第一隻。」

從背後響起的嗓音，令古蓮頓時倒抽一口氣。

敵人也用飛行魔術飛到了古蓮背後。修伯特所操縱的雷槍，就這麼朝古蓮射了過來。

千鈞一髮之際扭動身體，總算是驚險地避免遭直接命中的慘況。即使如此，右手還是被雷槍給擦過，痛得古蓮哇哇大叫。

「嘎啊啊——！」

意識雖然只中斷了不到一秒鐘的時間，飛行魔術還是因而解除。

物理攻擊在結界內雖然會無效化，可不被認知為攻擊的意外事故，結界就不會加以反應。摔倒了就會受傷，從高處墜落的話，當然會重重摔在地面。最糟的狀況，是可能鬧出人命。

不過，就在朝地面直直墜落的古蓮正下方，出現了一面冰塊構成的斜坡。經由斜坡的緩衝，古蓮平安滑到了地面。

「搞什麼，自己都顧不好自己！」

不耐煩地吶喊的人，是希利爾。是他用冰系魔術救了古蓮。

「副會長，謝謝啦！」

「你給我用力反省自己的有勇無謀！」

嘴巴罵歸罵，還是忍不住出手關照學弟的希利爾，在周圍展開了冰牆。有如玻璃般美麗而堅固的冰牆，擋下了修伯特從天而降的雷箭。

「別只注意頭上，也給我小心戒備四周！敵方恐怕有習得遠端魔術！」

聽到遠端魔術，古蓮才理解自己受到攻擊的理由。

修伯特是趁著煙霧瀰漫，用飛行魔術朝古蓮的背後移動，同時透過遠端魔術，從地面射出雷箭。好讓古蓮產生錯覺，以為修伯特還身在煙霧中。

遠端魔術是一種高難度技術，可以讓施術者在遠離自己的位置發動魔術。命中精度雖低，不適合用來直接擊倒對手，但只要運用得宜，就可以像這樣發揮誘餌般的效果。

「啐，牆快撐不住了……達德利！你會用防禦結界嗎？」

「我會的就只有飛行跟火焰魔術而已！」

「臭小子！你這樣也算〈結界魔術師〉的弟子嗎？該死，給我躲去樹後面！」

「收到！」

剎那間，冰牆碎裂四散，古蓮與希利爾閃到了一棵大樹後。

兩人隔著樹幹探頭，只見修伯特正悠哉地下降，從容不迫得令人火大。

古蓮與希利爾各自施放了火球與冰箭。但，火球被飛行魔術躲掉，冰箭則被防禦結界擋下。

正為了攻擊無法命中而咬牙切齒時，希利爾小聲地激勵了焦躁的古蓮。

「戰鬥時要仔細觀察對手的動作。那傢伙，雖然用防禦結界擋下我的攻擊，卻唯獨你的火球一定會用閃的閃掉。」

「咦？呃——所以意思是……」

「代表憑那傢伙的防禦結界，承受不起你的火球。只要命中，就能確實造成傷害。」

古蓮的火焰魔術威力雖高，命中精度卻偏低，速度也不快。

希利爾的冰系魔術則是精度高，發招靈活，但威力不如古蓮，所以會被防禦結界擋下。

掌握這些要點後，希利爾發出了指示。

「我來牽制那傢伙的行動。你負責攻擊，絕對要命中。」

希利爾展開了較長的詠唱。望著可靠學長的背影，古蓮也做好了覺悟。

（為了讓攻擊能夠確實命中……）

以飛行魔術在低空浮游的修伯特，好似閒著沒事幹一般撥弄耳環，咧嘴笑著放話。

「還不打過來嗎～？那，我要打過去嘍～？」

修伯特以短縮詠唱生成雷箭，朝古蓮與希利爾發射。

就在同一時刻，希利爾結束了詠唱。

「結冰吧！」

廣範圍的冰牆現形，防下雷箭——不僅如此，還朝著以飛行魔術移動的修伯特不斷擴大，卡在行進方向上。

「就是現在，收拾他！古蓮．達德利！」

彷彿要回應希利爾的吶喊，古蓮射出了火球。

以被冰牆限制行動的修伯特為目標，巨大的火球以猛烈之勢逼近。既然是古蓮的火力，絕對足以連同希利爾的冰牆，把修伯特一起炸到九霄雲外。

「太嫩嘍～」

就在古蓮的火球幾乎要命中的節骨眼，修伯特一口氣急速上升。冰牆雖然能夠包圍修伯特，卻沒辦法蓋住整片天空。

眼看古蓮的火球就要毫無建樹地破壞希利爾的大量冰牆……但，古蓮卻瀟灑地揚起了嘴角。

「嫩的人，是你啊。」

火球就好似擁有自己的意思一般，朝修伯特的方向追去。修伯特臉上的表情，第一次因焦急而扭曲。

「原來你，會用追蹤術式嗎……」

「才剛出爐學會，還熱騰騰的哩！」

修伯特反射性透過短縮詠唱展開防禦結界，但無法完全防下火球。遭火球直接命中的修伯特，就有如被射穿翅膀的鳥，搖搖晃晃地墜往地面。

趁勝追擊的絕佳時機——希利爾與古蓮同時展開了詠唱。

但，兩人還沒詠唱完，就有道人影搶先從樹蔭下一躍而出。是一路潛伏到現在的羅貝特。

「這顆首級，我接收了！」

隨著這句火藥味十足的發言，羅貝特拔出了配劍。大概已經事先結束魔法劍的詠唱了吧。鋼刃的表面有水包覆著。

羅貝特透過驚異的運動能力拉近與修伯特的距離，瞄準墜地的修伯特頸部，舉起水劍大手一揮……

然後，羅貝特的動作就在這裡靜止了。

並不只是羅貝特。古蓮也是，希利爾也是，都因為背部傳來的劇痛，停下了原本的動作。

「這是，怎麼，回事啊……」
咕噥著回過身去，下一秒鐘，火焰箭矢刺進了古蓮的胸膛。
在結界內，魔法攻擊不會對肉體造成傷害。但，唯獨痛楚會原封不動地重現。
皮膚遭到燒灼的劇痛，讓古蓮忍不住發出慘叫，苦悶跪地。
不只是古蓮。希利爾與羅貝特也同樣遭到了火焰箭矢攻擊，無法維持站姿。
（怎麼回事？那傢伙根本，沒有詠唱啊……這樣子豈不，就像是……）
「哼──，哼，哼，哼～」
愉悅地哼著歌，修伯特舉起關節分明的手指，當作指揮棒揮了起來。
如雨點般的火焰箭矢再度朝三人降臨。手臂、雙腿、軀體、顏面，全身肉體被活生生燒灼、刺穿的劇烈痛楚，令三人的哀號響徹森林。
對魔術師來說，想發動魔術，詠唱是絕對必要的。用鼻子哼歌就能啟動魔術什麼的，根本是不可能的事。
如果說，真有人能辦到那種事……
「……『無詠唱魔術』？」
壓倒性巨大的絕望與恐懼填滿胸口的瞬間，火焰箭矢再度襲來，古蓮就這麼暈了過去。

＊＊＊

學生會室內，觀戰者們驚愕的叫聲此起彼落。

投影在白幕上的影像，無法連聲音都一並重現。即使如此，希利爾、古蓮、羅貝特痛苦不已地慘叫的狀況，仍是一五一十表露無遺。

菲利克斯連眨眼也不眨一下，聚精會神地望著白幕上的光景沉思。

（修伯特．迪伊看起來不像有詠唱。可是，能夠使用無詠唱魔術的人，世界上只有一個，就是〈沉默魔女〉。他就是〈沉默魔女〉嗎？不對，艾瓦雷特女士是女性。這點無庸置疑。）

默默心生動搖的菲利克斯口袋裡，化身為蜥蜴的水系高位精靈威爾迪安奴正在不停蠕動。

菲利克斯原本的打算是，萬一希利爾等人落敗，就讓威爾迪安奴介入，暗中處理掉修伯特。

可是，修伯特若真的會使用無詠唱魔術，就憑不善於戰鬥的威爾迪安奴，真有辦法拿他怎麼樣嗎？

還在迷惘該如何決斷，莫妮卡的朋友拉娜就發出了幾近慘叫的喚聲。

「莫妮卡，妳沒事吧？莫妮卡！」

面色如土的莫妮卡用手遮著嘴巴，嘎答嘎答顫抖不已。

畫面中，修伯特持續射出火焰箭矢，不停貫穿希利爾等人的四肢。箭矢每命中一次，莫妮卡就抖著喉嚨噫、噫地抽咽。

「不要啊……拜託，不要再……」

莫妮卡的表情就像隨時都要嘔吐一般，坐在一旁的拉娜不停撫著莫妮卡的背。

「不如就去吐一吐吧？」

克勞蒂亞如此低語後，莫妮卡點點頭，東倒西歪地站了起來。

滿臉擔憂的拉娜雖然打算跟去，但莫妮卡搖頭拒絕了。

「拉娜，請妳代替我，看最後，贏的是誰……拜託了……」

留下這句話，莫妮卡便離席了。以笨手笨腳的她而言，步伐是少見地迅速又俐落。

短暫思考後，菲利克斯起了身。坐在身旁的布利吉特維持扇子遮口的姿勢，仰頭望向菲利克斯。

「要去看護莫妮卡．諾頓嗎？」

「不能置之不理吧？」

「那就由我代替殿下，把這場魔法戰的結局烙印在眼底吧。作為一名書記，我會確保這場勝負留存在紀錄中。」

「太令人感激了。」

菲利克斯回以夾雜苦笑的回應，離開了學生會室。雙眼所及的範圍內找不到莫妮卡的身影。

「威爾迪安奴。去介入魔法戰，處理掉修伯特．迪伊，要做得像是意外事故。方法不限。」

「那主人自己，有什麼打算呢？」

「我去找莫妮卡。有點擔心她會不會走到一半暈倒了。」

「……謹遵吩咐。」

菲利克斯確認從口袋中竄出的威爾迪安奴已經迅速離去，開始搜索莫妮卡的下落。

然而他正在尋找的少女早已奪窗而出，用生澀的飛行魔術趕往森林，他對此卻一無所知。

第八章　狠狠地

——某人在哼著，令人不快的歌。

劇痛之中，希利爾找回了僅存的一點意識。

撐開沉重眼皮，映入朦朧視野的，是癱倒在地的羅貝特，以及隔了點距離的地方，修伯特正在猛踢古蓮。

希利爾試圖展開詠唱對修伯特還以顏色，但已經連舌頭和嘴唇都無法正常動作。

魔力早已經見底了。明明如此還能勉強清醒過來，全要歸功於希利爾的過剩吸收魔力體質，讓魔力恢復得快。話雖如此，魔力已經消耗到這種地步，勝算老實說已經趨近於零。

事到如今，即使希利爾再發動攻擊，只怕也沒法對修伯特造成威脅吧。

再怎麼說，對手可以不經詠唱就施展魔術。

（可是，那傢伙，難道真的，會用無詠唱魔術？）

如果說，修伯特能把無詠唱魔術運用自如，又是為什麼不一開始就使用？

無詠唱魔術的強處，就在於能出奇不意，搶得先機。然而修伯特卻直到羅貝特現身，險些人頭落地的緊要關頭之前，都沒有使用無詠唱魔術的意圖。

現在回想起來，會硬吃古蓮的火球，恐怕也是為了誘出潛伏中的羅貝特吧。

（是因為不想被羅貝特觀察到，施展無詠唱魔術的過程嗎？還是說，其實有什麼機關？）

這時候，希利爾注意到了。修伯特的手……那些關節分明的手指上，原本應該戴著幾枚造型陰森的戒指才對。可是，現在卻一個也不剩。

（……！是這麼回事嗎！）

受平時的習慣驅使，希利爾無意識地想朝領口的胸針伸手。但，已經連一根指頭都動彈不得。朦朧的意識眼看就要再度沉入黑暗。視野變得愈來愈白茫。

（不對，這個是……霧？）

曾幾何時，附近一帶已經受到濃霧包圍。就連只距離短短幾步的景色都無法清楚目視，修伯特的身影，也只能辨認出模糊的輪廓而已。

要說是自然產生，這霧也未免過於不自然。假定為某種魔術所誘發的應該不會錯，可是現在還能動的人只剩下修伯特。

然後，修伯特刻意引發這種霧的理由更讓人搞不清。

（到底是，怎麼回事……？）

困惑的希利爾看見了。在濃霧之中，有一個小巧的人影朝修伯特靠近。真的是十分嬌小的人影。和修伯特比起來，簡直就像個孩童。

嬌小的人影，小聲地嘀咕著某種話語。那聲音極度微弱，弱到希利爾根本聽不出內容。

就只有修伯特下流的笑聲，清楚得令人刺耳。

「呵嘻嘻嘻！果然妳才是最棒的，對吧～〈沉默魔女〉大人啊～！」

那是，希利爾在即將喪失意識的瞬間，聽見的最後一句話。

* * *

莫妮卡的飛行魔術仍相當生澀，必須跨乘在法杖或掃帚之類的棒狀物體上，才好不容易能在前進時保持平衡。

可是，現在並沒有閒功夫尋找能夠跨乘的物件，莫妮卡就這樣什麼也沒跨地從走廊奪窗而出，發動飛行魔術升空。

會需要發揮平衡感的時機，主要是在於轉彎的時候。所以莫妮卡的做法是，直到非轉彎不可的地方之前，都死命直線前進，然後一度解除魔術，改變身體方向，再重新發動。

就這樣，額外多花了許多不必要的魔力，高速移動到森林入口的莫妮卡，用無詠唱魔術生成濃霧，包圍住森林。

長時間人為操作天氣是被禁止的，因為可能會對各方面造成不良影響，好比農作物等等。不過，若只是把部分森林用濃霧覆蓋的程度，相信是無傷大雅才對。反正接下來要做的事，並不會花多少時間。

莫妮卡藉著濃霧隱藏自己的身影，朝森林深處一步又一步地邁進。

方才在學生會室看的影像，已經足夠用來推測魔法戰進行的位置。要找到修伯特等人並非難事。

用鼻子哼歌的修伯特，正朝某人猛踢……是古蓮。或許已經喪失了意識，古蓮的雙眼閉得緊緊的。

在物理攻擊無效的魔法戰踢人，顯然目地並不在於製造傷害。這是一種侮辱對手，踐踏對方尊嚴的行為，莫妮卡很清楚。

雖然被濃霧阻礙視線，但可以看見希利爾與羅貝特就倒在古蓮附近。

莫妮卡就宛若吞下了冰塊一般，背脊竄上一股寒意。之所以連指尖都感到冰冷，肯定不是因為寒冷的緣故。

莫妮卡使勁握緊雙拳。左手的痛楚依然強烈，但莫妮卡並不在意。

「迪伊學長。」

歌聲停住了。

修伯特扭彎頸子，歪頭望向莫妮卡咧嘴一笑。

銳利的蛇眼閃爍起糜爛的光輝，臉上浮現發自內心喜悅的神情，那是找到獵物的獵人面孔。

那副面孔，向來都令莫妮卡感到十足恐懼。說實話，就連現在也很害怕。

……可是，有一股比恐懼更強烈的感情，正支配著現在的莫妮卡。

在新年宴會後，與克拉克福特公爵對峙時，內心浮現的那股令眼前一片空白的激情，莫妮卡記憶猶新。

現在的自己，已經很清楚了解到那是什麼感情了。

腦袋深處發麻，自腹底湧現沸騰般的熱意——這種感情，是憤怒。

「我現在，非常……非常非常憤怒，所以……」

無論何時，總是不慣於生氣，成天低頭的少女，現在正抬頭挺胸咬緊牙關，瞪著身高遠在自己之上的男人。

然後，以沉沉的語調開口。

「我會狠狠地，動手。」

修伯特先是顯得目瞪口呆，好似十分傻眼，下個瞬間，再整個人向後仰，開口大聲笑道：

「呵嘻嘻嘻嘻！果然妳才是最棒的，對吧～〈沉默魔女〉大人啊～！」

隨著大笑的餘韻震盪喉嚨，修伯特喘著氣，露出發自內心愉悅的表情望向莫妮卡。

換作平時，莫妮卡早就別開視線，但現在的莫妮卡卻帶著有如凝視棋盤時的平靜視線，緊緊盯著修伯特不放。

「這場魔法戰，多少人想挑戰都可以對吧？……那麼，我也以臨時挑戰者的身分，參戰。」

「嗯，沒問題～果然能夠滿足我的人，就只有妳啦。來吧，要讓我玩得盡興點喔～？」

＊＊＊

修伯特．迪伊喜歡狩獵。獵物愈強愈好，愈難對付愈好——真要說，最好是遠在自己之上的強大生物。

有一個最強的生物，讓這樣的他深愛到無法自拔。

時間要回推到大約三年前，修伯特在米妮瓦找某個學生打起了魔法戰。

那個學生的名字，叫莫妮卡．艾瓦雷特。創造出無詠唱魔法，據說遲早會成為七賢人的天才少女。

還記得當時才十四來歲的她，是個比現在更加消瘦、更孤苦伶仃，身材更寒酸的小丫頭。

管她什麼無詠唱什麼天才的，只要攻擊打不中她就沒戲唱吧——當時的修伯特，就是抱著如此樂天的心態。

然而，魔法戰才開打僅僅五秒鐘，修伯特就理解到自己的認知錯得有多離譜。

莫妮卡在魔法戰開始的瞬間，便發動了無詠唱魔術。然後彈無虛發地全數砸在修伯特身上。

無詠唱自是不在話下，更駭人的，是那足以精準穿過針孔的命中精度。到底要計算到怎樣的程度，才有辦法重現那種驚異的命中率？不管怎麼想，都不是人類辦得到的。

抱著狩獵兔子的心態挑起魔法戰的修伯特，就這麼被披著兔子皮的怪物徹底反打，然後體會到了極致的快感。

——好想要，收拾掉那個強到不像話的怪物！

明明被壓倒性實力差距打得落花流水，卻還是緊抓僅存的一絲希望，絞盡智慧，無所不用其極設下各種陷阱，就為了親手收拾掉那個獵物！

然後現在，引頸期盼再戰的怪物，就出現在他的面前。而且，還張牙舞爪地展現出怒意與戰意！

修伯特愉悅地抖了抖嗓子開口。

「巴尼・瓊斯。」

修伯特道出的名號，令莫妮卡肩頭為之一顫。

「明明妳成天『巴尼，救命呀』嚷嚷個不停，卻只要我每次打算把那傢伙拖下水打魔法戰，妳就一下子聽話得不得了了呢～」

說著說著，修伯特轉頭朝地面的希利爾一瞄。

「這個銀髮的，就是妳在這所學校用來代替巴尼的吧？」

「並不是。」

莫妮卡靜靜出聲否定，望向癱倒在地的希利爾。

握在身體側面的拳頭，微微地顫抖了一番。

「那個人，是我尊敬的學長。」

雖然與想像中有點出入，但看來傷害這個銀髮的應該是有一定的效果。

（沒錯，生氣吧。然後讓我見識妳的全力。）

就只有一項懸念。想見識莫妮卡全力的修伯特，唯獨有一個掛心的問題。

「噯～這場霧是妳的傑作吧～？不解除沒關係嗎～？」

飄散在這一帶的濃霧，想必是為了讓觀戰者看不見莫妮卡的身影吧。

但，魔術師能夠同時施展的魔術，基本上以兩道為限。

換言之，在起霧的期間，莫妮卡就只能使用一道魔術。不僅如此，維持霧氣所需要的魔力，其實並不算太低。

這樣莫妮卡根本就無法全力作戰。如此一來，豈不是太掃興了嗎。

可是，莫妮卡卻一副沒什麼問題的口吻，淡淡地咕噥一聲。

「反正一隻手就夠了。」

面對這個難以想像出自膽小鬼莫妮卡之口的挑釁，修伯特比起惱怒，更湧現強烈的歡喜。

「好開心啊～三年前那麼畏畏縮縮的妳，竟然已經會這樣挑釁了。只不過，和三年前判若兩人的，可不只是妳喔～？」

語畢，修伯特右手一揮。五支火焰箭矢未經詠唱便浮現在面前，以莫妮卡為目標飛去。

莫妮卡無詠唱展開防禦結界，當場擋下了攻擊。

（真不愧是七賢人的防禦結界，果然夠硬啊～）

修伯特繼續追加詠唱，用雷槍砸向結界。

火焰箭矢與雷槍的同時攻擊，令莫妮卡的防禦結界開始扭曲。再這樣下去，被修伯特強行破壞也只是時間的問題。

沒想到，莫妮卡卻絲毫不顯焦急，只是以冰冷的視線凝視修伯特。

「……放雷槍的時候，你就需要詠唱呢。」

「還在這邊廢話不要緊嗎～？在這樣下去妳的結界就要破嘍？」

「…………」

這時，包覆四周的霧變得更濃了。幾乎到了無法視認彼此身影的程度。

然後，也同時感覺到莫妮卡解除結界的氣息。是打算趁著這場濃霧展開攻擊嗎。

修伯特迅速展開防禦結界，準備應付莫妮卡的攻擊。

現在，不省人事的希利爾一行人，就倒在修伯特的身邊。

一旦莫妮卡發起攻擊，被修伯特閃過或用結界彈開，流彈難保不會波及希利爾他們。所以照理說，莫妮卡應該不敢輕舉妄動。

相對的，修伯特才不管希利爾他們會怎樣，所以做出了如此宣言：

「快點打過來啊。妳打算就這樣躲下去嗎～？要是妳無意拿出真本事，我就要來一記連這票傢伙全部一起招呼的廣範圍魔術嘍。五，四，三……」

搶在倒數結束之前，一支冰槍便自霧裡射來。乍見之下只是普通的冰槍，但裡頭灌注的魔力量非同小可，威力也極高。

（這玩意兒，靠我的防禦結界擋不住啊。）

但，射速本身稱不上多快。憑修伯特的飛行魔術，應該能勉強在緊要關頭閃過吧。

就算這支冰槍有編進追蹤術式好了，追蹤術式的有效時間充其量也不過兩三秒左右。

既然如此，只要用飛行魔術一口氣拉開距離閃避就行了。只要飛個三秒多，追蹤術式就會失效。
……如果那是，現存的追蹤術式。
「什，麼～？」
即使早已飛行超過三秒，冰槍還是糾纏不休地死追著修伯特。簡直就像是，冰槍本身擁有自己的意思一般。
追蹤性能如此強大的魔術，修伯特從沒見過。
濃霧裡，傳出了莫妮卡的嗓音。
「這是最近才開發的高度追蹤術式。持續時間是普通術式的十倍……也就是，約二十至三十秒。」
原來如此，既然是這麼高性能的追蹤術式，也用不著擔心會波及古蓮他們了。
修伯特強烈的興奮湧現，激動得背脊發抖。
那個莫妮卡・艾瓦雷特竟然用上才剛開發的新魔術來對付自己！
還有什麼比這讓人更爽快的！
「……哈哈～！妳這傢伙，果然是最棒的女人啊～！」
現在的莫妮卡，等於是維持著濃霧與冰槍兩道魔術的狀態。也就是說，無法再施放別的魔術。
至於修伯特，啟動中的魔術就只有飛行魔術，但必須專注在閃避上，暫時沒有餘裕去注意別的事情。
（那麼，就趁這支冰槍喪失追蹤性能的瞬間，一口氣發起猛攻！）
修伯特在閃避的同時默默倒數。剩下的時間，大約是十至二十秒。冰槍的確是非常死纏爛打，但速度並沒有快到足以追上修伯特的飛行魔術。

為了能隨時著陸，修伯特稍微降低了飛行高度。

就在這個瞬間，前方閃過了一道紅光。

視野頓時染得通紅。不一會兒，右眼竄起一陣劇痛。

「嘎！啊啊？」

修伯特無法正常駕馭飛行魔術，硬生生摔下地面。幸虧有降低高度，受到的衝擊沒有太過強烈，但摔在地面上的他，背部遭到追蹤而來的冰槍深深地刺了進去。

不僅如此，還有好幾支火焰箭矢朝修伯特背部襲來。

在幾乎扯裂喉嚨哀號的同時，修伯特努力維持思路運轉，試圖把握現況。

（刺進我右眼的是啥？火焰箭？魔術師能同時維持的魔術以兩道為限。維持濃霧，以及追蹤冰槍的莫妮卡無法再施放火焰箭。既然如此，那些箭是誰放的？倒地的三人之一嗎？……不對。那些火焰箭……「是我的」！）

沙哩、沙哩的聲音傳來，是有人踩過土壤發出的踏步聲。

撐住膝蓋，抬起滿是土砂與黑炭的面孔，低頭俯視著自己的無情魔女隨即映入眼簾。

「右手拇指、中指。左手食指、中指、小指……共計五枚。迪伊學長，這是你在魔法戰開始前戴著的戒指位置與數目。可是，現在那些全部不見蹤影。」

莫妮卡的手指，正夾著一枚修伯特的戒指。

戒指的寶石內，可以看見浮現的魔術式。

「你趁魔法戰即將開始前，把這些魔導具，設置在這一帶的周圍了對吧？魔術的發動媒介是戒指，下達指示的魔導具，是耳環嗎？」

修伯特用手遮著疼痛的右眼，抖動喉嚨咯咯笑了起來。

「這可不算違規喔～？畢竟這是『魔法戰』啊～」

在魔法戰結界內，想用魔導具也好、想行使精靈之力也罷，一律許可。因為不論魔術、魔導具，還是精靈之力，都同樣屬於透過魔力行使的「魔法」。

不過，願意在魔法戰裡使用魔導具的人卻寥寥無幾。

因為魔導具價格不菲，更有大半的攻擊系魔導具是用完就會失效的一次性物品。

這些戒指是修伯特自製的。只要在耳環灌注魔力，就能從戒指射出火焰箭矢。藉由把火焰箭矢的威力壓低至極限，讓戒指不必用過即丟，可以重複使用，是相當高性能的特製魔導具。

說穿了，修伯特就是在作戰時把這些魔導具與普通魔術並用。然後，在遭到未經詠唱便出現的火焰箭矢襲擊時，對手便全都誤以為那是以無詠唱魔術發起的攻擊。

然而，莫妮卡似乎三兩下就看穿了這個魔導具的存在。

她在用冰槍拖時間的期間，回收了一枚戒指，並加以分析。

「……妳把我的魔導具，改寫過了是吧～？」

五枚戒指與耳環，無時無刻不透過魔力相連。

所以莫妮卡才會回收其中一枚戒指，把記載在內部的魔術式改寫掉。把這個魔導具的使用者，從修伯特．迪伊改寫成莫妮卡．艾瓦雷特。

不用說，這絕非任何人都辦得到的事。換作常人，想徹底解析魔導具、想改寫內容，都理所當然地需要更大量的時間。

（這麼困難的事，她在這麼短短十幾秒內辦到了！）

修伯特興奮得渾身顫抖不已。

啊啊～〈沉默魔女〉果然是頭超乎常規的怪物。

找出修伯特布下的全數陷阱也就罷了，而她找出後非但沒加以破壞，甚至還搶下所有權，納為己用。

而且還一副這點小事算不上什麼的輕鬆自如表情！

「我之前，曾經改寫過，路易斯先生的防禦結界……那時候，為了解除防止改寫的誘餌術式，花上了將近一分鐘。」

說著說著，莫妮卡把修伯特的戒指放在掌心滾動，露出一副看到乏味玩具的眼神咕噥。

「迪伊學長寫在魔導具裡的誘餌術式，解除起來連五秒都花不上。這種程度的術式就跟騙小孩沒兩樣。根本用不著特地用高度追蹤術式拖時間。」

在濃霧瀰漫的灰暗森林中，〈沉默魔女〉眼中閃爍著綠光，無情地低語。

「你就那麼想重現嗎？即使要耍這種把戲……也想重現『無詠唱魔術那種小伎倆』嗎。」

這句傲慢至極的發言，令修伯特湧現滿腔激情，雀躍不已。

啊啊～還會有別的女人比她更讓人心癢嗎。

「真不賴～那股無情跟傲慢。嗳～對我下令吧。命令我『跪下，為了壓倒性實力差距臣服吧……無情的女王大人？」

修伯特這番發言，讓原本一直掛著冷冰冰撲克臉的莫妮卡，垂下眉尾露出了不知如何是好的表情。

直到方才為止的冷酷無情已不復存在。如今存在此地的，是一如往常唯唯諾諾的莫妮卡。

「那個～你不用下跪也沒關係……只、只希望你願意，答應我，要協助我執行任務，隱瞞我的真實身分……」

「想要我服從，就好好管教我一番啊～給我狠狠地來一記，最折磨人的處罰啊。」

「…………」

莫妮卡舉起手掌，在搶下主導權的戒指內灌注魔力。

設置在周圍的戒指隨即發光，大量火焰箭矢一起包圍住修伯特。

以不帶感情的嗓音，莫妮卡面無表情地開口。

「狠狠地。」

火焰箭矢如雨點般朝滿面愉悅笑容的修伯特灑了下去。

＊　＊　＊

喪失意識仰躺在地的修伯特，臉上的表情莫名散發著一股滿足感。

莫妮卡以一種望向難以理解生物的視線，低頭俯視著這樣的他。

（為什麼，會覺得打魔法戰很開心呢。）

就如同修伯特無法理解莫妮卡，莫妮卡這輩子，恐怕也無法理解修伯特吧。

能透過魔法戰得到的高揚感也好、勝利也好、名譽或讚賞也好，莫妮卡一概不感興趣。

比起這種東西，和一起翹課的朋友們共度的那段時光，才更加難得，更是無可取代的寶貝。

莫妮卡轉頭望向癱倒在地的希利爾、古蓮，以及羅貝特。

說實話，現在很想分秒必爭把他們運到溫暖的地方去。可是，莫妮卡．諾頓出現在魔法戰現場的事實，不能讓任何人知道。

自從離開觀戰席，已經隔了好一段時間。不趕緊回到座位，會讓拉娜她們起疑的。

（對不起，對不起，把你們捲進這場糾紛，對不起。）

比照前來時的方式，莫妮卡藉著生澀的飛行魔術抵達校舍，從窗口悄悄飛進。

然後就在慎重解除魔術的同時，失去平衡到差點摔跤。

換作平時，在使用這種魔術時都會編入抑制魔力消耗的術式，但這次莫妮卡已經在精神上被逼急了，急到沒辦法這麼做。

再加上連日以來的睡眠不足，莫妮卡的身體早已瀕臨極限。

（不趕快，回學生會室……會害拉娜，擔心，的……）

才不過挪動沉重的雙腿前進幾步，腳就立刻脫力，莫妮卡於是整個人癱倒在走廊。

（不行，再這樣下去，又會，給大家添麻煩……）

得保持清醒才行——一反這樣的意志，莫妮卡的意識逐漸沉入黑暗。已經連想要睜開眼睛，都力不從心了。

「莫妮卡。」

某人的手臂，抱起了莫妮卡已經消瘦到形同木棒的身體。

（啊啊，我又給人，給不知道是誰的人，添麻煩了……）

滲出的淚水滑落臉頰，莫妮卡以乾癟的嘴唇低語。

「對不起……對不起……給大家添麻煩了，對不起……」

＊＊＊

被菲利克斯抱起來的莫妮卡，身體冰冷到令人毛骨悚然，臉頰消瘦凹陷，嘴唇更是乾癟不已。

抱起莫妮卡的經驗以前也曾有過，但現在的體重卻明顯比當時來得輕。想必是修伯特．迪伊引發的騷動，害她吃不好也睡不好吧。

菲利克斯朝醫務室起步時，莫妮卡的嘴唇微微動了起來。

「對不起……對不起……給大家添麻煩了，對不起……」

看來她就連作夢，都不停在向某人道歉的樣子。對不起，肯定已經成了這個少女的口頭禪吧。

就算是周遭的人根本不怎麼在意的小事，莫妮卡還是會死命道歉，活像是犯下了什麼驚天動地的失態一般。

（明明就不用這麼在意的。）

稍稍闔上眼皮，往昔的記憶立刻復甦於腦海。

『對不起，對不起，每次都給你添麻煩，對不起……艾伊克……』

記憶中的朋友，總是哭著這麼說。眼淚從清澈的水藍色雙眼一顆顆滴落。而朋友就好似連流淚都深感抱歉似地縮成一團。

被自己抱在手臂裡的少女，記憶中的年幼朋友，兩者的身影自然地重合。

又愛哭，又膽小，對自己沒自信，動不動就自責……明明如此，在最重要的關頭，卻不願意依賴他。

（其實我，希望你更依賴我一些喔。）

菲利克斯在內心低語的同時，打開了醫務室的房門。
醫務室裡沒有人在。常駐的醫師為了以防萬一，已經到魔法戰現場附近待命了。
把莫妮卡安頓在病床上之後，菲利克斯用指尖梳了梳那頭雜亂無章的淺褐色毛髮。
自己會執著於莫妮卡的理由，他隱隱約約明白。
看到莫妮卡時，他無論如何就是會聯想到記憶中的朋友。
（我也真是，未免太沉溺在感傷裡了。）
菲利克斯低頭望向莫妮卡，以鬧彆扭般的語調咕噥。
「都怪妳不願意依賴我，是妳不好。」
莫妮卡無論何時都不願意依賴菲利克斯。從來不對菲利克斯抱任何期望。到頭來，甚至還說些「給大家添麻煩了，對不起」什麼的。
正因如此，莫妮卡的言行舉止，無論何時都動搖著菲利克斯隱藏在胸口深處的感情。
菲利克斯呼～地輕嘆一口氣，將視線轉投向窗外。
日間偏短的冬日寒空，太陽已經逐漸低垂。大片的灰色薄雲下，落日的橘紅色與夜空的群青藍緩緩地融為一體。
（話又說回來，威爾回來得也太慢了。）
契約精靈與契約者之間，有著某種無形之力相連，就好似肉眼無法辨識的魔力絲線一樣。只要集中意識，就能在某種程度上掌握對方的所在地。
闔上雙眼，循著魔力通道追溯，大致上找到了威爾迪安奴現在身在何方。
菲利克斯忍不住揚起了半邊眉毛。

（威爾跑到校園外去了？）

對威爾迪安奴下達的指令，明明是處理掉修伯特．迪伊，為什麼會移動到校園領地外呢。

即使與契約精靈身處兩地，依然可以進行「回來」、「救我」之類的簡易溝通，但想進行具體的對話就辦不到了。

而截至目前為止，還沒有收到威爾迪安奴發出的求救訊號。

（……暫時靜觀其變吧。）

菲利克斯瞪著染上夜色的天空，靜靜拉上了窗簾。

＊　＊　＊

時間要回溯至黃昏的稍早之前。

魔法戰分出勝負，〈沉默魔女〉莫妮卡．艾瓦雷特離開魔法戰會場經過數分鐘後，菲利克斯的契約精靈威爾迪安奴抵達了現場，並陷入困惑。

在決鬥現場，有這場騷動的元凶修伯特．迪伊，以及希利爾、古蓮與羅貝特三位挑戰者。這四人全都癱倒在地，無法理解到底是什麼狀況。這樣子，就連贏家是誰都搞不清楚。

（可能的話，是很想幫忙把他們運到醫務室去，但我不能在外人面前現身……）

威爾迪安奴維持著白蜥蜴的姿態貼在樹上，還沒思考出結果，對面的樹叢就搖晃起來，一頭野獸從樹叢間現身。

那頭巨大到差點被誤認成野豬的生物，是生滿灰毛的狼。背上還跨坐著一個年約五、六歲的孩童。

孩童脖子上圍著一件斗篷，遮住了臉部以外的身體，只看得見穿了鞋子的腳。

（那是……兩邊都是精靈？）

雖說是同族，威爾迪安奴也不打算隨隨便便上前搭話。

有部分也是為了自己的主人，威爾迪安奴不能讓周圍得知自己的存在。

因此，威爾迪安奴盡可能消除自身的氣息，暗中觀察貌似精靈的孩童與狼。

爬下狼背的孩童，用有點生硬的語調向狼開口。

「瑟茲，剛剛用魔術在戰鬥的，一定是這些人。」

聽到孩童的發言，狼也張開嘴巴。長滿銳利尖牙的大口，發出了成年男性的低沉嗓音。

「魔力又多又強的，是哪一個。」

「唔嗯——現在每個人魔力好像都耗盡了，分不太出來……不能全部帶走嗎？」

「兩個就是極限了。盡量挑看起來輕一點的。」

狼回應過後，孩童依序凝視倒在地面的四人。

「那～黑髮的那位看起來壯壯的，好像很重，留下來吧。就挑感覺最輕的銀髮的，跟另一個……」

孩童冰藍色的視線停在古蓮身上，撐大了眼皮不停眨眼。

「這個人，有很大的容器。裝了很多魔力的容器。比普通的人類，大上許多許多的容器。」

「我分不出來。」

「仔細集中精神細看，應該就能隱約看出來了。」

「看不出來。比起這個，快點搬上來。」

好的——如此回應的孩童，從斗篷下伸出的不是手臂，而是一支冰棍。

孩童用前端分岔的冰棍靈巧地勾住古蓮與希利爾，抬到狼的背上。

（打算帶走他們兩個嗎！）

這所賽蓮蒂亞學園，是威爾迪安奴的主人擔任學生會長的學園。就算是為了避免引起問題，也應該救回那兩人。

可是，不善於戰鬥的威爾迪安奴，實在沒有能獨自對付那兩個精靈的自信。更重要的是，自己現身之後，要是被古蓮或希利爾看到，事情會不好收拾。

（既然如此，我該做的選擇是……）

威爾迪安奴維持著消除氣息的狀態，悄悄跳到狼的尾巴上。

背上載著希利爾、古蓮，以及孩童的狼，就這麼忽略了攀在尾巴上的小蜥蜴，朝森林外起步奔跑起來。

在呼嘯不斷的一陣陣風聲之間，可以聽見有著年幼孩童外表的精靈，輕聲細語地說道：

「對不起。兩位人類先生。拜託了，拜託了，請你們原諒我。拜託了，拜託了……」

＊＊＊

在作為魔法戰會場的森林中，一對男女正在步行。

其中一人，是把栗子色長髮綁成三股辮，身穿七賢人長袍的二十六、七歲青年，〈結界魔術師〉路易斯・米萊。

至於另外一人，則是將紅磚色頭髮隨意束在一塊兒，身穿易於行動的旅裝，脂粉未施的女人。年齡比路易斯年長些，大概三十歲左右。

這兩人，就是威廉．瑪克雷崗為了維持魔法戰的結界，特地找來的救兵。

「真沒想到，妳竟然正好跑來賽蓮蒂亞學園呢。卡萊。」

被喚作卡萊的女人，即使面對身為七賢人的路易斯，也用毫不做作的自然語調回應。

「這兒領地內的舊學生宿舍附近，魔力濃度高得異常，老早就被視為問題啦。所以說，我就代表魔法地理學會，跑來負責測量跟調查嘍。」

「原來如此，然後就在過程中被瑪克雷崗老師逮個正著。」

「說真的，我原本是想去這附近的凱利靈頓森林調查魔力濃度，但被森林的主人拒絕了……路易斯，你有聽說過什麼風聲嗎？那片土地的主人，跟你一樣是七賢人說。」

「妳覺得我會聽說什麼嗎？那個人呢～可是對克拉克福特公爵死～～～心塌地的第二王子派喔？是個有事沒事就跟我結梁子的臭老頭喔？」

「跟同事好好相處啦。受不了，都已經是大人了。」

被卡萊以操心弟弟的姊姊口吻訓話，路易斯回以「這我當然明白」的表情。不過在只用表情回應而不直接回話的時候，真心話就已經表露無遺了。

卡萊一副傷腦筋的模樣聳聳肩，轉頭望向前方。

「所以，這場魔法戰，是打算怎麼收拾善後？〈沉默魔女〉正在執行潛入任務，真實身分被揭穿會很不妙吧？」

「這個嘛～修伯特．迪伊的魔導具失控。雙方不分勝負，這樣處理應該最妥當了吧。熟人插班進潛入地點雖然很不幸……但那小丫頭，還知道用魔法戰教訓對方一頓再封口，幹得挺漂亮的嘛。」

正露出一臉壞蛋笑容的路易斯，忽然像想起什麼似的，轉頭望向卡萊。

「卡萊，不好意思，關於〈沉默魔女〉潛入任務的事……」

「我不會告訴任何人，也不會太過追究啦。深究他人的內情，不是我的興趣。」

「……多謝。」

路易斯停下了腳步。

在他視線前方，有兩個身穿賽蓮蒂亞學園制服的男同學癱倒在地。細瘦的紅髮男，以及渾身肌肉的黑髮男。是修伯特．迪伊和羅貝特．溫克爾。

「嗯？沒看到我家那蠢弟子呢。」

是輸得太悽慘，害怕被路易斯處罰，趕緊開溜了嗎……這種推測雖然一瞬間浮現腦海，但仔細想想，古蓮應該根本不曉得路易斯跑來這裡的事。

巡視過周圍的卡萊，向陷入沉思的路易斯說道：

「我記得，挑戰者方應該還有另一個銀髮的孩子吧。也沒瞧見他呢。」

這下子，事情感覺有點玄機了。

路易斯從懷裡掏出戒指，戒指上鑲嵌的綠寶石，是與精靈的契約石。

「我派琳去找找看。」

如果是那個白痴混帳廢女僕——風之高位精靈琳茲貝兒菲，就能透過能力從空中搜尋古蓮等人的下落。

就算古蓮等人在被發現時還沒有清醒，也能用風包覆起來，安全地運送。

「遵從我等之契約，即刻前來吧。風靈琳姿貝兒菲！」

在戒指內灌注魔力，展開詠唱——結果沒有反應。一股不對勁的感覺令路易斯皺起眉頭。
琳確實偶爾會無視路易斯的命令，或擅自曲解用意，但現在這感覺不太一樣。
送往琳的魔力，沒有確實送到的感覺。就像是在底部破掉的茶杯裡倒水。
「……琳？」
契約精靈與契約者彼此以肉眼不可辨識的魔力線相連，可以隱約感覺到彼此的位置與距離。
但，無論路易斯怎麼集中意識，都無法掌握到琳的所在地。
「聯繫……被強制切斷了？」
呆站原地的路易斯腳邊吹過一陣陣寒冬的冷風。
伸手按住寒毛直豎的頸子，路易斯一臉嚴肅地瞪著鑲有契約石的戒指不放。這時，卡萊展開了詠唱。是感測魔術的詠唱。
感測魔術的精度絕對稱不上高，難以用來找到想找的對象，但如果古蓮正在使用飛行魔術，就有可能被感測到。
路易斯無言地望向卡萊，卡萊於是闔上雙眼，眉頭深鎖，有如要在眼皮底下尋找映照出的物體一般。然後就這麼閉著眼睛開口。
「路易斯，剛才東北方出現了反應。大概，是中位或高位精靈……只是，對方馬上就離開了感測範圍，無法正確判斷。」
「東北方？」
賽蓮蒂亞學園的東北方。那兒有些什麼，路易斯算是有一個頭緒。
那個頭緒，與失蹤的古蓮和琳有著怎樣的關係，路易斯還不清楚。

只不過，能嘗試的方法最好先全部嘗試了再說——他的第六感如此告訴自己。

「卡萊，不好意思。有件事想拜託妳，可以嗎？」

路易斯語調沉重的請求，卡萊一派輕鬆地承諾了下來。

「行啊。畢竟是可愛的小弟開口拜託。儘管說吧。」

「想請妳幫忙傳話，給〈詠星魔女〉閣下。」

依狀況而定，搞不好還會需要動員到其他七賢人。

受不了，怎麼這麼麻煩。路易斯忍不住在內心咂嘴。

＊＊＊

賽蓮蒂亞學園東北方的某片森林裡，有一間小小的房屋。

這間窄小的房屋裡，寢具家具都只有最低限的設備，進門右手邊牆上設有大鍋爐，左手邊牆壁則是收納工具的木架，至於房屋中央，則是一張大作業台占去了大部分的空間。

有一個男人，就坐在這張作業台的前方。

男人正舉起布滿皺紋的衰老手指，揪著一支銀色的笛子。那是與成年人小指頭差不多細的笛子。上頭還繫了一條銀色的鍊子，好讓人可以掛在脖子上。

男人含住笛子，開始吐氣。笛子隨即咻——咿、咻——咿地發出微弱聲響。

正在男人所坐的椅子後方待命的，是把金髮綁成一束的美麗女僕——〈結界魔術師〉路易斯・米萊的契約精靈，風靈琳茲貝兒菲。

貌美女僕就有如雕像一般，文風不動地佇立在男人背後。
將笛子從口邊拿開，男人滿意地笑了起來，咕噥道：
「這會兒，〈結界魔術師〉想必正慌得很吧……啊啊～多令人開懷啊。」
在喜悅中洋溢著灰暗情感的男人手邊，一陣尖銳的男性嗓音響起。
『亂世出英雄。世間若是和平，英雄豈不無用武之地？來吧，請儘管使喚我，主人。我這〈偽王之笛葛拉尼斯〉，保證會讓您成為真正的英雄！』
英雄——這則詞彙，令男人的胸膛一陣騷亂。
閃過他腦海的，是打倒兩大邪龍的年少天才，〈沉默魔女〉莫妮卡·艾瓦雷特。
擁有獨一無二天分的人、具備過人才能與實力的天才們，總是令男人羨慕得不能自已。
現在，他手中正掌握著力量。名為古代魔導具的壓倒性強悍力量。
這個古代魔導具的力量並不是他的才能。但，既然毀損的古代魔導具是經由自己的手修復的，這不就等同於自己的力量嗎。
男人自我中心地如此解釋，低頭向手邊的笛子細語。
「你正是，我獨一無二的天分。你正是，我才能的體現。」
『一點也沒錯！來，我們動身吧，主人。首先就拿這片森林裡的精靈們下手，去收服他們！用我的力量，打造出最強大的軍團給您見識見識吧！』

第九章　深夜來訪者火藥味十足的邀請

恢復意識的修伯特．迪伊微微睜開眼睛，窺伺著周圍的狀況。

自己並不是躺在醫務室的病床上，而是被運到基礎魔術學教室的簡易床鋪上頭。

在魔法戰中急遽失去大量魔力的時候，有可能引起缺乏魔力症。大概是因為進行相關處置所需的器具，基本上存放在基礎魔術學教室裡，所以才暫時送到這兒來吧。

又或者，考慮到四周沒看見和自己對峙的那三個人，有可能是為了避免糾紛，刻意只把修伯特安置在別的地方也說不定。

在稍有距離的桌面前，老教授威廉．瑪克雷崗正坐在椅子上，磨著法杖上的寶珠。

那個老教授眼睛不好。修伯特於是趁瑪克雷崗轉身背向這兒的空檔，靜靜自床面起身，不帶腳步聲地朝走廊移動。

「你呀，別再三天兩頭調戲艾瓦雷特同學喔。要知道，人家已經是七賢人了。」

修伯特在通往走廊的門前止步，脖子一扭回頭望向瑪克雷崗。

瑪克雷崗依舊背向修伯特磨著法杖。

「你是〈沉默魔女〉的協助者嗎，瑪克雷崗老師？」

「我只是碰巧在赴任單位碰見她，所以默默守候罷了。七賢人會特地隱瞞身分，肯定有甚麼用意，況且她也不是可以隨便深究的對象。」

雖然莫妮卡本人似乎沒特別意識到這點，但七賢人既是魔術師的頂點，也是國王的顧問，而且還擁有名為魔法伯的特殊爵位，地位非同小可。發言權足以匹敵上級貴族。

〈沉默魔女〉莫妮卡・艾瓦雷特是身分遠比修伯特或瑪克雷崗更高更高的人。

瑪克雷崗現在雖然僅止於守候，可要是修伯特繼續失控，想必就不會坐視不理了吧。

「傷腦筋耶～不能找〈沉默魔女〉玩的話，剩下的校園生活我會無聊到死的。」

「給我乖乖認真念書啊你。」

「改找你玩也沒問題喔～瑪克雷崗老師？」

〈水咬魔術師〉威廉・瑪克雷崗原本是任職於米妮瓦的教師，開的實戰課程修伯特也修過。無庸置疑是個高手。

「別對老人家做這種無理要求啊……話說回來，你有用什麼會把人打飛老遠的大招嗎？」

「我魔力沒多到能放那種招啦～」

「是呀。你的魔力量，原本就算不上多嘛。既然如此，喪失意識的艾仕利同學他們，都倒在你身邊對吧？」

「那又怎麼了？」

會刻意問這種事情，就表示還有哪個輸家沒被找到吧。

無論如何，對修伯特而言，輸家的下場怎樣都無所謂。

輕輕聳肩之後，修伯特走出了教室。

見底的魔力尚未回升，身體狀況差到不能再差。即使如此，修伯特還是以一如往常的步伐走在走廊上。

窗外已經幾乎看不見夕陽，隔著玻璃窗面也開始逐漸感受到冬日夜空的寒冷。

在昏暗的走廊漫步了一會兒，某人忽然現身擋住修伯特的去路。

「你好——」

那是有著一頭橙色長捲髮的可愛千金。背後還跟著一位年輕侍女待命。

修伯特知道這個千金的名字。

——柯貝可伯爵千金伊莎貝爾・諾頓。

利迪爾王國東部地區大貴族世家的女兒。

「初次見面你好，修伯特・迪伊大人。我名叫伊莎貝爾・諾頓。」

伊莎貝爾臉上露出高雅的笑容，行了記淑女禮。

在魔法戰決鬥期間，伊莎貝爾都忙著努力確保作為魔法戰會場的森林到校舍之間是無人淨空的。如此一來，萬一真的發生莫妮卡要前往魔法戰會場的事態，才不會被人撞見。

在伊莎貝爾心裡，一直認為莫妮卡之所以會被修伯特找到，是自己的過失。

自己要是對修伯特・迪伊的惡質與狡猾有更正確的認知，就不至於演變至此。

看到莫妮卡打從敲定決鬥日期後日漸憔悴的模樣，伊莎貝爾心痛得有如千刀萬剮。

「哼，哼，哼～？伊莎貝爾・諾頓。柯貝可伯爵的女兒嗎……這麼一提，莫妮卡的假名好像就叫莫妮卡・諾頓嘛。」

原本仰望半空的蛇眼朝下一轉，望向了伊莎貝爾。嘴角也隨之上揚，不懷好意地露出辛辣邪笑。

「原來如此。是莫妮卡的協助者嗎。畢竟對柯貝可而言，〈沉默魔女〉恩重如山嘛～嗯～？」

「對話能馬上進入狀況再好不過了。其實……這裡有件事想找你商量。」

「要我協助〈沉默魔女〉執行任務嗎～？」

這種大前提還用得著商量嗎——在內心低語後，伊莎貝爾盡力維持原先的懇切態度接話。

「我希望，你對〈沉默魔女〉大人的干涉，可以到此為止。」

口吻禮貌歸禮貌，但言下之意具體而言，就是「不許再接近〈沉默魔女〉」。

修伯特就好似要裝傻一般，聳了聳肩。

「傷～腦筋耶～我最——喜歡莫妮卡了，忍不住就想出手調戲她啊。」

「哎呀，真令人羨慕。我也最喜歡〈沉默魔女〉大人了，但卻飲淚強忍自己的心意，貫徹反派千金的立場喔？」

講到這裡，原先鬧彆扭的可愛語調一轉，伊莎貝爾的笑容與嗓音都開始散發甘甜的劇毒。

「家母和你的老家，稍微有點交情喔……當然也和令堂照會過。」

修伯特開始詠唱魔術。恐怕，是打算發動某種攻擊魔術威脅伊莎貝爾吧。

可是，修伯特還沒詠唱完畢，在伊莎貝爾身後待命的侍女艾卡莎，就搶先逼近了修伯特。

就在修伯特停止詠唱的瞬間，艾卡莎也俐落地手刀一揮，定在修伯特的喉嚨旁。

修伯特浮現一臉佩服不已的表情，吹了聲口哨。

「妳帶的傢伙挺火爆的嘛～？」

「艾卡莎不只是侍女，也身兼我的護衛喔。」

魔術雖然強，但只要在詠唱結束前發起攻擊就行了。更重要的是，喉嚨遇襲，對魔術師而言就等同

於致命傷。
正因為明白這點，艾卡莎才會瞄準修伯特的喉嚨。
伊莎貝爾正在扇子底下，仔細觀察修伯特的表情。
即使被人瞄準喉嚨，修伯特依然不改其笑容。
這個男的，肯定既沒有什麼重視的事物，也幾乎不對任何事感到恐懼吧。所以，常見的威脅手段基本上是不管用的。然而，伊莎貝爾也不是會就此氣餒的人物。
像這種時候，只要讓自己成為對方心目中「難纏又棘手的對象」就行了。
「你可以發誓，絕不做出不利於〈沉默魔女〉的行為嗎？」
「拒絕的話，就要讓我在賽蓮蒂亞學園待不下去，是嗎～？」
「哎呀，你可真會說笑。」
微微瞇起眼睛，伊莎貝爾以格外冰冷的語調宣言。
「怎麼會是這所學校，當然是整個利迪爾王國才對呀？」
這並非虛張聲勢。柯貝可伯爵絕對有這個能力。
修伯特臉上的表情消失了。那冰冷的眼神中，透露出這樣的訊息——
——煩死了。
伊莎貝爾絲毫不顯膽怯，眼神堅定地直直回瞪修伯特。
就算修伯特的惡意要把目標從莫妮卡身上轉向自己也無妨。不如說，這才正合伊莎貝爾的意。
因為打從被〈沉默魔女〉拯救的那天起，自己就已經發誓，無論用怎樣的手段，都要幫上她的忙。
「我已經有動用權力的心理準備了。如果說，你執意要對〈沉默魔女〉造成危害，我就會不擇手段，使出渾身解數找你的麻煩。」

「……妳這大小姐挺難纏的嘛～？嗯哼～？」

「哎呀，這對反派千金而言，可是至高無上的誇獎喔。」

伊莎貝爾擺出了優雅過人的笑容。

反派就是要耐打又厚臉皮，以及最重要的，必須非常難纏。

＊＊＊

莫妮卡在床舖上翻過身，抽動鼻子嗅了嗅。

冬日夜裡特有的冷空氣裡，夾雜了藥物與藥草的氣味——聞起來不是灰塵瀰漫的閣樓間，是醫務室的味道。

說來有點可悲，但自從插班進這所賽蓮蒂亞學園，就以不低的頻率被捲進事件裡，有事沒事就來醫務室報到，所以對莫妮卡而言，這是已經聞慣了的味道。

定神一望，有人正在燭台旁小聲談話。恐怕是菲利克斯以及常駐這間醫務室的五六十歲的醫師吧。

「……瑪克雷崗老師也派出使魔四處尋找了，但似乎依然下落不明。」

如此輕聲告知的菲利克斯語調有點低沉，感覺上有點莫名急迫。

下落不明，是怎麼一回事呀？

靜靜待在棉被中傾聽，醫師隨即口吻沉重地回應。

「那麼，我就暫時留在醫務室待命吧。」

「拜託你了。諾頓小姐要是醒來，就請轉告她趕緊回宿舍去。」

留下這句話，菲利克斯便快步離開了醫務室。看來，果真發生了什麼狀況。

莫妮卡繼續在棉被裡靜待了一會兒，直到再也聽不見菲利克斯的腳步聲，才溫吞地起身。

「那個……」

「喔喔，妳醒啦。」

醫師其實是個體格偏健壯的男性，不過講話方式恬靜穩重，所以不怎麼會激起莫妮卡的恐懼。最重要的是，插班入學生活以來，一直都受這位醫師多方關照。

莫妮卡戰戰兢兢地問向醫師。

「請問，魔法戰的決鬥，結果是……」

「決鬥最後因修伯特·迪伊的魔導具失控而中斷。魔法戰參加者全員都已經回宿舍休息嘍。」

聽起來，莫妮卡介入魔法戰的事，應該沒有穿幫。

不過，菲利克斯提到的「下落不明」還是令人莫名在意。

莫妮卡打探似地仰望醫師，只見醫師的視線正投向窗外。

「外頭天色暗了，妳也趕快回宿舍去。」

一如醫師所言，太陽早已下山，窗簾外夜幕低垂。其他學生們想必都已經放學離校了。

莫妮卡向醫師借了一盞提燈，走出醫務室。

（怎麼辦，尼洛跟琳小姐都不在，沒辦法拜託他們偵察……）

尼洛目前冬眠中，琳這陣子都沒到閣樓間來拜訪。

這就代表，莫妮卡想收集情報，只能自己來。

踩著孱弱的步伐回到女生宿舍，便看到一臉憂心的拉娜跑出來迎接莫妮卡。從離開學生會室後就一直沒有碰面，拉娜會擔心也是當然的。

「莫妮卡，妳還好嗎？」

「嗯，對不起，害妳擔心，了……呃——古蓮同學他們呢？」

「按菲利克斯殿下所說，好像是已經回宿舍休息嘍。的確是有點擔心，不過明天起就是二連休對吧？等連假放完，他們一定就都恢復活力了啦。」

如此為莫妮卡打氣的拉娜，感覺上並沒有在隱瞞什麼事。

恐怕，一般學生沒有被告知任何消息。

之後，莫妮卡稍微與拉娜聊了一會兒，才返回閣樓間。

尼洛今天也窩在床上的籃子裡，縮成一團睡大覺。

「……尼洛，不知怎地，我有種不祥的預感。」

低語過後，莫妮卡就以癱倒之勢，躺到了尼洛睡著的籃子旁邊。

明明直到方才都在醫務室休息，可一躺到床上，就再度受到睡意侵襲。

是疲憊交加的身體，在吵著還要養精蓄銳吧。

「你要快點醒來喔，尼洛……」

語畢，莫妮卡便放飛了意識。

＊＊＊

叩叩，叩叩——窗戶被敲響的聲音傳進耳裡，吵醒了莫妮卡。

閣樓間一片漆黑。恐怕，才剛過午夜沒多久吧。

沒上窗簾的窗外有一道人影。難道說，是琳嗎？抱著這種想法從床上挺起身子的莫妮卡，被出乎意料的人物嚇得睜大了眼睛。

「深夜來訪失禮了。」

隨著這句話進房的，是把一頭栗子色長髮綁成三股辮，戴著單邊眼鏡的男人。莫妮卡的同期——〈結界魔術師〉路易斯・米萊。

今天路易斯手上沒拿七賢人的法杖，衣著也是便於行動的服裝搭配禦寒的皮衣。

佇立窗邊的路易斯，以短縮詠唱為燭台點火，然後壓低了嗓音問向莫妮卡。

「同期閣下。簡潔的說明，以及詳細又麻煩的說明，妳覺得哪種好。」

提問時的路易斯露骨地不悅，洋溢著滿滿不想做麻煩說明的氣息。

坐在床上的莫妮卡忸忸怩怩地搓起指頭，眼神游移不定地回應。

「那、那就，簡潔的就好……」

路易斯點點頭，一副明白了的模樣。

然後就這麼以指尖推了推單邊眼鏡，帶著知性煥發的表情開口。

「現在開始去找笨蛋動私刑，請妳做好外出準備。」

「對對對對不起，果然還是麻煩你，做詳細一點的說明～～……」

聽見莫妮卡懇求，路易斯不耐煩地嘆了口氣，坐到窗邊翹起二郎腿。

寒冬的閣樓間氣溫與外頭相去不遠，路易斯呼出的氣在暗夜裡泛白飄散。

「那麼，就按先後順序講解吧。首先，今天在這所校園舉行了魔法戰決鬥對吧？」

「是、是的……」

「我呢，是以負責維持結界的救兵身分，被瑪克雷崗老師找來的喔。」

這次舉行的魔法戰決鬥，路易斯的弟子古蓮也有參戰。

古蓮的魔力量極高，從前也引發過魔力失控事件，瑪克雷崗似乎是因此找了古蓮的師父，也就是身為結界術好手的路易斯來幫忙。

瑪克雷崗原本是在米妮瓦任職的教師，路易斯在學生時代也受過關照。所以路易斯二話不說便答應了這件委託。

「魔法戰結束時，我本打算去回收那個輸得慘兮兮的傻弟子……但我抵達現場時，看到的只有倒地不起的修伯特・迪伊與羅貝特・溫克爾兩個人。」

「……咦。」

「古蓮，還有海恩侯爵公子……希利爾・艾仕利閣下的身影，在現場怎麼找都找不到。」

莫妮卡頓時感覺渾身血液倒灌。

（古蓮同學，還有希利爾大人，失蹤了？）

學校的教師們似乎正拚命尋找兩位失蹤者的下落。當然，為了避免引起學生們的不安，兩人失蹤的事實是受到隱瞞的。

最棘手的是，現階段無法清楚判斷，兩人到底是出於自身意志失蹤，還是被捲進了某種事件。

截至目前為止，也沒有收到綁票犯勒索贖金的要求。

（歸根究柢，如果想要的是贖金，率先盯上的也應該會是迪伊學長才對……）

修伯特．迪伊的老家在利迪爾王國南部坐擁好幾座莊園，家境十分優渥。綁票犯只要有稍微調查過，就不可能以平民古蓮或養子希利爾為目標。

莫妮卡無意識握緊了裙襬。手之所以發抖，不只是寒冷所致。

原本理所當然地銜接的日常，某天突然崩毀的恐怖。珍視的對象消失的絕望。

這兩者，莫妮卡都經歷過。父親被官員帶走時，就是這種感覺。

莫妮卡浮現僵硬的表情，默不作聲，路易斯則一臉苦澀地接話。

「為了尋找兩位失蹤者，我試著呼喚琳。結果，琳沒有回應我的呼喚。」

「呃——是不是琳小姐，又自主放假之類的……」

哪有那種蠢事——一般而言，這種說法難保不會得到如此反應，但琳確實有可能這麼做。

路易斯也沒有把莫妮卡這番說辭嗤之以鼻，反倒是滿面沉痛地聳肩。

「若是這麼回事，我拖也會把她拖過來。可是，連接我和琳的契約術式，竟然被強制切斷了。這種事，是以往從沒發生過的。」

古蓮與希利爾下落不明。和琳也連絡不上。無庸置疑，這是緊急情況。

自腹部深處逐漸湧上的不安，令莫妮卡忍不住握緊了胸口的衣物。

瞥了眼這樣的莫妮卡，路易斯語調稍稍輕鬆了些。

「那麼，這裡要突然轉變一下話題，其實這陣子呢，我有命令琳去進行某項調查。」

這麼一提，才覺得近來都沒有看到琳上門，原來是為了那項調查工作在忙的樣子。

「琳小姐在進行的，調查是……」

「有小道消息指出，〈寶玉魔術師〉閣下在跟骨董商進行可疑的交易，所以我派琳去調查有無買賣違法物件的情事。」

〈寶玉魔術師〉伊曼紐．達爾文是與莫妮卡、路易斯同屬七賢人，擅長賦予魔術的老人。

伊曼紐是與克拉克福特公爵交好的第二王子派，與身為第一王子派的路易斯彼此敵對。說得具體一點，就是感情不好。

「如果，這項情報屬實，不就可以抓住〈寶玉魔術師〉的小辮子嗎。而且啊，最近那個人聽說幾乎沒到王都的工坊露臉，成天窩在別墅內喔。」

「別墅……？」

「地點在這所學園的東北方，叫做凱利靈頓的森林。妳有聽過嗎？」

「啊，記得是，因為魔力濃度過高，被指定為禁止進入區域的……」

「沒錯，就是那個凱利靈頓森林。」

魔力抗性較低的人，若是長時間滯留在魔力濃度過高的土地，有引發魔力中毒的風險。

不僅如此，魔法生物——也就是龍或精靈都容易受到魔力的吸引而聚集，因此不是適於人類居住的場所。會特地買下那種土地蓋別墅，確實啟人疑竇。

如果說，伊曼紐本身保有契約精靈，那確實有可能會為了那位精靈，特地進出魔力濃度較高的土地。

然而，現任七賢人當中，有與精靈締結契約的人，就只有路易斯一個。

「〈寶玉魔術師〉閣下他成天窩在高魔力濃度的土地，究竟在搞些什麼名堂呢～？……怎麼樣，同期閣下也覺得很在意吧？」

「呃——嗯～……」

「而且啊，琳還是在調查凱利靈頓森林的過程中失蹤的。不管怎麼想，都應該假定兩者有關比較妥當吧？」

「的確，是這樣……」

「然後呢，這裡要把話題轉回古蓮他們身上了。剛發現古蓮他們失蹤不久，就在校園東北方感測到了疑似精靈的魔力反應。」

「——！」

校園東北方，存在那兒的東西，不正是剛才話題中提及的，凱利靈頓森林嗎？

「雖然不清楚那個精靈是不是琳，但就狀況判斷，與古蓮他們失蹤有關的可能性相當高。」

路易斯話還沒說完，莫妮卡已經自床鋪上起身。她一刻也坐不住，只想分秒必爭趕去凱利靈頓森林，找出古蓮、希利爾，還有琳的下落。

可是，路易斯卻舉起單手，制止了這樣的莫妮卡。

「話還沒說完喔，同期閣下。」

「還有，什麼，重要的事，嗎？」

莫妮卡顯得坐立難安，路易斯則是輕輕點頭。

「我判斷，本次事件我一人應付不來，所以向〈詠星魔女〉閣下提出了協助邀請。沒想到，卻從〈詠星魔女〉閣下那邊，傳來了驚人的事實……那個人一直透過自己的管道，保有獨立的情報網嘛，竟然會在這種節骨眼出現這種消息，真的是令我仰天長嘯。受不了。」

還有什麼事實，是比古蓮他們的失蹤更驚人的嗎？

面對屏氣凝神的莫妮卡，路易斯一臉不耐地說道：

「〈寶玉魔術師〉閣下，有私藏從前遺失的古代魔導具——〈偽王之笛葛拉尼斯〉的嫌疑。」

＊＊＊

沉睡中的希利爾感覺周圍冷得打顫，在淺眠中四處摸索尋找毛毯。

但，指尖並沒有傳來毛毯的觸感，只傳出喀沙喀沙的枯葉摩擦聲。

（泥土，還有草的味道……？）

翻過身來，又發出枯葉挪動的嘎沙沙沙聲響。除此之外，身體下方還響起踏在乾草堆上的啪沙啪沙與咕嘰咕嘰聲。

終於發現自己並不是躺在床鋪上的希利爾，飛也似地猛力起身。鋪在身體上的枯葉因而飛揚至半空中，再慢慢飄落到身體上。

「這裡，是……」

抬起上半身的希利爾頓時僵在原地，瞪大深藍色的眼睛。

希利爾被安置的地點，看來是在某個洞窟中。可以聽見自己的低語微微傳出回音。

洞窟感覺上小有規模，又高又廣，站起來也不用擔心撞到頭。深處似乎與外界相通，可以望見少許夜空。

之所以能夠馬上看清楚洞窟中的模樣，並不是因為附近罹有提燈之類的器具。是因為有幾顆小小的發光體，在洞窟內四處飄蕩。

一顆顆的發光體，大小就與小指指甲相去不遠。不過也有跟拳頭差不多大的。

（這些……難不成，是下級精靈嗎？）

希利爾的身旁，古蓮正埋在枯葉裡倒頭大睡。

在希利爾與古蓮身體下，都鋪了大量的乾草。多虧了這些乾草，以及鋪在身體上的枯葉，兩人才免於凍死。

「達德利，快醒醒。」

「唔唔……副會長～肉呢……今天的早餐菜色有肉嗎……」

是說夢話的時候嗎！希利爾用力忍下了這句怒吼。

很明顯的，現在是緊急情況。既然無法弄清楚兩人當下的處境，大聲嚷嚷絕非上策。

「還～不～快～醒——」

盡可能壓低音量猛喚，抓起古蓮的肩膀晃個不停時，背後傳來了一陣腳步聲。

「你醒了嗎，人類先生。」

希利爾不禁猛力回身，轉而面向年幼嗓音的來源。不一會兒，古蓮也隨著「姆呢～」的咕噥聲睜開了眼睛。

佇立在希利爾背後的，是年約五歲的孩童，以及體型異常巨大，不下野豬的狼。

孩童有著一頭飄逸的淡金色頭髮，以及冰藍色雙眸。頸子以下的部分都被圍著的斗篷遮蔽，就連手臂也蓋在斗篷下。

斗篷下的手臂正從內側向前舉，用雙手之間的斗篷布料盛著滿滿的枯葉。

就在希利爾煩惱著該如何開口時，剛睜開眼睛的古蓮率先出了聲。

「這裡，是什麼地方呀？」

「這裡是凱利靈頓森林。」

孩童以音質年幼，但彬彬有禮的語調回應。

古蓮似乎對森林的名稱沒什麼頭緒，顯得一臉呆滯，不過希利爾對這個名字心裡有數。

「是位在賽蓮蒂亞學園東北的森林。這裡魔力濃度高，應該是被列為禁止進入區域的……」

「是的是的。是我跟瑟茲，把你們帶來這裡的。」

提到瑟茲時，孩童轉身望向了背後的狼。

巨狼長著灰色的毛皮，有一對橘色眼珠。恐怕是中階或高位精靈吧。

希利爾交互望向孩童與巨狼，慎重地詢問。

「你們倆，是精靈嗎？」

「是的是的。這邊的叫瑟茲迪奧，是中階地靈。至於我，大概是冰靈。」

「……大概？」

那是什麼意思——希利爾正皺眉不解，自稱冰靈的孩童就困擾地垂下了眉尾。

「我身上的力量，已經所剩無幾，連自己的名字都記不得了。只是，既然我能操縱冰，一定是冰靈。所以，就請叫我冰靈吧。」

竟然有這種事嗎，希利爾眉頭皺得更緊了。

雖然不是很清楚精靈的詳細生態，但若只是基礎魔術學程度的知識，希利爾還是有的。

既然能化身為人類的姿態，孩童無庸置疑是高位精靈。

但，高位精靈一旦失去力量，竟然會連自己的名字都遺忘，這可就從未聽說了。

「人類先生，之所以會把你們帶來，是希望你們救救這片森林裡的精靈們。我的力量已經幾乎一點也不剩，能做的事情太少了。所以說，才一直在尋找身懷大量魔力的強大人類。」

「……所以，就把我們給抓來？」

在語調微慍的希利爾身旁，古蓮也高舉拳頭附和著「太霸道了！」

隨後，在冰靈背後待命的巨狼，嘎嚕嘎嚕地嘶吼了起來。

從長滿銳利尖牙的狼口中，響起一道男人低沉的嗓音。

「追根究柢，這也是你們人類種的因。既然如此，由身為同族的你們解決才符合道理吧。」

那頭狼原來會講話嗎——希利爾暗自吃了一驚。中階精靈雖然統稱為中階，但其實能力差距極大，有的中階精靈幾乎說不了話，有的則能言善道。理所當然，後者是能力比較強的精靈。

換言之，雖說是中階精靈，但這頭名為瑟茲迪奧的狼，能力其實足以匹敵高位精靈。想啃咬撕裂希利爾與古蓮的喉嚨，相信只是小事一樁。

巨狼以橘色的雙眼，交互瞪向希利爾與古蓮。

「可憎的人類，還不快點去把那個吹笛子的男人帶來。都怪那傢伙，這片森林已經被攪和得亂七八糟了。」

聽起來，應該是那個吹笛手對這片森林的精靈們造成了某種危害，為了解決這個問題，才把同為人類的希利爾與古蓮帶到這裡來。

古蓮向希利爾使了記「該怎麼辦？」的眼神。

（我身為學長，有義務讓一起被擄來的學弟平安返回校園。）
既然如此，在此反抗這頭殺氣騰騰的巨狼就是下下策。希利爾於是轉身面向冰靈。
「請告訴我，這裡究竟出了什麼事。是否要提供協助，容我聽過詳情再下決定。」
最糟的狀況下，就靠自己爭取時間，希利爾兀自下定決心。
古蓮會使用飛行魔術，所以只要希利爾爭取到詠唱的時間，古蓮就能逃出森林。
希利爾與古蓮回到枯草上就坐之後，有著孩童外表的冰靈也跑到兩人對面坐了下來。巨狼瑟茲迪奧則繼續來到冰靈身後待命。
冰靈以不流暢的語調開始描述。
「在稍早之前……呃——大約是夏天剛開始的時候，有一個人類開始住進這片森林裡。那個人類，總是在一間小屋裡製作魔導具。做了好多、好多魔導具。可是，似乎進行得並不順利。」
按冰靈所言，那個人類似乎動不動就把「魔力不夠」、「要是能賦予大量魔力的話」掛在嘴上。
要賦予魔導具魔力，是極度困難的技術。尤其想賦予攻擊魔術之類的更是事倍功半，單是賦予一發攻擊魔術的分量，就必須具備莫大的魔力與高度的技術。
「最近，那個人類離開了森林一段時間。然後，在進入新的一年之後不久，那個人類就帶著奇妙的笛子，回到了這片森林來。」
講到這裡，冰靈背後的瑟茲迪奧忿忿地抖著喉嚨嘎嚕嘎嚕嘶吼起來。
「那支笛子，是能操縱精靈的笛子。受到那支笛子影響的精靈，全都變得對那個人類言聽計從。」
「是的是的。我稍微，能夠抵抗笛子的力量，所以才跟著瑟茲，還有這些孩子，一起逃到森林的外圍去。」

冰靈所說的這些孩子，指的是在附近飄盪的下級精靈吧。望向下級精靈的冰靈，眼神既安詳又溫柔。

至於瑟茲迪奧，則是不耐地舉起前腳朝地面猛敲，敲得枯葉四處飄散。

「有那支能操縱精靈的笛子在，我跟冰靈都不能隨便接近那個人類。所以，才需要不受笛子影響的人類出力。聽懂了的話，就趕快去解決掉那個吹笛子的男人！」

見巨狼灰毛直豎發起威嚇，冰靈趕緊依偎到巨狼身上。

一頭金髮飄逸不停的冰靈，開口懇求巨狼。

「瑟茲，不可以用威脅的。我們都已經未經同意就硬把人家帶來了……」

「想說這種天真的話到什麼時候，冰靈。就是因為這樣才會連名字都想不起來。才會失去力量。身為高位精靈，不覺得丟臉嗎。」

「真的很對不起。可是，可是……」

冰靈交互望向瑟茲迪奧與希利爾等人，表情蒙上了陰霾。

乍見之下外表年幼的這位冰靈，不但能夠理解同族瑟茲迪奧的意見，又同時顧慮到身為人類的希利爾及古蓮的感受。

精靈不會流淚。可是，看在希利爾的眼裡，這個小小的冰靈，感覺眼淚好似隨時都會決堤。

「對不起，人類先生。說什麼要你們幫忙，真的很對不起……可是……可是……」

這番話，令希利爾腦袋深處湧現一股熱潮。

回過神來，他已經不自覺地開口。

「遇到自身無能為力的困難，向他人求助絕對不是過錯。沒有必要道歉……當然，沒確認過我們的意思，就擅自把我們帶來，這部分是有問題的。」

「畢竟，我們這樣就跟被綁票沒兩樣嘛～」

古蓮深有同感地點頭。

希利爾用鼻子哼了一聲，挺起胸膛斬釘截鐵地斷言。

「無論如何，這樣的狀況都不能置之不理。待天色一亮，我們就去找那位人類，然後說服他，要他不再做出類似的舉動。沒問題吧，達德利？」

「當然！我就知道副會長鐵定會這麼說哩。」

冰靈抬起年幼的面容，茫然地望著希利爾與古蓮。那表情，與迷路的孩子安下心時的神情有幾分相似。

幾乎沒眨過眼的冰藍色雙眸，看起來就彷彿即將融化的冰一樣濕潤。

「真的很謝謝你們。人類先生，還有人類先生。」

「是希利爾．艾仕利。」

「我叫古蓮．達德利哩！」

希利爾與古蓮自報名號之後，冰靈搖曳著飄逸的金髮笑了起來。

「真的很謝謝你們。希利爾，古蓮。」

＊＊＊

「……以上，就是我在洞窟中聽到的內容。」

悄悄偷聽冰靈與希利爾等人對話的威爾迪安奴，之後立刻返回賽蓮蒂亞學園，把自己見到聽到的一切回報給菲利克斯。

威爾迪安奴是水系高位精靈。因此，雖然無法飛行，也沒辦法用比馬更快的速度奔跑，但只要是有水的場所，就能移動得比魚更迅速。

幸運的是，凱利靈頓森林的河川，正好流過賽蓮蒂亞學園附近，所以能夠順著水流，轉眼間回到校園。

有著白蜥蜴外表的威爾迪安奴，在菲利克斯肩頭大致上報告過後，便做出有如人類低頭賠罪的動作，將小小的腦袋向前垂下。

「擅自做出了未經主人指示的行動，實在非常對不起。」

「不，你的判斷很出色。辛苦了，威爾迪安奴。」

滯留在凱利靈頓森林的吹笛手，以及能操縱精靈的神祕笛子。再加上，被帶走的希利爾與古蓮的行蹤與動向。

聽著這些消息的菲利克斯，神情始終沒什麼巨大變化，就只是緊緊望著朝日尚未升起的窗外。

「凱利靈頓森林，應該是稍早之前由〈寶玉魔術師〉買下的土地吧。」

「那不就是，其中一位七賢人……？」

「沒錯。在克拉克福特公爵宅邸，受託管理魔導具收藏品的人物。」

凝視窗外的碧綠眼眸，微微瞇了起來。端正俊美的嘴唇，露出了苛薄的微笑。

「〈寶玉魔術師〉伊曼紐・達爾文……說不定派得上用場呢。」

威爾迪安奴的主人十分聰穎。時時刻刻不忘摸索能用的手牌。

即使是大多數人難以接受的手段，只要他判斷是最佳解，就會毫不迷惘地實行。

而且總不忘露出空虛的笑容，喃喃自語道「因為是必要的」。

「威爾。拜託你留守了。我去辦事……然後也順便，幫本校的同學一把吧。畢竟是未來重要的側近嘛。」

那真的，只是順便嗎？威爾迪安奴沒能問出口。這對自己而言，是過於踰矩的問題。

一旦問出口，肯定會害主人困擾。

✶ 第十章　精靈的供品

迎向黎明的冬日寒空逐漸泛起微光，夜幕的群青藍在橘紅色朝霞下逐漸轉淡。就在這日夜交接的時刻，一抹比鳥巨大的黑影自空中橫向劃過。

那是以飛行魔術翱翔於天的〈結界魔術師〉路易斯・米萊，以及被他揹在背上的〈沉默魔女〉莫妮卡・艾瓦雷特。

「對了對了，同期閣下。妳昨天，不是跟米妮瓦的熟人打了魔法戰嗎。」

路易斯所說的熟人，是指修伯特・迪伊吧。

莫妮卡忍不住縮起肩膀。明明有潛入任務在身，還做出臨時參加魔法戰這種引人注目的行逕，這會兒肯定要挨罵了。

沒想到，路易斯卻反而一副欽佩的口吻接話。

「竟然懂得用魔法戰封口，挺有一套的嘛。」

「…………」

而且還用這麼詭異的方式誇獎人。

「該、該說是封口嗎，那個～……」

莫妮卡摸索著自己的內心，慎重地選擇用詞。

思考該怎麼描述，那時候自己的感情動向，以及感情對自己帶來的變化。

「看到古蓮同學他們遭到那麼過分的對待，我非常，不甘心……所以，沒錯，很生氣。我那時覺得很生氣。」

原以為，自己只有在數字或魔術被人輕率對待時，才會生氣。

修伯特．迪伊的所作所為，確實令莫妮卡萌生了怒意，並在憤怒的驅使下行使魔術。

就與新年夜裡，向克拉克福特公爵施放精神干涉魔術的蝴蝶時一樣。

「這樣子，很不好吧。明明是七賢人，卻任憑憤怒主宰，抱著怒意施展魔術……」

「會嗎？要是連痛扁讓人火大的對手時都不用魔術，那魔術幹什麼用的？」

感覺上，似乎找錯了反省的對象。

對於沉默不語的莫妮卡，路易斯頭也沒回一下，輕描淡寫地說道：

「妳至今為止，之所以不怎麼會生氣，是因為對他人不抱關心吧。」

莫妮卡頓時肩頭一顫。

路易斯說的一點也沒錯。只偏愛數字與魔術的莫妮卡，對自己也好、對他人也好，都毫不關心。所以，不管被人怎麼對待都不會生氣。都無關緊要。

「先不論好或不好，從前不抱怒意也不抱敵意就把敵人打個落花流水的妳，其實還挺教人毛骨悚然呢。」

「毛、毛骨悚然……毛骨悚然……」

「那麼，已經可以看見森林了。差不多要下降嘍。」

路易斯緩緩降低了飛行魔術的高度。那是莫妮卡生澀的飛行魔術完全無法與之相比的穩定技術。

下降的同時，路易斯咕噥了起來。

「我現在，就對於〈寶玉魔術師〉閣下抱著滿腔的憤怒。」

「…………」

「妳也稍微生點氣啊。看看你，竟敢幹出這種蠢事，這樣。」

＊＊＊

按深夜造訪閣樓間，提出私刑邀請的路易斯所言，〈寶玉魔術師〉伊曼紐・達爾文似乎透過極祕管道得到了古代魔導具〈偽王之笛葛拉尼斯〉，並在凱利靈頓森林蒐集精靈。

依本身功能而定，古代魔導具有可能作為兵器運用，而且還是單一具就會導致國家間戰力均衡崩盤的危險物品。正因此，國家在管理面嚴格有加，危險度高的古代魔導具，更是只允許在戰爭之際啟用。

利迪爾王國所擁有的古代魔導具共計六具。

其中兩具安置在王城寶物庫內，剩下四具交託給國內有力人士管理。〈詠星魔女〉梅爾麗・哈維所負責管理的〈紡星之米拉〉也是其中之一。

然後，這次〈寶玉魔術師〉暗中得手的〈偽王之笛葛拉尼斯〉並非這六具之一，而是據稱在戰火中失去的古代魔導具。

當然，即使一度成為失物，具備兵器級潛力的古代魔導具，依然不可能允許個人暗中持有。

按常理，伊曼紐這番行逕必須通報公家機關，由國家處以嚴正的處分。

……但，造訪閣樓間的路易斯坐在窗邊，掛著深刻的表情說道：

「〈寶玉魔術師〉閣下這回捅出的漏子，可不能公諸於世啊。要是影響到我們七賢人的形象就傷腦筋了，無論如何都必須在檯面下處理掉。」

也就是骯髒大人的考量。

這樣子好嗎——莫妮卡正如此心想，路易斯就露出一臉望向不機靈孩童的表情。

「不關心政治的妳或許不曉得……現在，貴族議會之間已經有動作，打算把七賢人納入貴族議會的管理了。」

七賢人是國王直屬的職務，即使是貴族議會也無法輕易干涉。然而，一旦納入貴族議會的管轄，就無法違抗議會的命令了。

然後，在新年夜裡與莫妮卡對峙的第二王子外祖父——克拉克福特公爵，正是在貴族議會擁有最強大發言權的人物。

那時候，莫妮卡可以把克拉克福特公爵的要求視若無睹。但，七賢人若當真納入議會管轄，往後就連說不的機會都沒有。

「這種背景下，其中一位七賢人再搞出問題來，妳覺得會怎樣？議會肯定窮追猛打，咬定機會要剝奪我們的權限。」

換句話說，路易斯並不是自願包庇〈寶玉魔術師〉。而是為了明哲保身，非得包庇不可。

在窗邊翹二郎腿的路易斯換翹另一隻腳，托腮露出了嘴唇扭曲的諷刺笑容。

「妳應該也不想要，成天被議會硬塞一堆煩死人的工作塞個沒完吧？」

「唔嗚……不想。」

「那就對了，〈寶玉魔術師〉閣下這件事，得在我們七賢人內部私下解決才行。」

其他幾位七賢人，似乎都已經在〈詠星魔女〉梅爾麗・哈維主導下集合了。

七賢人全體出動解決事件，是非常罕見的事態。這次的事件，就是如此重大的問題，與七賢人得以存續與否息息相關。

莫妮卡輕輕舉起單手發言。

「那個，私下解決，具體而言是指……」

「就我個人來說，覺得讓〈寶玉魔術師〉閣下人間蒸發，是最妥當的做法。」

不出所料地火爆。

在僵硬的莫妮卡面前，路易斯故作沉痛地嘆了口大氣。

「〈詠星魔女〉閣下是表示，希望能盡可能大事化小。所以說，我只好妥協成回收古代魔導具，再稍微給他一點顏色瞧瞧。」

那句「去找笨蛋動私刑」就是建立在這個前提上的樣子。

（大事化小，究竟是……）

與莫妮卡認知中的大事化小，相差得有點大。

「擔心什麼，那個感覺揍一拳就會翹辮子的老人家，我怎麼可能會想動手動腳呢。」

啊啊～太好了，原來這個渾身火藥味的同期也是有人性的。

面對暗自鬆一口氣的莫妮卡，路易斯以爽朗的笑容說道：

「〈寶玉魔術師〉閣下呢，似乎在森林裡那棟別墅囤滿了自製的魔導具……我只是要把那些仔細地摧毀殆盡而已啦。誰教那個人一旦沒了魔導具，就是個手無縛雞之力的老人家呢～哈哈哈。」

雖然不及古代魔導具，但現代魔導具也充分堪稱高級品。依物品而定，有的價值甚至足以在王都買下一棟住家。竟然要把那些全數破壞……

就在莫妮卡為了推定損害總金額顫抖不已時，路易斯收起了笑容。

「這起作戰最大的重點，就在於那個古代魔導具〈偽王之笛葛拉尼斯〉，也務必在破壞後才回收，就是這麼回事。」

「……咦？要破壞，古代魔導具？」

古代魔導具形同國寶。不是能用金錢衡量價值的物品。如果，〈偽王之笛葛拉尼斯〉尚處於可使用狀態，論誰都會認為應該在不傷及魔導具本身的狀況下回收吧。

「為什麼，要把那麼貴重的東西，破壞掉……」

「要破壞〈偽王之笛葛拉尼斯〉的理由有兩個。第一，古代魔導具存在自我意志，有可能把〈寶玉魔術師〉捅出的漏子透漏給七賢人以外的人。萬一演變至此，想私下解決就是痴人說夢了吧？」

莫妮卡回想起以前看過的〈紡星之米拉〉。

具備年輕女性人格的那個古代魔導具，雖然語言相通，會話卻不怎麼能夠成立，性格非常棘手。

〈偽王之笛葛拉尼斯〉會是怎樣的人格呢。真的沒辦法交涉嗎？

「然後，是第二個理由。〈偽王之笛葛拉尼斯〉是一種會引起戰端，危險性極高的古代魔導具。由誰持有都不是好事。所以一發現就立刻破壞，再行回收……這點是絕對的。明白吧？」

路易斯耳提面命的嗓音，遠比開口邀約私刑的時候，來得更加低沉，更加沉重。

＊＊＊

莫妮卡與路易斯在凱利靈頓森林旁著陸之後，一隻貓頭鷹也從空中啪噠啪噠降落。腳上戴著一只附筒腳環的這隻貓頭鷹，是〈詠星魔女〉梅爾麗．哈維的使魔。

路易斯伸出手臂讓貓頭鷹停留，從腳環的筒子內取出重重摺疊過的信紙。

凝視紙面的路易斯，纖細的柳眉反射性挑了起來。

「〈詠星魔女〉閣下傳來的訊息。有證言指出，曾目擊到大型野獸進入這片森林。野獸的背上，隱約可以瞥見身穿白衣，貌似人類的東西。」

白衣——聽到這個詞彙時，率先浮現腦海的，是賽蓮蒂亞學園的制服。也就是古蓮與希利爾直到失蹤前一刻都穿著的衣物。

莫妮卡抬頭仰望路易斯，語調飛快地問道：

「大型的野獸……會是化身為野獸的精靈嗎？那條目擊證言，有提到野獸背上的人，意識是否清醒，或身上有無受傷，之類的情報嗎，其他像是……」

莫妮卡罕見地拚命提問，路易斯則是平淡回應。

「似乎沒有清楚到那種程度。只是，目擊時刻與失蹤時間一致，幾乎可以確定就是失蹤的古蓮他們吧。」

果然，古蓮與希利爾就在這片森林裡。莫妮卡暗自握緊了拳頭。

路易斯將信紙折疊成複雜的形狀，塞回筒裡。就算現場沒有文具，也能透過事先溝通好的折疊方式傳達回應。那種折法的意思，應該是「明白，了解」吧。

舉手讓貓頭鷹飛回上空的同時，路易斯開口咕噥。

「雖然不清楚，古蓮他們為什麼會和精靈一起行動……不過這樣一來，方針應該就確定了。」

目送貓頭鷹離去後，路易斯重新戴好強韌的皮手套，望向莫妮卡。

「那麼，來對作戰進行最終確認。我們該作的事情，是找出並保護失蹤的古蓮・達德利與希利爾・艾仕利兩人。在古代魔導具的事情被他們得知前，迅速確實地保護吧。」

聽到路易斯願意把保護古蓮與希利爾列為最優先事項，莫妮卡悄悄放下了心中一顆大石頭。

畢竟在自己的認知裡，「既然是我的弟子，這點小事當然有能力自己設法吧」之類的發言，路易斯就算講出來也不奇怪。這次要不是希利爾也被捲進其中，搞不好就真的這麼說了。

「待順利保護這兩名目標，接著該做的，就是將古代魔導具〈偽王之笛葛拉尼斯〉，以及〈寶玉魔術師〉持有的魔導具全數破壞。」

瞇細單邊眼鏡下的眼睛，路易斯以銳利的眼神瞪向凱利靈頓森林。

朝霞映照下的冬季森林裡，林木幾乎都已經落光葉片，即使如此，森林深處仍無法直接目視。再怎麼說，這片森林規模也堪比一座小鎮，而且又存在不小的高低起伏。

想繞遍整片森林，只怕得花上不少時間。

「妳的使命是調虎離山。這片凱利靈頓森林是〈寶玉魔術師〉的庭院。天曉得裡頭設了些什麼機關。」

〈寶玉魔術師〉是製作魔導具的天才。森林裡設下〈螺炎〉那種攻擊用魔導具的可能性絕對不低。

再加上，使用〈偽王之笛〉的能力，還可以操縱精靈，指派精靈在森林裡巡邏。

既然如此，與其正面闖入，不如由某人先吸引敵人注意，另一人再伺機而入，才容易確實達成目的。

「方法不限，交由妳自行判斷。這一帶遠離聚落也沒有街道，想幹得稍微盛大一點也無妨。」

「……我明白，了……」

說實話，莫妮卡也想去找希利爾和古蓮。但，莫妮卡的真實身分，絕不能被他們倆發現。

所以，決定由〈結界魔術師〉與〈砲彈魔術師〉、〈深淵咒術師〉與〈荊棘魔女〉各自組成搭檔進入森林，保護希利爾與古蓮，並破壞〈偽王之笛葛拉尼斯〉。

剩下的七賢人，是不利於戰鬥的〈詠星魔女〉，她似乎要在森林外頭待命。

「根據文獻記載，〈偽王之笛葛拉尼斯〉是能夠操縱精靈的古代魔導具，但再怎樣應該也干涉不了精靈王。有必要的話，儘管召喚精靈王無所謂。」

「那個～雖然無法干涉精靈王，不過……」

莫妮卡欲言又止的內容，路易斯似乎馬上就領會了。只見他一臉明白的神情點頭。

「就如妳所想的，若只是高位精靈程度，應該就操縱得了。恐怕，琳已經落入敵方手中了吧。一旦不慎撞見，極有可能二話不說就朝我方發起攻擊。」

強烈的緊張，令莫妮卡表情陷入僵硬。

身為風系高位精靈，用不著像人類那樣詠唱就可以操縱風，魔力量又壓倒性得高。就算七賢人上陣，也絕非能夠輕鬆無力化的對手。

「那個要是真的打過來，徹底還以顏色不要緊。就算不小心消滅掉也是不可抗力，用不著放在心上。」

路易斯這番話，講得極其輕描淡寫。

如果真被消滅了，那也是她的命運就到此為止——充滿這種言下之意的語調，讓莫妮卡忍不住在困惑的同時忐忑提問。

「那個，可是，琳小姐她，畢竟是路易斯先生的，契約精靈……」

「只是因為彼此利害關係一致才聯手的。這種狀況下只能自己顧好自己。就算琳真的消滅了，我也不會對妳懷恨在心。」

能夠豁達到這種地步，反倒令人好奇原本究竟是在怎樣的經緯下締結契約的。

面對困惑的莫妮卡，路易斯一臉嚴肅地說道：

「〈寶玉魔術師〉攻擊魔術的本事雖然只堪稱二流，製作魔導具的才能確無庸置疑是超一流的。近年來，又得到克拉克福特公爵這個資助者，也成功打造出了賦予高度攻擊魔術的魔導具……〈螺炎〉等級的魔導具，他可能持有不只一具，請妳把這個假定也納入考量。」

即使和〈寶玉魔術師〉交惡，路易斯似乎還是對於他身為魔導具職人的才能有著極高評價。

在第二王子暗殺未遂事件中也使用到的〈螺炎〉，恐怕是現代魔導具中威力最高的。就連莫妮卡的防禦結界都能貫穿。

能夠持有不只一具與此同級的魔導具，就是〈寶玉魔術師〉伊曼紐・達爾文的真本事。〈寶玉魔術師〉對於魔導具的魔力賦予率超乎尋常地高。

日前才剛對峙過的修伯特・迪伊也自己打造了能夠射出火焰箭矢的魔導具，但拿來與七賢人製作的相比，就與玩具無異。即使連射性能不俗，火力也有著天壤之別。

莫妮卡表情再度陷入僵硬，路易斯以低沉的嗓音表示：

「務必充分警戒。」

「……好的。」

現在起，莫妮卡就要個別行動了。路易斯則預定以飛行魔術移動，去找〈砲彈魔術師〉會合。

忽然想起，還有一件事沒向路易斯確認過，莫妮卡趕緊開口。

「那個，路易斯先生。我雖然是負責調虎離山，但萬一，真的被我遇到〈寶玉魔術師〉大人，那時該怎麼處置他……」

「用不著做任何處置也無所謂。反正就算抓住他，也沒有要押送到哪個機關去，動手揍了又可能翹辮子。」

「…………」

「妳就把他自豪的魔導具破壞個一乾二淨，趁他悽慘逃竄的時候，指著他捧腹大笑吧。」

「…………」

「哎呀~下次的七賢人會議，他要怎麼拉下臉皮出席，真教人拭目以待啊！啊哈哈！」

自己接下來，就要跟同僚一起去阻止犯下大罪的同僚。

明明如此，莫妮卡卻有種感覺，好像自己才成了大惡黨的其中一員。

至少，雙方都不存在正義，也不存在大義。絕對不存在。

＊＊＊

蓋著枯草枯葉熟睡的古蓮，耳裡微微傳進了歌聲。

那是微弱到甚至可能被枯葉聲給蓋過，卻溫柔無比的歌聲。

自然勾起鄉愁的那陣嗓音，以宛若在唱給孩童聆聽的柔和感，輕輕搔弄著古蓮的耳朵。

「『今天也同樣拾起絲線，抱著對你的思念動手編織。抱著對你的思念動手編織……』」

微微睜開眼睛，映入古蓮眼中的，是坐在地面的人影，以及人影周圍閃爍不停的光點。

靈。

光點隨著歌聲，不停圍繞在人影的周圍轉圈，就像小孩在嬉鬧一般。

睡眼惺忪地望著這副光景時，原先正編織柔和歌聲的嗓音，突然爆出了耳熟能詳的怒吼。

「古蓮・達德利！既然已經睡醒，就趕快給我整理儀容！」

「啊——副會長～……早安哩……」

古蓮起身把枯葉灑得到處都是，揉著眼睛環顧四周。

晨光灑落的洞窟內，有著幼童外表的不知名冰靈端正地坐在希利爾身旁，周圍還飄盪著許多下級精靈。

有著巨狼外表的地靈瑟茲迪奧，正靜靜靠在岩壁上不動。

「副會長……剛才的歌……」

聽到古蓮支支吾吾呢喃，希利爾有點尷尬地用游移不定的視線望向地面。

「那、那是，那個……因為這裡的風靈們幫忙找了早餐過來，所以才當作道謝……」

希利爾身旁排著幾片大葉片，充坐碟子的葉片上，盛滿了一顆顆的樹果。

這些似乎全都是飄盪在周圍的下級精靈們幫忙蒐集過來的。

望向停留在自己手背上的小光點，希利爾垂下了眉尾。

「在這種季節，要找來這麼多樹果很辛苦吧。謝謝你們。」

好重視禮節的人呀——古蓮心想。

歸根究柢，希利爾跟自己都算是遭到綁票，被逼著提供協助的。

明明如此，這個人卻連面對蒐集樹果的下級精靈都不忘鄭重致謝，還唱歌作為小小的回禮。

據說風系精靈喜歡作為供品的歌曲。希利爾唱的歌，似乎也成了讓精靈們歡欣鼓舞的供品。有著孩童外表的冰靈，也滿臉笑容地朝古蓮望來。

「早安，古蓮。」

「早啊——冰靈。請問有沒有哪裡能喝水呀？」

「有的，已經提過來了。」

冰靈身旁有一只用冰打造的盆子，裡面盛滿了清澈的水。這個冰水盆大概是冰靈做的。在水盆旁邊，還擺著兩個用大樹果對切做成的簡易茶碗。古蓮就用這個茶碗撈水喝。

被冰塊打造的水盆冷卻過的水，就寒冬清早飲用而言是稍嫌冰了些，但還是舒暢地滋潤了乾渴的喉嚨。

「我也送上一些回禮為這些水致謝比較好唄？呃——冰靈喜歡的供品，是什麼來著……」

聽古蓮這麼說，冰靈露出困擾的表情搖頭。

「我不能，收受供品。比起這個，希望你們再多為了這些孩子們唱歌。久違的歌曲，大家都聽得很開心。」

小小的光點們，就好像在對冰靈這番話表達同意，不停閃爍。古蓮於是移動到冰靈身旁，抱膝就坐。完全就是只聽不唱的姿勢。

面對這樣的古蓮，希利爾雖然太陽穴青筋乍現，卻好像還是敗給了冰靈期待的目光，不甘不願地開口歌唱。

「鳥兒啊，鳥兒啊，

當雪露古利亞，送走葉片時，

請把秋天的回憶藏好吧，金雀花最深的深處。
直到黃花盛開的那天為止，我都會對它疼愛有加。

鳥兒啊，鳥兒啊，
在奧爾提莉亞之鐘，敲響的那天，
請把秋天的回憶告訴我吧，金雀花最深的深處。
在傳不進聲音的大雪中，我會把它緊緊抱住。

鳥兒啊，鳥兒啊，
直到羅瑪利亞，闔上眼睛之前，
請把秋天的回憶送達吧，金雀花最深的深處。
在春天甦醒的日子到來之前，我都會高歌不已。」

就像平時怒吼不已的嗓音是在騙人似的，希利爾的歌聲既安詳又溫柔。
唱到高音時也絲毫不沙啞，拉出漂亮的長音，徹底唱到心坎裡。
希利爾身旁的下級精靈不停閃爍，銀髮反射著這些光芒，發出一閃一閃的亮光。
歌詞中登場的雪露古利亞、奧爾提莉亞，以及羅瑪利亞，是象徵利迪爾王國冬季的代表性精靈。這些名稱也被用來為月份命名。
招來冬天的雪露古利亞。敲響鐘聲的奧爾提莉亞。以大風雪作為搖籃曲的羅瑪利亞。

三位精靈各有其流傳的故事，以前古蓮敲響的冬精靈的冰鐘也是以這些故事為由來。

聽著希利爾的歌，古蓮側眼望向冰靈。淡金色頭髮飄逸不停的孩童，正以略顯茫然的冰藍色雙眼，凝視著希利爾不放。

「冰靈。」

在希利爾結束歌唱的同時，發出低沉嗓音的，是靠在岩壁上的巨狼，地靈瑟茲迪奧。

瑟茲迪奧以橘紅如晚霞的雙眼，銳利地瞪著冰靈。

「你不要求供品嗎？」

「瑟茲，我們是在求助的一方。」

冰靈的嗓音裡，夾雜著斥責的音色。

精靈這種生物，外表與實際年齡不一定一致。眼前這位冰靈，究竟幾歲了呢。說不定，其實出乎意料地比那頭不可一世的巨狼還年長。

「我不是，能夠要求供品的身分。」

冰靈回答的語調雖然安詳，卻也十分堅定。

聽著這些對話，希利爾望向散落在地面的枯葉。

「特地蒐集這麼多枯葉枯草，好讓我們免於受凍的，是你吧？」

「是的。因為我，沒有能夠溫暖人類先生的力量……」

「多虧了你，我們才不用忍受寒風。謝謝。要是有什麼能讓我回禮的事情，請儘管開口。」

既然都對風靈回禮了，對冰靈回禮也是理所當然。語調中明顯傳達出這樣的感覺。

這裡要再度重申，希利爾跟古蓮都跟被綁票來的沒兩樣。

（真不愧是副會長，連面對精靈都這麼一板一眼……）

希利爾這般剛正不阿的直率態度，令冰靈好似困惑地垂下頭。只是，可以看到遮蓋住手腳的斗篷，正有點坐立難安地蠢動。

總算，冰靈小聲地開了口。

「你想要花嗎？」

「……花……」

聽見希利爾回問，冰靈輕輕點了頭。

「如果找到花，請把花朵冰凍，再交給我。那就是，給冰靈的供品。」

「這樣嗎，我明白了。如果有在森林裡找到，我就這麼處理。」

低聲道出「謝謝」的冰靈，表情果然還是顯得有點困擾。

望著這段互動的瑟茲迪奧，就像要督促上工一般，舉起粗壯的前腳敲了敲地面。

「閒話家常就到此為止。快給我把樹果吃了，去處理那個吹笛子的男人，人類。」

地靈的施壓，得到的是希利爾面有難色的回覆。

「我當然，是這麼打算的……可是現在還不行。」

「喔～？是想要拖時間嗎？你這傢伙難不成，跟那個吹笛子的男人是一夥的？」

「瑟茲！」

冰靈忍不住開口，斥責不掩飾惡意的瑟茲迪奧。

然而，希利爾卻毫無不悅的反應，只是一副理所當然的態度斷言：

「現在時辰尚早。突然登門造訪，對吹笛手閣下過於失禮。應慎選訪問時間。」

冰靈與地靈，雙雙陷入了沉默。

古蓮咬牙切齒忍住已經擠上喉嚨的笑意。

（果然副會長真的是，非常不簡單啊～）

全賽蓮蒂亞學園最正經八百、最頑固，又最不知變通的這個副會長，就連面對吹笛手這個騷動的元凶，都打算遵守禮儀。

「好哩──感覺整個人精神都來了。咱們就趕緊三兩下解決問題，回到學校去……」

講到這裡，古蓮突然語塞。因為內心回憶起，來到這片森林之前，發生了些什麼事。

「……這麼一提，我們魔法戰打輸哩。」

以莫妮卡去留為賭注的，與修伯特．迪伊的魔法戰決鬥，古蓮方落敗了。

希利爾神情苦澀地點頭。

「諾頓會計很讓人擔心。趕快解決問題，盡速趕回去吧。」

「好哩！」

✦ 第十一章　碰巧路過的男人們

不捨離去的群青藍夜色盡數消散，令人心曠神怡的水藍色晴空下，莫妮卡徒步抵達了凱利靈頓森林前。

即使朝陽已經攀升，清晨的空氣依然冷冽，腳下不停發出踩過冰霜的清脆響聲。

莫妮卡輕輕開合手掌，舒緩凍僵的指尖。上個月在咒龍騷動中受到的詛咒，後遺症雖然已經消退許多了，左手卻仍不時感到麻痺。沒事不要亂活動左手比較好。

（作戰的目的，是將〈寶玉魔術師〉大人持有的魔導具，以及古代魔導具〈偽王之笛葛拉尼斯〉徹底破壞。我的任務是調虎離山……可是，調虎離山，該怎麼做才好呀……）

轉頭環顧了下四周。哪些地方可能設有對付入侵者的魔導具，已經大致上心裡有底了。〈寶玉魔術師〉雖然是製作魔導具的天才，但恐怕沒有打獵天分吧。四處可見土壤遭挖掘再填平的痕跡。

不如就用稍微聳動一點的火焰魔術，把這些都炸飛試試？不行，萬一枯木也被引燃，事情就一發不可收拾了。這片森林不像魔法戰會場，並沒有設下保護周圍的結界。

雙手抱胸思索該如何是好時，一陣微弱的哀號自森林中響起。嗓音聽起來像年輕男子。

（希利爾大人，古蓮同學……？）

映入焦急的莫妮卡眼中的，是滿臉搏命神情，卯足全力往這裡跑來，身穿工作服，綁著頭巾的黑髮男人——不是希利爾也不是古蓮。

「巴、巴托洛梅烏斯先生？」

「這聲音！是小不點嗎？怎麼跑到這種地方來……不，比起這個，快逃！有個很不妙的在追我！」

從森林深處，可以聽見嘎鏘嘎鏘的金屬撞擊聲。在林木後頭出現的，是一具全身式鎧甲，手中還緊緊握著長劍。

全身式鎧甲，是重量遠在人體之上的防具。明明如此，對方卻彷彿只穿著布質衣物一般，健步如飛地追著巴托洛梅烏斯跑。

追著追著，全身甲舉起了劍。想以劍身揮砍目標，雙方距離應該仍嫌過遠。然而下個瞬間，高舉長劍的手卻不自然地伸長。

鎧甲在軀體與右手的連接處，也就是肩膀的部分，可以窺見某種類似金屬管線的構造。那是把一根根拇指粗的金屬條，捆在一起形成的物體。

（在鎧甲裡頭，有金屬管線？穿著鎧甲的不是人類嗎？）

以金屬管線連結的護手，朝巴托洛梅烏斯揮下長劍。莫妮卡搶在巴托洛梅烏斯被長劍劈開之前，先展開了防禦結界。

「小不點，那傢伙不是人類！……那是魔導具！」

頭盔的護目甲下，沒看到任何類似人臉的東西。仔細定神觀察，發現連頭盔下都是成束的金屬管線。

一時之間雖然難以置信，但這具鎧甲看來是在那些金屬管線控制之下行動的。

但無論如何，既然裡面沒有人，莫妮卡也就沒有手下留情的理由了。

（反正，想調虎離山，本來就該盡量引人注目……）

莫妮卡開始集中精神，舉起右手指向鎧甲。

「以七賢人之一——我〈沉默魔女〉莫妮卡．艾瓦雷特之名請求，開啟吧，門扉。」

一道以綠色發光粒子構成的門扉，出現在伸出的右手前方。

門扉緩緩敞開，從門內颳起一陣陣閃耀白光的風。在強風吹拂下，莫妮卡的長袍與面紗不停啪沙啪沙晃動。

「自寂靜之邊境現身吧。風之精靈王謝費爾德！」

門內颳出的風化作肉眼不可見的刀刃，把全身甲以及埋在地面下的設置型魔導具全數劈裂。

魔導具成了看不出原形的殘骸，全身甲則是頸部、雙肩以及兩腿連接處被精準劈斷，隨著嘎沙嘎沙聲摔落地面。

金屬管線自全身甲的切斷面露出，就只剩塞在軀體內部的管線，還在微微地動作。

（換句話說，機關在軀體內部嗎？）

莫妮卡還在觀察，巴托洛梅烏斯就先接近鎧甲，把從頸部露出來的成束金屬管線一把揪住，像在拔地瓜似地往外扯了出來。

如樹根般被扯出鎧甲的管線，在末端可以看到一只鑲有橘紅色寶石，外型有如胸針的物品。

寶石的大小約可用拇指及食指剛好包住，正從內側發出朦朧的微弱光芒。

「那個～請問這個寶石，就是魔導具的，本體嗎？」

「……是啊。」

寶石的光芒愈變愈弱，最後就像是蠟燭的火燃盡一般，無聲無息地轉暗。

見到寶石喪失光芒的瞬間，莫妮卡背脊竄起一陣惡寒。

「剛才的光芒，難、難道說……」

能夠在現代魔導具上賦予的魔力量，是有極限的。

想賦予能以金屬管線操作鎧甲的魔術，絕對需要龐大無比的魔力。至少，就莫妮卡所知的技術，是辦不到的。

可是，如果有辦法，把具備龐大魔力的魔法生物，組合在魔導具內呢？

「這個魔導具的，動力源是……」

顫抖著嗓音所提出的疑問，被巴托洛梅烏斯以充滿厭惡的語調，悻悻拋出解答。

「……精靈啦。這片森林裡的。」

莫妮卡的猜想得到了應證。

光芒在寶石內消失的景象，正是精靈在耗盡自身力量之後，所迎向的末路。

以冷汗直流的手掌緊緊揪住胸口，莫妮卡努力調勻呼吸。

首先，必須得釐清情報。

「那個，巴托洛梅烏斯先生，為什麼，會跑來這片森林？」

偶然得知莫妮卡真實身分的巴托洛梅烏斯，因為對琳一見鍾情，以湊合他與琳為條件，和莫妮卡結為互助夥伴。

但給他的委託明明就是在賽蓮蒂亞學園外部進行調查，為什麼會跑到這種地方來呢。

聽了莫妮卡的疑問，巴托洛梅烏斯一臉苦澀地隔著頭巾搔頭。

「該從哪裡講起才好咧～……雖然說來話長，但我呢～剛來到王國的那陣子，曾經在〈寶玉魔術師〉的工坊裡工作過啦。」

「咦。」

身為魔導具職人的〈寶玉魔術師〉，在國內持有工坊，也收了大量的弟子。

巴托洛梅烏斯既然是技術人員，暫時加入旗下，確實也沒什麼不自然的。

「〈寶玉魔術師〉為了盡情搞他私人的研究，把製作魔導具的本行，都扔到了弟子或我這種約聘職人頭上。」

分身乏術的知名職人，把魔導具的製作交到弟子手上，並不是罕見的事。

然而，巴托洛梅烏斯的說明還有後續。

「而且那個老先生啊，還為弟子跟約聘職人製作的魔導具簽上自己的名字，拿去大敲竹槓呢。打著什麼『〈寶玉魔術師〉出品的魔導具！』的口號。所以，我才會再也忍不下去，捲鋪蓋離開工坊啦。」

莫妮卡僵住了。怎麼可能有那種事——本想這麼反駁，偏偏心裡確實有數，而且多到數不清。

（對了，希利爾大人的胸針也是……）

希利爾的胸針，明明有著〈寶玉魔術師〉的署名，卻是連保護術式都沒上的缺陷品。說不定，就連那只胸針，都是〈寶玉魔術師〉逼弟子們製作的。

（就因為那只胸針的缺陷，害得希利爾大人，白白受了那麼多苦……）

在沉默的莫妮卡面前，巴托洛梅烏斯輕輕聳了聳肩。

總是陽光無比的表情，現在隱約散發著厭惡感。

「妳覺得，〈寶玉魔術師〉把製作魔導具的工作塞給我們，自己是在幹嘛？」

「咦？呃——你剛是說，私人研究嘛？……啊……」

見莫妮卡已經領會，巴托洛梅烏斯點頭，低頭望向留在掌心的寶石殘骸。

「那個所謂的私人研究，就是在拿這片森林的精靈，當作魔導具動力源的研究。某次巧合之下，我不小心看到〈寶玉魔術師〉的研究紀錄，所以知道那些內容……真的是碰巧喔？不是什麼想偷窺機密大賺一筆之類的喔？」

聽著巴托洛梅烏斯固執地強調只是偶然的說明，莫妮卡陷入思索。

龍的鱗片或牙齒等等，魔法生物的素材向來都是適合製作魔導具的優質品，因而相當搶手，但直接把完整的精靈當成動力源，完全是前所未聞的奇想。一個正常人，根本不會浮現這種可怕的想法。再者歸根究柢，想捕捉精靈，本身就不是易事。

可是，既然擁有能操縱精靈的〈偽王之笛葛拉尼斯〉，這種奇想就絕非不可能。

「當然，聰明的我無意一頭栽進這種不妙的案件。偏偏呢，就在我仰望天空，放任對阿琳的心意馳騁時，竟然看到阿琳朝這片森林的方向飛去。」

巴托洛梅烏斯明知路易斯的契約精靈琳茲貝兒菲不是人類，仍然戀上了這位精靈。

然後，巴托洛梅烏斯知道，這片凱利靈頓森林，正在進行拿精靈當成動力源的研究。

「所以說，我就覺得這下阿琳危險了，才會跑進這片森林來。懂了吧？」

經緯是理解了，但感覺起來，事情恐怕會變得有點棘手。

莫妮卡忐忑不安地問向巴托洛梅烏斯。

「關於把精靈當作動力源運用的方法，巴托洛梅烏斯先生大概是，瞭解到什麼程度，了呢？」

「老實說，就算看過設計圖還是一頭霧水啦。說到底，是要怎麼把精靈抓起來裝進魔導具裡面啊。精靈可不是隨隨便便就抓得到的吧。」

果然，巴托洛梅烏斯並不清楚古代魔導具〈偽王之笛葛拉尼斯〉的存在。

想說服滿腦子只想救琳的巴托洛梅烏斯打道回府，只怕是不太可能。

最重要的是，莫妮卡已經答應巴托洛梅烏斯，要湊合他與琳。雖然基本上是巴托洛梅烏斯單方面提出的條件就是了。

既然如此，就只能在隱瞞事件細節的狀況下，請巴托洛梅烏斯提供協助了，莫妮卡暗自做好心理準備。

「我、我也是，因為想來救，琳小姐……那個，才會跑來，嘗試說服〈寶玉魔術師〉！」

私刑云云的部分火藥味過重，所以反射性地隱瞞下來。

莫妮卡這番回應，聽得巴托洛梅烏斯雙眼閃閃發光。

「既然如此，就代表咱們目標一致嘍。我們上，小不點！一起拯救阿琳，以免她遭到邪惡魔術師的魔掌！」

「好、好德！」

點頭附和巴托洛梅烏斯的同時，莫妮卡也在內心抱頭苦惱，事情開始變得頗為難以收拾了。

總而言之，在調虎離山的意義上，巴托洛梅烏斯的大嗓門畢竟莫名宏亮，應該可以大顯身手一番。

＊＊＊

吩咐威爾迪安奴留守的菲利克斯，卸下裝飾的披風，再把樸素的外套披在制服外。之所以不換下制服，是考慮到萬一在校園領地內遇到人，沒穿制服恐怕會啟人疑竇。

就這樣，菲利克斯溜出校園，向熟識的商人借了匹馬，朝凱利靈頓森林出發。

雖然耗上了整晚移動，但反正熬夜早就是家常便飯。

（今天起，學校有兩天假期。非得趁這段期間，把事情解決掉不可。）

清早，抵達森林附近的菲利克斯正在窺伺森林的狀況，從他所在位置偏北的方向，可以看到靠近森林西側邊緣附近出現一道閃耀著光輝的門。那是，風之精靈王謝費爾德的召喚之門。

能夠使用風之精靈王召喚術的人，找遍全王國也寥寥無幾。現在施法的八成是〈沉默魔女〉或〈結界魔術師〉的其中一方吧。

（按威爾帶回來的情報推測，〈寶玉魔術師〉持有古代魔導具的可能性很高……既然如此，假定其他七賢人們也前來掩蓋事件與回收魔導具應該不會錯。）

菲利克斯藏起馬匹，繫在樹下，進入了森林。

凱利靈頓森林是魔力濃度過高的土地。換作魔力量較少的人，只怕半天也待不下去。

（希利爾跟達德利同學的魔力量都很高，應該沒那麼簡單引起魔力中毒。）

那兩人在魔法戰消耗過魔力，或許算是不幸中的大幸。魔力濃度高的森林雖然對人體有害，但同時也會提升魔力恢復的速度。

菲利克斯壓低了腳步聲，豎著耳朵在森林中前進。

古蓮與達德利被帶往的洞窟地點，威爾迪安奴報告過了。也已經得知那兩人會前往〈寶玉魔術師〉在森林深處的小屋，相信要找到人花不上多少時間。

（……有了。希利爾與達德利同學。）

在林木深處，可以見到身穿白色制服的希利爾與古蓮。此外，還有一位陌生的孩童，以及巨大如野豬的狼。恐怕，那就是擄走希利爾他們的精靈吧。

按威爾迪安奴所言，那兩人似乎答應了要幫精靈的忙。

（真是的，竟然跟擄走自己的精靈交朋友……）

按耐住傻眼的嘆息，菲利克斯開始思索。

自己來到這片森林的事，不能讓任何人知道。包括希利爾與古蓮在內，任何人。

在這個前提下，該如何保護與回收這兩人？

菲利克斯稍微遠離希利爾等人，開始打探四周。

（……找到了。）

脫下身上披著的外套，菲利克斯身上穿的，就是賽蓮蒂亞學園的白色制服——在森林中格外顯眼，最適合用來誘導。

（就讓「他們」，去保護與回收那兩人吧。）

＊　＊　＊

為了說服給精靈們添麻煩的吹笛手，希利爾與古蓮在冰靈帶路之下，正朝森林的深處移動。

按照冰靈所說，吹笛手似乎就住在泉水湖畔的一間小屋裡。製作魔導具的作業，也是在那兒進行的云云。

「其實也有捷徑可走，但我們還是繞遠路，盡可能選擇不容易被發現的路線。」

如此解釋的冰靈，行進過程中時時不忘避開林木較稀疏的方向。

理由是那個吹笛手為了把冰靈與瑟茲迪奧也收作部下，隨時都有安排被自己操控的精靈們在森林內巡邏。

有著巨狼外型的瑟茲迪奧抖著耳朵警戒四周，同時低聲喚道：

「尤其高位精靈要特別注意。炎靈烈露法、地靈貝斯提昂，以及一個不知名的碰巧路過風靈。這三個，都是已經變成敵人的人型高位精靈。」

精靈是被歸類在魔法生物類別的，具備龐大魔力的生物。

基本上只能活在魔力濃度高的土地，想在魔力濃度稀薄的土地長時間活動，必須與人類締結契約。普遍認為，現代由於魔力濃度高的土地減少，精靈的數量已經隨之遞減。

（精靈無須經過詠唱就能操作龐大的魔力。倘若正面交戰，人類絕對不是對手。）

假設能透過對話避免戰鬥自然是最好不過，可既然對方遭到控制，相信成功率並不高。

現場的冰靈雖然是高位精靈，但據稱力量已經所剩無幾，地靈瑟茲迪奧又是中位精靈，對上高位屈居劣勢。有鑑於此，眼下只有盡可能迴避戰鬥一途。

就在希利爾如此暗自繃緊神經時，走在身旁的古蓮喃喃自語了起來。

「碰巧路過的風靈……」

「你心裡有數？」

面對希利爾的提問，古蓮雙手抱胸，皺起眉頭低吟。

「唔嗯——畢竟也可能是我想太多了……只不過，風之高位精靈要是成了敵人，絕對棘手的要命哩～不但移動速度快得亂七八糟，氣流攻擊又看不見…………啊。」

隨著像是注意到什麼的喚聲，古蓮望向希利爾右手邊的某個樹叢。希利爾也反射性轉過頭去。

離兩人約十幾步距離的樹叢裡，某種物體突然探出身來，原來是一隻紅褐色的狐狸。

古蓮失望地垂下肩膀。

「什麼嘛，是狐狸喔～……」

要是兔子或鹿就好了──做出如此悠哉發言的古蓮身旁，希利爾語調飛快地展開詠唱。

「結凍吧！」

從地面延伸的冰牆，以狐狸為中心圍成一圈，把狐狸關住。

不解的古蓮開口問道：

「副會長，狐狸肉不怎麼好吃喔？」

「考題範圍明明就包含了跟魔法生物學有關的項目吧！」

「咦？」

包圍狐狸的冰牆，從內部遭到引爆。希利爾生成的冰牆，隨著飄揚的火粉瓦解四散。

散布火焰的狐狸，正以銳利的雙眼直直望過來。那是野生狐狸不可能擁有的，火紅色的眼珠。

「魔法生物不管化身成什麼外型，就只有眼睛的顏色是改變不了的！」

狐狸的身影受到耀眼的紅光包覆，迅速膨脹。從光裡出現的，是身穿薄絹禮服的紅眼紅髮女性。若是只論外表，年齡大約是二十五歲左右吧。眼神稍稍銳利了點，但面容端正又美麗。

有著孩童外表的冰靈，半哀號似地喚了起來。

「那是，炎靈烈露法！」

化身為年輕女性的精靈，默默舉起右手一揮。僅是如此，希利爾一行人周圍便受到紅蓮之焰的包圍。那是足足有希利爾身高兩倍高的火焰高牆。

冬季的森林充斥枯木，一個不好甚至可能引發森林大火，可或許是炎靈調節得當，火焰並未波及不必要的場所。
就只是靜靜地、確實地，只以燒盡希利爾一行人為目標，朝中心不斷縮窄。
這不是有結界保護的魔法戰。那些火焰是帶著明確的殺意，準備把希利爾一行人燒成灰燼。
冷汗濡濕了希利爾的背脊。
（冷靜下來，冷靜下來……）
在內心提醒自己冷靜，轉頭仔細觀察四周。和高位精靈正面交戰是沒有勝算的。
希利爾語調急促地問向有著巨狼外表的地靈瑟茲迪奧。
「瑟茲迪奧，載著我們還有辦法跑步嗎？」
狼不滿地用鼻子哼了一聲，放低身體用行動表示「還不快上來」。
「達德利，撤退了。一點突破！」
「收到哩！」
希利爾把冰靈抱在自己前方，跨上狼背。古蓮也在詠唱的同時，起腳跨到希利爾背後。
希利爾以指頭點出攻擊方向，古蓮隨即朝指示的方向射出特大顆的火球。
「去唄——！」
古蓮的火球猛力撞上火焰高牆，起爆。阻擋希利爾一行人去路的火焰高牆，就這麼被炸出了一個巨大孔洞。
「就是這裡！——結凍吧！」
就好似要把古蓮用火球炸出的洞口填平似的，炎靈的火焰開始朝洞口中央蔓延。希利爾則是展開冰牆阻止。

炎靈的火焰與希利爾的冰彼此強碰。威力面雖然是炎靈方壓倒性地高，但希利爾的冰已經成功爭取到時間。

就在這短短數秒間，瑟茲迪奧載著希利爾一行人跑了起來。

奔跑速度之快，令人難以想像狼的身形不但異常巨大，背上還載著希利爾、古蓮與冰靈。一行人就這麼高速突破火焰高牆，準備順勢逃往森林深處。

然而，就在突破焰牆剛跑上數步的時候，瑟茲迪奧就像是右前腳突然脫力跌倒一般，倒向了地面。跨坐在瑟茲迪奧背上的希利爾等人，就這麼一起被拋飛墜地。

「咕、唔……怎麼搞的，出了什麼事？」

自地面呻吟著起身，希利爾睜開雙眼。只見瑟茲迪奧的前腳上，刺著一根火焰箭矢。

精靈的體內沒有血液流動，不過前腳上的傷口有許多發光粒子代替血液滴落。

有著紅髮女性外表的炎靈烈露法，正緩緩地朝希利爾一行人逼近。

她的身旁漂浮著大量拳頭大的火球。數量隨便算算都超過二十顆。

得快點防禦——希利爾緊急開始詠唱。但，詠唱還來不及結束，火球就如同雨點般密集灑落。

（來不及了！）

火焰之雨竟是如此地亮眼。

亮到讓人無法直視的火焰，就這麼以燒盡一行人之勢降臨。

沒想到，火焰的光芒卻忽然被某種物體給遮住。是植物的藤蔓。堪比希利爾手臂粗的強韌藤蔓，宛若無數條巨蛇，阻擋在希利爾等人面前。

（這些是，薔薇？）

薔薇藤蔓彼此糾纏、交錯，組成一面牆壁，擋下火焰之雨，保護了一行人。

高位精靈所操作的強力火焰之雨，雖然燒焦了藤蔓的表面，卻無法將藤蔓徹底燒盡。

烈露法正打算回過身去，地面卻在同一瞬間轟隆轟隆地突起，竄出帶有尖刺的荊棘枝條。

比薔薇藤蔓更加強韌的枝條，貫穿了烈露法的全身。

全身都由魔力凝聚而成的精靈，既不會感到疼痛，也不會流血。不過，被刺穿的部位，還是不停流出魔力之光。

烈露法放著刺穿全身的荊棘枝條不理，讓自己的身體纏上火焰，包覆非人者身軀的火焰羽衣，三兩下便燒盡了荊棘枝條。

可是，就在荊棘被完全燒盡之前，從地面伸出的薔薇藤蔓便搶先纏住了烈露法的全身。

藤蔓似乎飽含水分，相較於枝條，燒焦藤蔓需要花更多的時間。

比烈露法燒盡藤蔓的速度更快，薔薇藤蔓增加了數量，有如成群大蛇般糾纏在烈露法全身上下，拘束住她的行動。

烈露法即刻化身為狐狸，從藤蔓的縫隙間竄出，逃往森林深處。

飛散周圍的火焰殘渣，也像是溶入空氣似地消逝無蹤。現場剩下的，就只有焦黑的薔薇藤蔓。

（得救了……嗎？）

從前讀過的某本書，其中一節內容無意間閃過希利爾的腦海。

『荊棘構成的牢籠，就這麼接二連三貫穿敵軍士兵，將大地染成了一片鮮紅。』

那是利迪爾王國史上最知名、最殘酷最殘忍的魔女。初代〈荊棘魔女〉蕾貝卡．羅斯堡的故事。

「嗨～你們幾個，沒事吧！」

與現場氣氛格格不入的開朗嗓音，在冬季的森林迴響。

希利爾轉過身去，佇立在前方的，是一位穿著農務服，滿頭鮮紅色捲髮的男人，以及披著套頭黑色長袍的紫髮男人。

兩者各自在不同維度上引人注目的外表，只要一度見過，就不是那麼容易遺忘。

鮮紅色捲髮的男人，是第五代〈荊棘魔女〉勞爾．羅斯堡。

紫髮的男人，是第三代〈深淵咒術師〉雷．歐布萊特。

為什麼，七賢人會出現在這裡？在啞口無言的希利爾面前，紫髮的男人——雷交互望向希利爾與古蓮，一臉厭惡地皺起了眉頭。

「看到閃亮得刺眼的白色制服，追上來一看……竟然是玩弄我純情的顏面詐欺師……為什麼我非得保住這些傢伙不可……爛透了。去被詛咒吧……」

玩弄七賢人純情的顏面詐欺師，是在說誰呀？

希利爾正感到不解，一屁股坐在地上的古蓮就接著出聲。

「你是在廉布魯格看過的，呃——七賢人的紫色的人！」

古蓮的大嗓門，讓雷的表情愈來愈顯厭惡，眼皮半閉地張嘴露出牙齦，散發出陰鬱的氣場。

再怎麼說，把七賢人喚作「紫色的人」都太過無禮了。希利爾側眼瞪了下古蓮，鄭重向勞爾與雷行禮致謝。

「〈荊棘魔女〉閣下，〈深淵咒術師〉閣下，承蒙兩位拔刀相助，順利逃出死劫，在此致上我由衷的感謝。」

面對彬彬有禮低頭的希利爾，勞爾露出快活的笑容，舉起單手揮了揮。

「別那麼拘束啦。我們兩個今天，不是來執行公家任務的。」

「不是公家任務……？」

希利爾皺起眉頭。這麼一提，兩人穿的都是便服。也沒帶上七賢人的法杖。

可是，如果不是公家任務，為什麼，這片森林裡會出現七賢人？

就好似要回答希利爾的疑問，勞爾眨了眨眼睛。

「我們正在休假，剛好跑來野餐啦！所以說，今天的我不是七賢人，只是碰巧路過的園丁喔！」

語塞的不只是希利爾，連古蓮、冰靈與色茲迪奧都無言以對。

就在希利爾為了該如何回應傷腦筋時，雷又悻悻地開口。

「兩個大男人，趁冬天跑到森林裡野餐？……這什麼跟惡夢沒兩樣的設定。」

「噯～雷啊。這是交朋友的好機會對吧？大家一起野餐，非常有好朋友的感覺！」

「既沒花，又沒女孩子……我想走人了……」

「有花就行了是嗎？薔薇的話，想要多少我都開得出來喔。要開嗎？」

「該死，該死！為什麼，這裡沒有願意愛我的女孩子啦……！」

望著兩個七賢人的互動，希利爾帶著半逃避現實的心情，沉浸在思考內。

（恐怕是為了某種理由，不想讓公家已經有所行動這點曝光吧。可是，七賢人會以非正式身分來到這片森林的理由又是？）

假設，是來搜索下落不明的希利爾與古蓮，就為了這種事動員兩位七賢人，怎麼說都過於不自然。

（該不會，精靈們提到的男性吹笛手，其實是危險人物？這次的事件，難道是超乎我想像的嚴重問題……）

暗自思索到一半，勞爾跑到了希利爾面前。

對方可是七賢人。絕不可有失禮數。希利爾繃緊神經抬頭挺胸，可勞爾卻亮出潔白齒列笑了起來。

「其實啊，我本來想說戴草帽是不是會比較有園丁的感覺，可因為你說在冬天戴草帽像個怪人，我這次就沒戴了。怎麼樣？這樣有園丁的感覺嗎？」

園丁的感覺是怎樣的感覺啊。

希利爾正經八百地思考起來，這時，拍去制服上土沙的古蓮，望著雷開口問道：

「這種設定下，紫色的人會是碰巧路過的什麼呀？」

被點名的雷，一臉驚愕地瞪大粉紅色的雙眼。

「我、我是……我是……」

身穿漆黑長袍的陰森咒術師，舉著左右食指不停互戳指尖，不一會兒，有點難為情地低聲咕噥。

「…………詩人。」

「就這麼回事，我們是碰巧路過的園丁跟詩人！請多指教嘍！」

自稱是碰巧路過的園丁跟詩人，面對這樣的七賢人組合，到底是能指教些什麼。

勞爾快活的發言，讓希利爾點頭也不是吐槽也不是，就這麼呆立原地不知所措。

側眼瞥了瞥正與希利爾還有古蓮笑容滿面談天的勞爾，雷悄悄地讓躲在長袍下的蝙蝠使魔飛走。

讓蝙蝠帶走的訊息是「下落不明者已保護」。

總而言之，作戰第一階段結束了。再來就是趁雷與勞爾護送一般民眾離開森林的期間，讓那幾個武鬥派大叔賞〈寶玉魔術師〉一頓私刑，事情就告一段落。
趕快完事趕快回家，喝杯暖暖的熱奶茶埋頭寫詩吧。就這麼辦。
雷正搓著凍僵的手，肩膀就被勞爾拍了拍。
「雷，說到野餐就是在外頭吃飯對吧！我啊，帶了很多蔬菜過來，大家一起享用吧！」
這傢伙到底記不記得作戰內容啊，雷打從心底不安了起來。

＊＊＊

趕上了嗎——菲利克斯在內心如此咕噥，重新在白色制服外頭披上外套。
總算是順利引誘七賢人，讓古蓮與希利爾平安與他們會合了。這樣子，那兩人就會被順利護送回去了吧。
（接著就暫時潛伏，靜觀其變吧。）
菲利克斯在林木陰影下移動的同時，瞥向方才看見召喚精靈王之門的方位。
（如果那道魔術是〈沉默魔女〉施展的……啊啊～好想在更貼近的距離觀賞她的活躍……）
暗自為此感到遺憾的菲利克斯，流露出一陣惆悵的嘆息。

終章　阻擋去路的風

嬌小的七賢人〈沉默魔女〉莫妮卡．艾瓦雷特正蹲在四分五裂的全身式鎧甲前，仔細觀察內部構造。

雖說是七賢人，也不過實際看過機關就想理解運作原理，怎麼說都太勉強了吧。巴托洛梅烏斯忍不住皺眉頭。

在全身式鎧甲內，塞滿了成束的金屬管線，鎧甲就是透過這些管線連接，在管線的操控下動作。

應當關注的不是鎧甲本身，而是這些金屬管線。拇指粗的管線上滿滿都是魔術式，數量非比尋常。

面無表情觀察著金屬管線的莫妮卡開了口。

「感覺上……想改寫這些魔術式，好像不太容易呢。」

那當然不可能吧——這是巴托洛梅烏斯直率的感想。

改寫魔術式這種事，本來就不是隨隨便便辦得到的。

「哎～我看也只能破壞掉啦～」

蹲到莫妮卡身旁，巴托洛梅烏斯舉起拳頭叩叩地敲了敲甲冑的腹部。

「這個自走式鎧甲，好像叫作魔導甲冑兵吧。作為核心的寶石部分，大體上都設在腹部。理所當然地，軀體部分的裝甲都是最厚的，所以用尋常的攻擊破壞不了。」

說明的同時，巴托洛梅烏斯也重新體會到，這個魔導具是多麼非同小可，暗自為之戰慄。

比人類更頑強、更敏捷，會自行活動的鎧甲。

這種東西一旦成功量產，相信就可以代替人類上戰場吧。

莫妮卡眼皮也沒眨一下，目不轉睛地凝視著金屬管線，開口低語。

「把作為動力源的精靈，從鎧甲中分離，這個想法怎麼樣呢？」

「精靈就跟與魔導甲冑兵一體化了沒兩樣，恐怕分離不了吧。」

想透過金屬管線讓鎧甲作出人類般的動作，並沒有嘴巴說說這麼容易。魔導具光是要移動物體，就已經需要可觀的魔力。

更別提，要做出的還是與人類無異的精密動作，指令複雜程度根本難以想像。只靠魔術式就想處理，與痴人說夢無異。

回想從前偷看過的設計圖內容，巴托洛梅烏斯接著補充。

「印象中，設計上是讓精靈與魔導甲冑兵同調。換句話說，金屬管線跟鎧甲，都已經成了精靈的一部分嘍。」

「是這樣，嗎……」

莫妮卡拾起金屬管線根部的裝飾框，以及鑲在框內的橘紅色寶石，聚精會神地觀察。

四分五裂的鎧甲，加上活像內臟的金屬管線。遭到破壞的魔導甲冑兵，看了忍不住聯想到人類的屍體，教人毛骨悚然。可是，莫妮卡卻絲毫不顯怯色。神態自若地觀察魔導甲冑兵的身影，就彷彿負責解剖的醫師。

就算外表年幼，看起來弱不禁風，她仍然是立於魔術師頂點的七賢人。

莫妮卡把金屬管線接二連三從鎧甲內扯出來，擺在腳邊排開。

「這種魔導甲冑兵大致上，可以區分成鎧甲、金屬管線、裝飾框，以及寶石四個部分。」

（喔～？）

巴托洛梅烏斯小小吃了一驚。自己畢竟偷看過魔導甲冑兵的設計圖，多少具備了點基礎知識，但莫妮卡可是才剛實際見過完成品而已啊。

莫妮卡將管線分類篩選，繼續觀察。

「如果能夠找出，連結各部分所使用的銜接術式……或許就能在，不傷及精靈的狀況下，讓精靈從鎧甲中分離。」

塞滿鎧甲的金屬管線，上頭所記載的魔術式，數量龐大到嚇人。

想將這些術式盡數解讀，找出銜接術式，絕對不是簡單的工作。更別提，要在面對靈活來襲的魔導甲冑兵時，精準攻擊隱藏在內部的銜接術式，不傷及其他任何部位，難如登天都不足以形容這種作戰。

巴托洛梅烏斯正打算開口指出難處，森林深處就傳出了嘎鏘嘎鏘的金屬鎧甲撞擊聲。定神一看，可以從林木間望見正朝這兒前來的魔導甲冑兵身影。

——禍不單行的是，竟然多達五具。

「喂，小不點！大事不妙，增援來了！」

巴托洛梅烏斯喚道。隨後，莫妮卡緩緩抬起頭來。稚氣未脫的臉蛋上，既不見動搖也不見恐懼。

莫妮卡右手輕輕一揮。緊接著，正朝這裡逼近的魔導甲冑兵們，下半身立刻遭到凍結。是無詠唱魔術。

可是，就算拖住腳步，魔導甲冑兵還是可以延伸金屬管線發動攻擊。

這份懸念正中紅心，魔導甲冑兵右肩的金屬管線開始伸長，把握有長劍的右手如鞭子般甩動。

「……左鎖骨的部分。」
莫妮卡沒有詠唱，只是小聲地咕噥。
下個瞬間，五支細得堪比小樹枝的雷箭，出現在五具魔導甲冑兵的右側。
由於右手伸長，使得胸甲與右肩之間出現了空隙。雷箭就從這處空隙，直直射進甲冑的內部。
（不會吧……）
雷箭命中的位置，恐怕正如莫妮卡所言。以人類來說，就是左鎖骨的部分。
五具魔導甲冑兵，就彷彿人類痙攣似地全身大肆抖動，然後停下動作。
待莫妮卡解除冰系魔術，魔導甲冑兵就與碎冰一起倒向地面。
咕嘟一聲嚥下口水，巴托洛梅烏斯向莫妮卡問道：
「……妳剛剛，做了什麼？」
莫妮卡踩著笨重的腳步，笨手笨腳地跑向倒在地面的其中一具魔導甲冑兵。
然後伸出手指，朝右肩延伸出來的金屬管線，以及鎧甲在右肩與軀體部分之間的空洞示意。
「只要讓右手的，金屬管線延伸至極限，這裡就會出現空隙。所以，我就讓雷箭從這個空隙射進去。」
脫下魔導甲冑兵的頭盔，莫妮卡扯出鎧甲內部的某條金屬管線。那是條只有某部分燒得焦黑的管線。不偏不移，就是塞在鎧甲內左鎖骨部分的金屬管線。
「難道說，這個焦掉的部分……就是銜接術式，嗎？」
「是的。只要攻擊這裡，鎧甲、金屬管線、裝飾框，以及寶石之間的連結就會中斷……然後就可以，把被關在裡面的精靈，從鎧甲中分開了。」

既然連結中斷，精靈就不會再被抽取魔力，也就能把失去動力源的魔導甲冑兵無力化。

接著，莫妮卡拿起金屬管線深處的裝飾框與寶石，闔上雙眼。

寶石立刻發出強烈光芒，在莫妮卡的長袍上照射出好幾條閃耀的軌跡。

「成功了。」

在莫妮卡小小的掌心，寶石從裝飾框乾脆地脫落。輕描淡寫到令人吃驚。

巴托洛梅烏斯仔細凝視莫妮卡掌中的寶石。直到方才為止都閃耀著橘紅色光芒的寶石，如今黯淡無光，變成了褐中帶灰的顏色。

然後，在那顆灰黯寶石的周圍，有一圈如同白色鎖鏈般的紋路。

「這玩意兒……是封印術式嗎？」

「是的。在能夠好好解放之前，先暫時用封印措施處置……」

說著說著，莫妮卡轉頭望向第二具甲冑，扯出金屬管線與寶石，把精靈接二連三從鎧甲中分離並封印。

（慢著慢著慢著……）

巴托洛梅烏斯隨著臉上抽搐的笑容，渾身冷汗直冒。

這麼短的時間內，〈沉默魔女〉就看穿了魔導甲冑兵的構造，掌握到銜接術式的位置。

不僅如此，還盡可能在不傷及鎧甲與金屬管線的狀況下，只造成最低限度的傷害，就把甲冑兵無力化。

之所以用冰系魔術凍結魔導甲冑兵的下半身，想必是料到，這樣魔導甲冑兵就會伸長手臂發動攻擊吧。

然後就順勢把雷箭射進鎧甲因此出現的空隙，只針對相當於左鎖骨部分的金屬管線精準攻擊。

（太扯了吧，七賢人……〈寶玉魔術師〉的技術當然是很了得，可這邊也不同凡響啊。難道所謂的七賢人，都這麼誇張嗎？）

被巴托洛梅烏斯視為「不可能」而放棄的作戰，這個小不點魔女稀鬆平常地完成了。

當他正帶著充滿畏懼的眼神思索這些事情時，結束所有封印處置的莫妮卡，就把封有精靈的寶石收進口袋，啪噠啪噠地朝這兒跑來。

「巴托洛梅烏斯先生，我這邊，結束了……嗶呀啊？」

將驚人天分大肆展現了一番的七賢人，被魔導甲冑兵的殘骸給絆到腳，硬生生從臉栽進了地面。

咿咽～地吸著鼻水抽噎的模樣，不管怎麼看都只像個孩子。

（該說是落差很大好呢，還是感覺讓人放不下心好呢……）

〈沉默魔女〉莫妮卡・艾瓦雷特無庸置疑是個天才，是超一流的大魔術師。

明明如此，卻莫名少根筋，讓人覺得她對自己的身體毫不關心——被她的這種地方，激起故鄉妹妹回憶的巴托洛梅烏斯，忍不住隔著頭巾搔了搔黑髮。

被魔導甲冑兵殘骸絆倒的莫妮卡從地面起身，掏出口袋中封印了精靈們的寶石，確認有沒有在摔跤時弄丟。

幸好，寶石毫髮無傷，莫妮卡於是將寶石又收進口袋。

（得快點，和路易斯先生他們會合，告訴他們以精靈作為魔導具動力源的技術相關情報……）

沒有立刻解放被關在寶石中的精靈們，只處以封印措施的理由，是因為精靈被解放之後，有再度遭到〈偽王之笛葛拉尼斯〉控制的危險性。

總而言之，只要有封印起來，至少就可以避免寶石中的精靈因消耗過度而消滅。

莫妮卡思考到一半，巴托洛梅烏斯忽然調了下工具袋的帶子，望向莫妮卡。

「這麼一提，今天亞歷山大大哥沒一起來嗎？」

「啊，嗯，他要稍微……休、休個假……」

巴索羅謬．亞歷山大，是尼洛化身成人類時使用的假名。

當然不能老實說尼洛在冬眠，莫妮卡有點結巴地試圖蒙混，這時，巴托洛梅烏斯望向莫妮卡發紅的手說道：

「被咒龍詛咒的左手還在痛吧。已經可以活動了嗎？」

「呃，嗯，雖然還有點麻麻的……但已經，好轉很多了。」

莫妮卡僵硬地開闔左手示意，巴托洛梅烏斯頓時皺眉。

「果然很令人放不下心啊～……」

「……咦？」

「這裡不是傷到一隻手的小鬼頭，可以自己跑來的地方吧。難道所謂的七賢人，都總是這種感覺嗎？」

「呃……」

自從成為七賢人之後，莫妮卡就整天窩在山間小屋，做著研究魔術式與計算相關的工作過活。

所以，其他七賢人工作時是怎樣的感覺，但八成也都像這種感覺吧～莫妮卡心想。畢竟，幾乎沒什麼案例，是七賢人同心協力去完成某件事的。

聽到莫妮卡茫然的回應，巴托洛梅烏斯不知為何嘆了口氣。

「哎～罷了。走吧……妳要等我喔，阿琳。我心愛的女神。」

意氣風發的巴托洛梅烏斯大步大步行進，莫妮卡也跟在後頭。

走上一會兒，巴托洛梅烏斯停下腳步，望向小跑步的莫妮卡，縮窄了步伐的間距。真是個好人。

莫妮卡慎重地走著，以免被樹根絆倒。忽然，巴托洛梅烏斯用像是想起了什麼的口吻說：

「啊，對了對了。妳之前拜託我調查的事情，已經查完嘍。」

「咦。」

「我就是為了告訴妳這件事，才假扮成業者，要找個好時機進入賽蓮蒂亞學園領地內啦。哎呀～結果看到阿琳身陷危機，害我忘得一乾二淨。」

巴托洛梅烏斯這番話，令莫妮卡表情瞬間凍結。

莫妮卡拜託巴托洛梅烏斯調查的事情。那當然是，與上個月咒龍騷動時遇到的咒術師彼得・山姆——本名哈利・奧茲有關的調查。

彼得臨死之際，提到了莫妮卡父親的名字。不僅如此，還做了些令人懷疑他與莫妮卡父親之死有關的發言。

「彼得老爹他啊，在來到廉布魯格公爵那兒之前，好像是被克拉克福特公爵僱用的。只是，那時候的工作不太像男傭啊。彼得老爹有在克拉克福特公爵的宅邸出入，這消息是貨真價實的，明明如此，卻沒半個人知道他做的是什麼工作。」

克拉克福特公爵是第二王子菲利克斯・亞克・利迪爾的外祖父，也是王國屈指可數的掌權人士——

新年典禮晚上，找莫妮卡提起交易的男人。

〈深淵咒術師〉雷．歐布萊特曾說過——原本歐布萊特家有在調查背叛的咒術師，卻因為克拉克福特公爵介入，無法順利調查下去。

果然，在背後穿針引線的人，就是克拉克福特公爵。

莫妮卡咕嘟嚥下口水，開口問道：

「彼得．山姆被克拉克福特公爵僱用，是什麼時候的事呢？」

「說是距離現在大概八年前喔。」

莫妮卡握緊顫抖的拳頭，努力扼殺心中的動搖。

（……是在爸爸被處刑的，稍早之前。）

莫妮卡的父親是在七年前被處刑的。比這更早之前，開始進出克拉克福特公爵身邊的彼得．山姆。

情報收集得愈多，心中的預感愈是轉變為確信。

（克拉克福特公爵，與爸爸的死，有關的可能性很高。）

然後，他的外孫菲利克斯也一樣。

恐怖的預感油然而生，五臟六腑瞬間竄過一陣寒意。簡直就好像，全身的血液都成了冰水似的。

（可是，為什麼……爸爸非得被殺死不可？）

莫妮卡的父親韋內迪克特．雷因，是與政治無緣的學者。實在不覺得會有任何與克拉克福特公爵交集的地方。

而在莫妮卡的父親與克拉克福特公爵之間，有著彼得．山姆的存在。而且，彼得．山姆還知道莫妮卡父親的研究內容。

（是爸爸的研究，對於某人來說很礙事？與波特先生訊息中提到的「黑色聖杯」有關嗎？）

現階段能掌握的，就只到這個部分了，再深入的皆屬臆測。想加以證實，手上的情報還不夠。

莫妮卡輕輕深呼吸，針對接下來準備前往的地點，開始思考待在那兒的人物。

身為第二王子派，與克拉克福特公爵交好的〈寶玉魔術師〉伊曼紐．達爾文。

雖然不覺得他與莫妮卡父親的死有關，但如果能夠拉攏他，是不是就可以打聽到一些克拉克福特公爵的情報呢。可是，自己這麼不善於交涉，真有辦法說服〈寶玉魔術師〉嗎——就在思考到這裡時，莫妮卡被樹根絆倒了。

「咿嘎呀？」

「——喔唷，危險～！」

往前跌倒的莫妮卡，手臂被巴托洛梅烏斯反射性揪住。

「走路當心啊，小不點。」

「好、好低。」

總覺得今天三不五時就在摔倒。不停低頭致謝的莫妮卡，忽地想起一件事。

沒錯，得把收集情報的報酬交給巴托洛梅烏斯才行。

彼得．山姆的過去，是連〈深淵咒術師〉都沒法徹底查清的情報。要調查出這些東西，肯定並不輕鬆吧。

「那個，巴托洛梅烏斯先生。關於收集情報的，報酬……」

等這次事件解決後，馬上就支付給你——莫妮卡還沒說完，巴托洛梅烏斯就搶先咕噥起來。

「報酬是吧，免啦。」

「咦？咦，可、可是……」

「哎～一開始的時候，我當然也是想說，給七賢人僱用，報酬肯定不會少，賺到啦！」

巴托洛梅烏斯搔著下巴的鬍子，側眼望向莫妮卡。

「我啊～家裡有個妹妹，所以拿妳這種年紀的小鬼頭最沒轍了。」

「那個，可是，報酬……」

「小鬼頭依靠大人本來就是天經地義的。所以說，妳該對我講的，不是『請你讓我僱用吧』，而是『請助我一臂之力吧』才對。」

從前還在米妮瓦就讀時，莫妮卡常常向巴尼求助。可是，從當上七賢人的時候開始，就不太會去意識到要「依靠他人」了。

再怎麼說，那個年長十多歲的同期，也是個會把莫妮卡硬拖去討伐黑龍的人。

所以，在請求巴托洛梅烏斯協助時，才會說出「請你讓我僱用吧」。畢竟莫妮卡認為這是理所當然的。

明明如此，巴托洛梅烏斯卻把身為七賢人的莫妮卡當成小孩子看待，說莫妮卡可以依賴大人。

面紗下的嘴唇忍不住蠢蠢欲動時，巴托洛梅烏斯伸手摸起莫妮卡的頭，把瀏海摸得亂七八糟。

「好啦，乖乖撒嬌，儘管撒嬌就對了。」

「非、非常謝謝，你的，幫忙。」

莫妮卡稚拙的致謝，似乎讓巴托洛梅烏斯開心地笑了。果然，他真的是個好人。

搓著指頭的莫妮卡還在難掩內心的喜悅，巴托洛梅烏斯又露出猛然想起什麼的表情。

「啊，報酬我雖然不要，可是湊合我跟阿琳的事，我可是非要妳幫忙不可啊！這個我絕對不退讓喔！」

「呃，喔……」

「我也會好好替妳加油，讓妳跟王子一帆風順啦！」

讓莫妮卡跟菲利克斯一帆風順——換句話說，就是會盡量幫忙，讓護衛任務能順利進行吧。

怎麼會有這麼好的人啊——面對如此感動的莫妮卡，巴托洛梅烏斯又把臉貼到面前，表情顯得頗為拚命。

「所以說，妳聽好嘍，向阿琳介紹我的時候，記得要說『巴托洛梅烏斯先生他，既溫柔又帥氣，真的很迷人喔～』這樣……」

就在這時，一陣強風打斷了巴托洛梅烏斯的發言。

冷得發抖的莫妮卡，剎那間注意到，這並不是北風。這是從上空吹來，試圖把地上的生物壓扁，充滿敵意的風。

莫妮卡反射性無詠唱展開了防禦結界。

肉眼無法辨識的風刃，就這麼劈向包覆著莫妮卡與巴托洛梅烏斯的半球體結界。

在周圍枯葉飛舞中，莫妮卡看到了。一位金髮美豔女僕，正對齊左右腳尖佇立在前方某棵大樹的樹頂。

「琳，小姐……」

以低語的莫妮卡為目標，風靈琳姿貝兒菲以一如往常的撲克臉，劈下了風刃。

高位精靈所操控的凶惡烈風，帶著明確的殺意降臨在莫妮卡與巴托洛梅烏斯頭上。

【祕密章節】

詠星與星槍 Starseer & Starry Spear

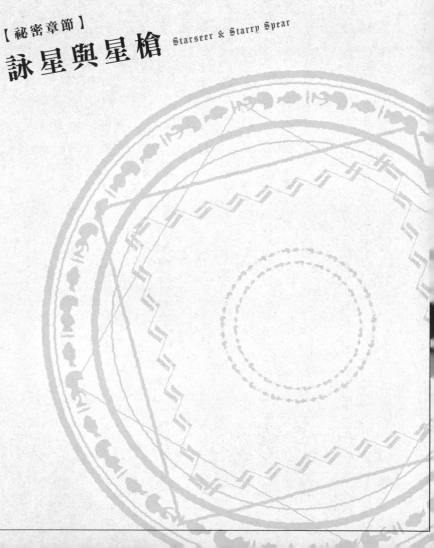

凱利靈頓森林深處，泉水湖畔的某間小屋內，〈寶玉魔術師〉伊曼紐・達爾文正坐在椅子上，傾聽炎靈烈露法的報告。

身穿單薄禮服，有著紅髮女性外表的炎靈烈露法，以火紅色的雙眼凝視著伊曼紐，一字一字道出自己所見的一切。

「紫髮的男人。紅髮的男人。用植物發起攻擊。」

受〈偽王之笛葛拉尼斯〉所支配的精靈，有著在溝通上稍嫌困難的問題。即使如此，聽過這份報告，也不難想像到底發生了什麼事。

「〈深淵咒術師〉和〈荊棘魔女〉都來了。」

不只如此，根據其他精靈的報告，森林西方似乎有人行使了召喚精靈王的魔術。召喚精靈王非常棘手。就算〈偽王之笛葛拉尼斯〉是古代魔導具，也無法控制精靈王。

「受到風之精靈王的攻擊，用來對抗入侵者的陷阱型魔導具，以及數具魔導甲冑兵遭到了破壞。既然召喚的是風之精靈王，會是〈結界魔術師〉嗎，或〈沉默魔女〉嗎……」

刻意把思考道出口，是為了講給掛在脖子上的〈偽王之笛葛拉尼斯〉聽。

以忠臣自居的〈偽王之笛葛拉尼斯〉自是沒放過這個機會，立刻大聲回應。

『沒有任何問題，主人啊！無論來幾個七賢人，面對現在的您，都毫無招架之力！』

〈偽王之笛葛拉尼斯〉的發言，在伊曼紐胸膛內舒暢地迴響。

正往這裡前來的，是一群身懷怪物級天分的魔術師。換作從前的自己，就算不到嚇破膽的地步，恐怕也會如坐針氈吧。

但，現在的自己有〈偽王之笛葛拉尼斯〉。有支配成傀儡的精靈，有魔導甲冑兵，然後還有超乎想像的祕密武器。

伊曼紐吹了一口〈偽王之笛葛拉尼斯〉，強化對炎靈烈露法的支配，開口下令。

「盡可能活捉闖入這片森林的入侵者。不過，〈結界魔術師〉殺了也無所謂。」

展現古代魔導具壓倒性強大的力量，讓其他七賢人服從自己，這樣的自信，現在的伊曼紐是有的。

……然而，就只有〈結界魔術師〉，肯定死都不會服從自己吧。

（如果殺了〈結界魔術師〉，那位大人應該也會很高興。最重要的是，開戰慾望強烈的那位大人，一定會給予我這支軍團極高評價。）

放任自己耀眼未來的想像在腦內馳騁，伊曼紐露出了陶醉的微笑。

——連在自己頸子上喋喋不休的古代魔導具，抱著何等恐怖的野心都一無所知。

＊　＊　＊

在能夠俯瞰凱利靈頓森林的一處小丘上，一位女性佇立著。

一頭秀麗銀髮垂盪在背後，這般動人的美女，是七賢人之一——〈詠星魔女〉梅爾麗．哈維。

話雖如此，現在她身上並未穿著七賢人的長袍，手上也不見法杖，而是披著毛皮大衣，將寶石箱抱在懷裡。

「你終於，跨越不該跨過的那一線了呢，〈寶玉魔術師〉……」

銀色的睫毛悲傷地下垂，為水藍色眼珠蒙上了陰影。

古代魔導具〈偽王之笛葛拉尼斯〉是呼喚戰禍之笛。一旦置之不理，肯定會為王國帶來巨大災禍吧。

無論如何，都非得趁這個機會破壞不可。

發出夾雜憂愁之意的嘆息時，另一位女人從背後走了過來。

那是將紅磚色頭髮隨意束在後頸，年約三十的女人。看上去脂粉未施，身上穿的也彷彿經年累月，滿是破損與擦痕的旅裝。

女人來到梅爾麗身旁比肩而立，一副處之泰然的語調開口。

「狀況我明白了。想大事化小小事化無，恐怕是有點困難呢～」

「是呀，真傷腦筋～……就算是我，也不可能把整片森林都用幻術包起來。」

即使梅爾麗對幻術造詣頗深，也不到能將幻影展開到涵蓋整片森林的程度。這與用繁星覆蓋夜空，可是無法相提並論的。

「〈荊棘魔女〉如果拿出真本事，毫無疑問會讓〈寶玉魔術師〉喪命……〈深淵咒術師〉要是來真的，只怕整片森林都要枯萎……好惱人啊～」

每個七賢人都擁有獨特又突出的天分，但也大多都只針對特定領域特化。尤其是〈荊棘魔女〉與〈深淵咒術師〉，這兩人的能力用途格外受限。

梅爾麗以細長的指尖輕滑地撫了撫手中的寶石箱。

從寶石箱內部，傳出了微弱的聲音。那是為情所困，燃著熊熊戀火的女性，既甜美又惆悵的聲音。

『啊啊～啊啊～我明白。我很清楚。你就在身邊對嗎，親愛的！我愛你，我愛你，來，我們一起出發吧，親愛的！』

旅裝的女人苦笑著表示「好熱情啊～」並將視線投向凱利靈頓森林。

女人反覆進行短縮詠唱，展開了兩道魔術。然後在維持著遠視魔術與感測魔術的狀況下，掏出紙捲菸，再度發起短縮詠唱生火點燃。

一般而言，魔術師能同時維持的魔術，以兩道為限。但女人卻一副輕描淡寫的表情維持了三道。

女人滿臉享受地抽了口香菸，低聲咕噥道：

「其實路易斯比較擅長處理這種狀況，不過他從昨天起就飛行魔術放個不停，只怕沒剩多少魔力了吧。再者，琳現在的情形好像也不太妙。」

一如女人所言。發現這次的狀況後，路易斯為了與各方面聯絡而四處奔波，幾乎沒怎麼休息過。要說七賢人中有誰格外擅長實戰，路易斯絕對不會缺席，但這次恐怕會被逼著陷入苦戰吧。

「這麼一提，好像說莫妮卡也到現場來了是吧。」

「對妳而言，莫妮卡是……」

「在拉塞福師父的研究室裡，見過好幾次面的可愛學妹嘍。」

女人左手夾著香菸，用空著的右手摸了摸後頸。在這些動作中，遠視與感測魔術也依然沒斷過。

梅爾麗很清楚。在如此維持魔術的期間，她的腦袋正以驚人之勢全速運轉，同時思索好幾件事情。

一會兒之後，女人解除了遠視與感測魔術，望向梅爾麗。

「什麼事情都一頭栽進去，不是我的作風，不過這回是師弟跟學妹有難。我看～也只能稍微拔刀相助一下了吧。」

看似脂粉未施的樸素五官上，浮現出惡作劇貓咪般的調皮笑容。

「……就這麼回事，方便讓我擅自插手幫忙嗎，梅爾麗大人？」

「當然了，請助我們一臂之力。」

梅爾麗點頭，道出那位女性的名號。

〈結界魔術師〉路易斯・米萊的師姊，能夠同時維持七道魔術的大天才。

「前七賢人〈星槍魔女〉卡萊・麥斯威爾。」

星槍魔女
卡萊・麥斯威爾

To be continued in the Silent Witch VII.

目前為止的登場人物

Characters of the Silent Witch

Characters Secrets of the Silent Witch

莫妮卡·艾瓦雷特

七賢人之一〈沉默魔女〉。在新年第一週結束後，便將七賢人的法杖與長袍，收到了城裡〈沉默魔女〉的辦公室（以辦公室為名的堆垃圾房間）。

路易斯·米萊

七賢人之一〈結界魔術師〉。新年剛過弟子就失蹤，契約精靈也被奪走，事情一發不可收拾的可憐人。與第一王子萊歐尼爾是米妮瓦時代的學友。

尼洛

莫妮卡的使魔。黑貓與人類青年只是檯面上的假象，真實身分是從前出現在沃崗山脈的一級危險種——黑龍。現在冬眠中，作著肉類料理吃到飽的幸福美夢。

琳姿貝兒菲

與路易斯締結契約的風之高位精靈。受路易斯之命前往調查〈寶玉魔術師〉。現正受到〈偽王之笛葛拉尼斯〉的支配。

梅爾麗・哈維

七賢人之一〈詠星魔女〉。其實每晚都會詠星，有公開發表的預言只是其中一小部分。預言一旦出口，命運就會隨之改變，魔女對此心知肚明，可惜明白魔女話語分量的人寥寥無幾。

布拉福・泛世通

七賢人之一〈砲彈魔術師〉。修伯特的叔父。對於總是跑來找自己打魔法戰的修伯特，最近只顧追著〈沉默魔女〉跑，內心有點寂寞。

雷・歐布萊特

七賢人之一〈深淵咒術師〉。自稱碰巧路過的詩人。筆下的詩句明明纖細又美麗，嘴巴卻只會鬧彆扭跟詛咒。現在正遭到三個大嗓門男人包圍，快要活不下去。

勞爾・羅斯堡

七賢人之一〈荊棘魔女〉。擅長賦予植物魔力，尤其與薔薇花相性特別好。保有魔力量居王國之冠，是能夠自在施展祖傳強力魔術的年少天才。朋友募集中。

Characters Secrets of the Silent Witch

伊曼紐・達爾文

七賢人之一〈寶玉魔術師〉。魔導具職人，擁有王國最高峰的手藝。據說之所以當上七賢人，是有賴克拉克福特公爵的大力推薦。屬第二王子派。

菲利克斯・亞克・利迪爾

賽蓮蒂亞學園學生會會長。利迪爾王國的第二王子。得知左手負傷的〈沉默魔女〉就在校園內，搜索中。每晚都會溫習寒假時讓〈沉默魔女〉批改過的論文。

卡萊・麥斯威爾

前七賢人〈星槍魔女〉。〈紫煙魔術師〉的弟子，路易斯的師姊。與莫妮卡也認識。現在所屬於魔法地理學會，正踏上調查王國魔力濃度之旅。

希利爾・艾仕利

賽蓮蒂亞學園學生會副會長。海恩侯爵公子（養子）。雖然是冰屬性卻並不耐寒。不時就被自己釋放的冷氣凍僵，但都抱著「周圍的人應該更冷」的想法忍耐。

艾利歐特・霍華德

賽蓮蒂亞學園學生會書記。戴資維伯爵公子。小松鼠鑽進希利爾外衣藏身的光景太過有趣，打算哪天拿來當題材挖苦某人。

尼爾・庫雷・梅伍德

賽蓮蒂亞學園學生會總務。梅伍德男爵公子。寒假收假後注意到古蓮體況不佳，不動聲色地給予種種協助，比任何人都周到的男人。

布莉吉特・葛萊安

賽蓮蒂亞學園學生會書記。雪路貝里侯爵千金。委託了偵探調查莫妮卡的周遭與背景。在決鬥騷動期間也默默守候周圍動向的她，正靜待行動的時機到來。

拉娜・可雷特

賽蓮蒂亞學園高中部二年級。莫妮卡的同班同學。才感覺莫妮卡最近臉色比較紅潤了，又因為這次的決鬥騷動消瘦下來，於是抱著非把莫妮卡餵胖不可的決心暗中籌備計畫。

Characters

Secrets of the Silent Witch

伊莎貝爾・諾頓

賽蓮蒂亞學園高中部一年級。柯貝可伯爵千金。在社交界深受有力年長女性疼愛，人脈廣泛的程度遠超乎委託協助任務的路易斯所想像。

克勞蒂亞・艾仕利

賽蓮蒂亞學園高中部二年級。希利爾的義妹。每每兄長在校園內大聲嚷嚷時，都很想裝作不認識，偏偏同為學生會幹部的尼爾又可能就在兄長附近，因此十分煩惱。

古蓮・達德利

賽蓮蒂亞學園高中部二年級。〈結界魔術師〉路易斯・米萊的弟子。就讀米妮瓦的時代曾引起魔力失控事件，因而退學。莫妮卡就在這起事件後入學，雙方在學期間沒有重疊。

班哲明・摩爾丁

賽蓮蒂亞學園高中部三年級。聽過本次決鬥騷動的傳聞，得知決鬥目的是多名男人爭奪同一位女性，受此情境鼓舞而熱衷於作曲。令艾利歐特傷透腦筋。

艾莉安奴・凱悅

賽蓮蒂亞學園高中部一年級。廉布魯格公爵千金。雖然正悄悄針對古蓮喜歡什麼東西等資訊展開調查，但覺得直接詢問太過不拘謹而大繞遠路，因此成果不彰。

修伯特・迪伊

莫妮卡在米妮瓦時代的學長。叔父是〈砲彈魔術師〉。父親是享樂主義的被虐狂，母親是合理主義的虐待狂，修伯特則兼具雙方氣質，是最糟糕的混合體。在米妮瓦留級過兩年。

Characters
Secrets of the Silent Witch

巴尼·瓊斯

安柏德伯爵公子。在米妮瓦與莫妮卡同年級。正為了繼承老家事業進修中。曾被修伯特數度邀打魔法戰，落得悽慘下場，現在連修伯特的臉都不想看到。

巴托洛梅烏斯·巴爾

帝國出身的技術人員。剛來到利迪爾王國時，曾在〈寶玉魔術師〉的工坊任職。得知琳的真實身分是精靈仍不改戀心的外貌協會。

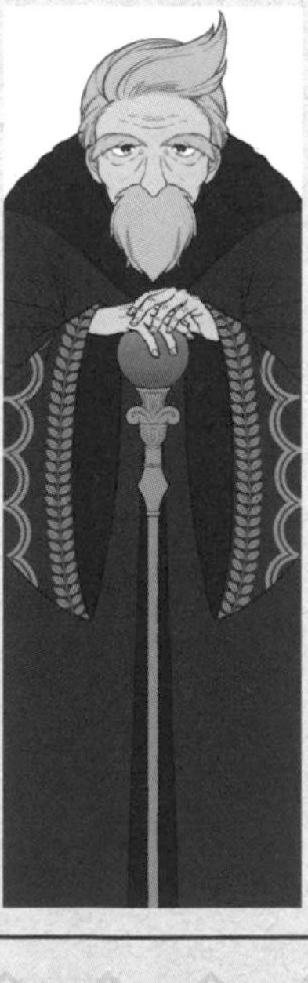

威廉·瑪克雷崗

賽蓮蒂亞學園的基礎魔術學教師。通稱〈水咬魔術師〉。雖然他有發現〈沉默魔女〉就在賽蓮蒂亞學園內，但沒有向任何人揭穿。

達瑞斯·奈特雷

克拉克福特公爵。菲利克斯的外祖父，第二王子派的首腦。策畫與帝國開戰。

Other Characters
Secrets of the Silent Witch

其他登場人物介紹

艾卡莎

伊莎貝爾的隨身侍女兼護衛。雖然是個會笑嘻嘻陪著演反派千金的搞怪姊姊，但只要拿起棒狀武器就強如鬼神。

威爾迪安奴

與菲利克斯締結契約的水之高位精靈。不善於戰鬥或感測，但擅長隱藏自己的存在。

韋內迪克特・雷因

莫妮卡的父親。七年前，因使用禁術罪遭捕處刑的學者。性格沉穩，品德高尚，生前很善於指導他人。

亞伯特・弗勞・羅貝利亞・利迪爾

利迪爾王國第三王子。對菲利克斯抱有猛烈的對抗意識，打算拉攏古蓮與莫妮卡加入自己陣營。

派翠克・安德魯斯

亞伯特的隨從。貪吃又悠哉的少年。準備給亞伯特的點心，大約有一半都消失在派翠克的胃袋。

羅貝特・溫克爾

蘭道爾王國溫克爾男爵的五子。於棋藝大會敗給莫妮卡，向莫妮卡提出以對局為前提的婚約。志願是進入騎士團，成績優秀。

白龍・加勒特

賽蓮蒂亞學園高中部三年級。魔法戰社的社長。擅長炎系魔術，與希利爾互為關係良好的勁敵。

綾縺・佩露

社交舞教師。莫妮卡的班導。打從內心為了努力的學生加油。

✦ 後記

由衷感謝大家購買這本《Silent Witch》第六集。

在這集，打從第一集就不斷提及存在的七賢人終於盡數登場。

第五集的後記才剛寫說「希望在第六集可以再度為大家送上學友們活力十足的模樣」，結果故事展開就讓學友們一個接一個遭遇劇變，難道我沒有人類的心嗎……這個想法一直在內心令我傷透腦筋，真的是非常抱歉。

還請期待這些遭遇不小變故的學友們，在下一集如何活躍。莫妮卡也會非常非常加油的。

關於今後的刊行預定，本篇的第七集大約會在接下來的冬天上市。

……不過，在那之前預定會先推出以〈結界魔術師〉路易斯・米萊為主角的外傳（上下兩集的上集）。

外傳的上集，預定會以路易斯還是魔術師養成機構米妮瓦的學生時，發生過哪些大小故事為主軸。

還是小毛頭時的路易斯，給人的感覺十分新鮮。

要說有多新鮮，大概就像剛撈上岸，不停拍打掙扎，活蹦亂跳地咬網子、甩尾巴彈開魚叉，凶猛猙獰的鯊魚那麼新鮮水嫩。真是生猛又帶勁呢。

本篇的角色們，也都預定會不時登場露臉。

如此內容的〈沉默魔女〉前日譚——〈結界魔術師〉路易斯・米萊的外傳，就請大家也多多關照指教了。

非常感謝藤実なんな老師，每次都幫忙繪製美麗的插圖。
這集有許多角色新登場，要設計這麼多角色造型，相信不是件容易的事。
多虧老師的迷人設計巧思，讓「沉默魔女」的世界觀更加豐沛充實，我總是深受感動。
我在說明角色設定時，提出的總是跟饅頭沒兩樣的形象圖，唯獨其中的〈寶玉魔術師〉伊曼紐・達爾文，那充滿小壞蛋氣場的饅頭，個人自認是會心之作。
只不過，憑我捏出的饅頭無法徹底表現出伊曼紐的自卑與神經質。想靠繪畫表現出神經質，是何等困難的事情啊——而藤実老師卻將那種感覺描繪得出神入化。
藤実老師，有幸讓老師把每個角色都刻劃得魅力十足，真的是感激不盡。

也非常感謝桟とび老師，總是細心繪製本作的漫畫版。
本作在場景的動態方面，大多是劇烈動作與毫無動作兩種極端，而能夠讓老師把這兩種場景都繪製得生氣十足又引人入勝，實在很教人開心。
漫畫版最新刊第三集正於日本發售中。想找第三集的封面，找莫妮卡與殿下就對了。
漫畫版還有一個好處，是能看到書籍版的插圖中沒登場過的人物。
尤其是棋藝教師博弈德老師，在嚴厲粗獷的五官中又帶有高貴與格調，真的是令人神往。
能夠看到博弈德老師亮相的漫畫版第三集，也請大家多多關照指教了。超健壯結實的。

已經來到後記的尾聲，在此向拿起這本作品的各位讀者大德，致上鄭重的感謝。也感謝各位粉絲的來信支持，令我開心無比。

無論是喜歡的橋段，或針對角色所描述的熱情感想，還有信封、封蠟、貼在信紙上的美妙貼紙或印章、卡片與繪圖等等，再再都傳達出感受到滿滿的「喜歡」，看得我無比快樂。

每封來信都帶給我莫大的鼓勵，真的真的非常感謝大家。

為了回應大家給我的鼓勵，今後我也會卯足全力撰文，要是下集還能夠與大家相會，就是我無上的幸福。

依空まつり

（註：以上為日本方面的情況）

為何我總是成為S級美女們的話題 1 待續

Kadokawa Fantastic Novels

作者：脇岡こなつ　插畫：magako

她們天天在聊的那個真命天子其實是我？
不知不覺被美女愛上的校園後宮喜劇！

女高中生姬川沙羅、小日向凜、高森結奈，具有無與倫比的美貌，受到全班不分男女的敬重與欣羨，人稱「Ｓ級美少女」。這樣的人聊起戀情，自然引起了全班一片譁然，只有最不起眼的赤崎晴也暗自焦急。其實她們聊的那個男的都是赤崎晴也……

NT$220/HK$73

魔石傳記
結城涼
成瀬ちさと
3
獲得魔物力量的我是最強的！
Kadokawa Fantastic Novels

國家圖書館出版品預行編目資料

Silent Witch：沉默魔女的祕密/依空まつり作；吊木光譯. -- 初版. -- 臺北市：臺灣角川股份有限公司, 2024.06-

冊；　公分. -- (Kadokawa fantastic novels)

譯自：サイレント・ウィッチ：沈黙の魔女の隠しごと

ISBN 978-626-400-076-5(第6冊：平裝)

861.57　　113004990

Kadokawa
Fantastic
Novels

Silent Witch Ⅵ
沉默魔女的祕密

（原著名：サイレント・ウィッチⅥ 沈黙の魔女の隠しごと）

2024年6月17日　初版第1刷發行

作　　者：依空まつり
插　　畫：藤実なんな
譯　　者：吊木光

發 行 人：台灣角川股份有限公司
總　　監：呂慧君
總 編 輯：蔡佩芬
主　　編：林秀儒
編　　輯：黎夢萍
設計指導：陳晞叡
美術設計：莊捷寧
印　　務：李明修（主任）、張加恩（主任）、張凱棋、潘尚琪

發 行 所：台灣角川股份有限公司
地　　址：104台北市中山區松江路223號3樓
電　　話：（02）2515-3000
傳　　真：（02）2515-0033
網　　址：www.kadokawa.com.tw
劃撥帳戶：台灣角川股份有限公司
劃撥帳號：19487412
法律顧問：有澤法律事務所
製　　版：巨茂科技印刷有限公司
ＩＳＢＮ：978-626-400-076-5